생각은
어떻게
글이
되는가

정확하고 설득력 있는
글을 쓰고 싶은
사람들을 위한

서울대
글쓰기
특강

ㄱㄱ
생각은
어떻게
글이
되는가

박 주 용 지 음

쌤앤파커스

차례 _____

CHAPTER 1

왜 우리는 글을 쓰는가?

CHAPTER 2

논리적 글쓰기를 위한 첫걸음

모든 글쓰기에는
훈련이 필요하다

"독서는 지식이 많은 사람을, 토론은 준비된 사람을, 글쓰기는 정확한 사람을 만든다." 영국의 철학자 베이컨의 수필집에 수록된 〈학문론〉에 나오는 말이다. 베이컨이 어떤 의도로 했든지 상관없이, 그의 말에는 교육 방법의 핵심이 담겨 있다. 즉 독서나 강의, 토론, 그리고 글쓰기가 어우러져야 한다는 것이다.

　베이컨의 말을 염두에 두고 우리 교육을 되돌아보면 무엇이 잘못되었는지 바로 파악할 수 있다. 많이 읽게 하고 강의로 많은 정보를 전달하지만, 토론과 글쓰기는 빠져 있다. 토론과 글쓰기가 빠진 독서나 정보 전달만으로는 생각하는 힘을 키우기 어렵다. 토론을 통해 정보를 공유하고 비판하는 가운데 새로운 생각을 떠올릴 수 있고, 글을 써야 생각을 정리하고 정리된 생각을 담아낼 수 있다.

실제로 학문적 글은 대개 독창적인 주장이 담긴 논증이기 때문에 글을 통한 토론이라고 할 수 있다. 말로 하는 토론도 글로 정리되어야 그 가치가 보존된다. 결국 글이 남기 때문이다. 따라서 학문 활동을 하는 사람뿐 아니라 공부를 하려는 사람은 모두 글을 쓸 수밖에 없다.

글쓰기가 어렵다고 느끼는 이유

지난 7년간 서울대에서 '글쓰기'를 강조하는 전공 수업을 진행해왔다. 글쓰기를 어려워하는 학생들에게 도움을 줄 수 있는 교재를 찾아보았지만 마음에 드는 교재를 찾지 못했다. 많은 글쓰기 책들이 작문 중심이었고, 실증적 연구와 무관하게 오래된 수사학적 권고를 담고 있었기 때문이다. 그 후 사회과학 분야의 글쓰기 수업을 진행하던 중 학문적 필요에 의해 글을 써야 하는 학생들, 읽거나 배운 것을 논리 정연한 글로 풀어내고자 하는 사람들에게 좀 더 실용적 도움을 주고 싶다는 생각을 하게 되었다. 이 책은 그 고민의 결과물이다.

나는 글을 잘 쓰는 사람이 아니다. 하지만 연구하고 가르치면서 그 중요성을 깨닫게 되었고, 나름대로 잘 쓰려고 노력하는 한편 수업에서도 글쓰기를 강조하게 되었다. 그런데 이런 식의 수업을 아예 외면하거나 조금 힘들어지면 그만두는 학생들이 많았다. 학생들이 글쓰기를 어려워하고 또 싫어하는 이유는 따로 떼어놓을 수 없는 다음 두 가지로 요약할 수 있다.

하나는 대학에 입학할 때까지 사실상 자신의 생각을 말이나 글로 표현하는 교육을 받지 못했기 때문이다. 스스로 생각하게 하기보다는 배운 내용을 외우게 하는 내신이나 수능 시험을 위한 공부, 틀에 맞추어 쓰는 입시용 논술 훈련만이 존재한다. 다른 하나는 여전히 권위적이고 획일적인 우리 사회의 영향 때문이다. 가정에서는 물론 학교나 조직에서 다양한 의견을 장려하고 서로 존중하는 가운데 더 나은 해결책을 찾는 토론 문화 대신, 힘 있는 사람들이 자신들이 원하는 대로 강압적으로 이끌어가는 모습을 쉽게 볼 수 있다. 이런 상황은 더 이상 방치되어서는 안 된다. 학생들에게 생각할 시간과 기회를 제공하고 통념과 '다른' 생각을 '틀린' 생각으로 보는 시각에서 벗어날 수 있도록 사회 분위기를 바꾸어야 한다. 그러려면 교육이 변화될 수밖에 없는데, 이 글의 첫머리에서 언급한 베이컨의 세 가지 요소가 균형을 이루게 하는 방법이 유망하다.

모든 글쓰기에는 훈련이 필요하다

글에는 다양한 유형이 있지만, 이 책에서 중점적으로 다루는 글의 유형은 '주장이 담긴 논리적인 글'이다. 주장이 담긴 논리적인 글이란 주로 지적 탐구의 산물로, 다른 사람의 글을 바탕으로 그 분야의 지식을 체계화하거나 확장하는 글을 가리킨다. 완성된 형식만으로는 부족하고 그 글이 해당 분야의 전문가에게 그 가치를 인정받을 수 있어야 한다. 그런 글을 쓰려면 전문 지식을 담아내면서도 다른 사람이 이해할 수 있도록 글을 쓰는 훈련이 필요하다.

지식 전달이 주류를 이루는 현재의 대학 교육은 대학의 원래 목적인 지적 탐구를 저해한다. 학문적 탐구는 특정 분야에서 이루어지는 연구를 읽어보거나 관찰하는 것으로는 충분하지 않다. 읽거나 관찰하면서 떠오르는 질문들, 즉 "그래서 그로부터 어떤 의미를 찾아낼 수 있는가?" "그다음에는 무엇을 더 생각해봐야 하는가?" 등에 대한 답을 직접 찾아보아야 한다. 이런 일은 그 과정을 글로 남기지 않으면 잘 해내기 어렵다. 글에 포함되어야 하는 내용은 그 분야에 대한 자신의 현재 이해 수준과 발전 방안을 제시하는 것이다.

목이 마르다고 물을 벌컥벌컥 마시면 체할 수 있듯이 관심 있고 재미있다고 해서 무턱대고 많이 읽기만 해서도 안 된다. 그 대신 읽거나 관찰한 내용을 자신의 글로 정리하면서 다시 읽어야 한다. 자신의 상태를 드러내는 글은 솔직할수록 바로잡을 부분이 분명해진다. 이렇게 정리된 글들은 글쓴이 자신의 중요한 지적 자산이다. 필요할 때 다시 찾아보면서 잘못 이해했던 부분을 바로잡을 수 있고, 더 생산적인 쪽으로 탐구 방향을 돌릴 수 있게 해주기 때문이다.

이 책은 총 8개 장으로 구성되어 있다. 1장에서는 도대체 우리가 글을 왜 써야 하는지 생각해보는 데서 시작한다. 현재 우리의 잘못된 교육 현황을 비판한 다음, 글쓰기 습관을 만들기 위한 몇 가지 조언을 담았다.

2장에서는 논리적 글쓰기의 목적을 '청출어람^{靑出於藍}'으로 특징지었다. 관련 자료를 숙시하고, 이를 바탕으로 표절하지 않으면서, 독창적 주장을 펼쳐야 한다는 것이 핵심 내용이다. 이어지는 3장과 4장에서는 다른 글의 주장을 요약하고, 나아가 그 주장에 대한 자신의 생각을 만들어내는 방법을 살펴볼 것이다.

5장에서는 3장과 4장을 확장하여 여러 개의 주장을 일목요연하게 정리하는 한편 자신만의 주장을 펼치는 방법에 대해 알아볼 것이다. 이렇게 정리된 생각을 바탕으로 6장에서는 본격적인 초고 쓰기를, 그리고 7장에서는 글쓰기와 관련해 가장 많은 시간을 들여야 하는 퇴고를 다룬다. 글을 '내용'과 '표현'으로 나누어 반드시 점검해야 할 사항들을 소개한 다음 실제 대학생들이 쓴 글을 고치는 연습을 해볼 수 있다.

기존의 다른 글쓰기 입문서와 달리 이 책의 8장에서는 글을 쓰는 사람이라면 누구나 훈련해야 할 '평가'와 '코멘트'에 대한 내용을 담았다. 자기 글을 스스로 평가하지 못하면 글을 제대로 쓸 수 없기 때문이다. 우리는 자기가 쓴 글보다 다른 사람의 글을 더 정확하게 평가하곤 한다. 이에 착안하여 먼저 다른 사람의 글을 직접 평가함으로써 동료로부터 배우고 건설적 비판자로서의 역할을 향상시키고자 했다.

글쓰기를 가르치고 또 글쓰기에 대한 책을 쓴다고 하니 주변 분들이 다른 분야의 글을 쓸 때보다 더 힘들겠다고 걱정을 해주셨다. 독자들이 더 높은 기준으로 이 책을 평가할 것이기 때문이다. 실제로 쓰면서 부담이 컸다. 그렇지만 일단 끝냈다.

내가 꼭 써야 하는 책이 아님에도 쓴 이유는 다음 세대에 대한 미안함과 책임감 때문이다. 개인적으로 열심히 살았다고 자부하는데도, 다음 세대에게 잘못한 일들이 많이 떠오르고 더 나은 공동체가 아니라 고립되고 팍팍한 삶을 물려주는 것 같다. 삶이 어려워지는 것은 전 세계적인 추세이기는 하다. 다음 세대가 그 어려움을 잘 극복하면서 살아갈 것을 믿기로 하자 지금 내가 해야 할 일은 제대로 가르치는 것이라고 판단했다. 그래서 한 명 한 명이 자신의 생각을 갖고 살아가며, 그 생각을 말이나 글로 표현할 수 있도록 가르치고 있다. 이 책의 독자들도 각자 글로 자신의 생각을 더 잘 드러냈으면 한다. 글을 제대로 쓰는 사람이 많아지는 만큼, 우리 사회가 지금보다 더 풍요로워질 것이라고 확신하기 때문이다.

글쓰기라는 새로운 분야를 공부하며 글을 쓰는 과정이 순탄치만은 않았다. 그 와중에 가장 큰 힘이 되었던 것은, 매주 논문을 읽고 글을 쓰는 어려운 수업을 통해 많은 것을 배웠다고 고마워해준 학생들이었다. 그들의 반응과 변화가 아니었다면 글쓰기에 초점을 둔 수업을 계속하지 못했을 것이다. 끝까지 함께해준 학생들에게 진심으로 감사드린다. 수업을 위해 쓴 문장을 이 책 속에 실제 사례로 사용할 수 있도록 동의해준 학생들에게도 감사드린다. 특별히 초고를 읽고 꼼꼼하게 코멘트를 해준 유희균, 차익종 교수님, 박사과정생 김경미, 박정애, 양지원, 송민해, 박정연, 짧은 인연이었지만 큰 도움을 준 최미소, 그리고 완성도를 높일 수 있도록 수정과 편집에 조언을 해주신 쌤앤파커스의 성상태 편집자님께도 감사드린다. 함께하는 점심시간을 통해 격려를 주고받는 선배와 동료 교수님들, 특히 김정오, 권석만, 김청택, 이훈진, 오성주, 한소원, 안우영 교수님께 감사드린다.

글이 잘 써지는 날보다 그렇지 않은 날이 더 많았다. 가족의 사랑과 격려가 아니었다면 끝내지 못했을 것이다. 같이 있는 시간이 더욱 각별해지는 두 분의 어머님, 최연옥 님, 정원식 님과 헌신적인 사랑과 함께 글뿐만 아니라 삶 전반에 걸쳐 내게 가장 따끔한 말을 아끼지 않는 아내 유희균에게 깊이 감사드린다. 끝으로 아빠로서의 기쁨을 한껏 맛보게 해주었고 세상을 보는 시각을 바꾸어준, 이제는 늠름한 청년으로 자란 두 아들 인우와 준우에게 이 책을 바친다.

2020년 2월
박주용

● 이 책을 더욱 효과적으로 활용하는 법

이 책에는 글쓰기의 매 단계마다 깊이 생각하면서 쓰는 연습을 할 수 있도록 33개의 '글쓰기 트레이닝'을 수록했다. 이 트레이닝은 자신의 글쓰기 습관을 파악하는 것은 물론 여러 유형의 글쓰기 연습, 내 글과 다른 사람의 글에 대한 비교와 평가, 그리고 동료들과의 토론 등으로 이루어져 있다. 시간과 노력이 많이 들더라도 차근차근 연습하다 보면 점점 더 좋은 글을 쓸 수 있게 될 것이다. 직접 해보면서 '생각하는 힘'과 '글쓰기의 힘'을 두루 경험하기 바란다.

CHAPTER 1

왜		우	리	는				
글	을		쓰	는	가	?		

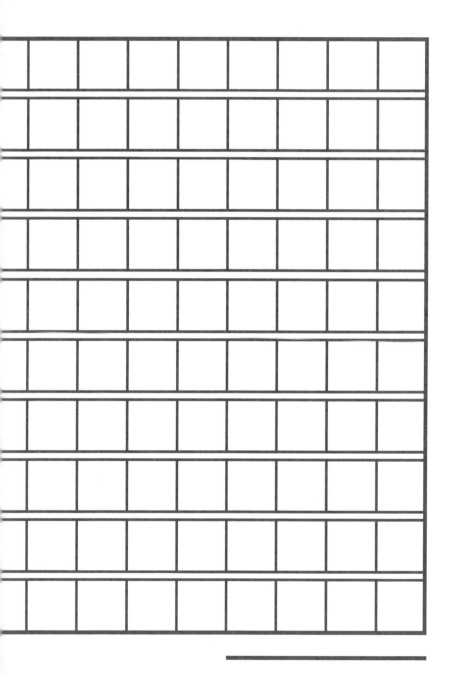

도구로서의 글쓰기,
도구 이상의 글쓰기

문자 사용의 역사는 5000년에 불과하다. 모든 언어가 문자를 가지고 있는 것도 아니다. 현존하는 3000여 개 언어 가운데 문자가 있는 언어는 10%가 채 안 된다. 장구한 인류의 역사에 비해 비교적 최근에 등장한 문자는 인류의 삶을 완전히 바꾸어놓았다. 문자가 있든 없든 인쇄술이 뒷받침되지 않는 문명의 경우, 오랫동안 유지되더라도 예외 없이 농업이나 유목 혹은 수렵 채집에 의존하여 살아간다. 문자 덕분에 지식을 축적하고 발전시킬 수 있었기에, 이탈리아의 과학자 갈릴레오는 문자를 "인간 정신의 가장 위대한 창조물"이라 일컬었다.

그러나 그 모든 위대한 발명품을 능가하는 것이 있네. 자신의 마음속 깊이 있는 생각을 다른 사람에게 전하는 방법. 다른 사람이 아무리 멀리, 아무리 미래에 있더라도 전하는 방법을 생각해 낸 것은 얼마나 위대한 지혜인가! 인도에 있는 사람에게 전할 수도 있네. 아직 태어나지 않은 사람, 1000년 후에 태어날 사람, 1만 년 후에 태어날 사람에게 전할 수도 있어. 방법도 아주 간단해. 20여 개의 글자를 종이 위에 적당한 순서로 쓰면 돼! 인류의 가장 위대한 발명품이 바로 이것이지.[1]

공부의 수단이자 목적으로서의 글쓰기

문자를 기반으로 출현한 학문은 체계화된 지식과 기술을 가리키는데, 그 구체적인 내용은 주로 수식이나 그 밖의 상징을 포함하는 광의의 언어로 서술된다. 따라서 학문의 세계에 참여하기 위해서는 그 언어를 익히는 한편 적절하게 구사하여 자신의 생각을 드러낼 수 있어야 한다. 이 과정은 시인들이 새로운 비유를 통해 시적 대상에 대한 새로운 통찰을 만들어내는 작업에 견줄 수 있다. 학자들은 같은 주장이라도 자신만의 언어로 표현하면서 그 폭을 넓히거나 깊이를 더해야 한다.

이 책의 서두에서 인용한 베이컨의 말처럼 지적 활동은 읽기, 토론, 그리고 글쓰기로 이루어진다. 독서는 책을 읽는 것은 물론 다른 사람의 강연을 듣는 것을 포함한다. 우리는 기술의 발달로 오디오 북, 이미지, 동영상 등을 통해 많은 지식에 접근할 수 있게 되었다. 그렇지만 지식에 접근하는 것과 지식을 제대로 얻는 것 간에는 큰 괴리가 있다. 듣거나 읽을 때에는 다 이해가 되는 것 같지만 막상 실제로 배운 내용을 다른 사람에게 말이나 글로 설명하려 하다 보면 그제야 느낌에 의한 판단이 얼마나 부정확한지를 깨닫게 된다. 바로 이것이 토론과 글쓰기가 중요한 이유이다.

토론은 두 명 이상의 참여자가 서로의 지식, 이해, 판단력의 발전에 관심을 두고 진행하는 대화의 한 형식이다. 서로를 존중하는 가운데 이루어지는 토론은 차이를 명료하게 하고 합의를 이끌어내는 과정에서 새로운 통합을 만들어낼 수도 있다. 그런데 토론이 길어지면 전체 흐름을 파악하거나 사용된 언어의 일관성을 유지하기 어렵다. 말은 발화되고 나면 사라지기 때문이다. 하지만 글로 표현하면 서로 관련되어 있지만 여기저기에 흩어져 있는 부분들을 정리하여 전체 흐름과 표현의 일관성을 높일 수 있게 된다. 이 과정에서 잘못된 부분을 발견하면 바로잡아 내용의 정확성도 높일 수 있다. 요컨대 글을 쓰지 않으면, 무엇이 어디서 잘못되었는지를 제대로 포착하기 어렵다.

글쓰기는 배운 내용을 이해하고 활용하는 데에도 도움을 준다. 학생들에게 학습 자료를 제시하고 이를 공부하게 하는 집단과 그 자료를 요약하게 하는 집단, 그리고 그 자료를 바탕으로 모종의 주장을 펼치는 글을 쓰게 한 집단에게 모두 똑같은 시험을 보게 하면 누가 가장 잘할까?[2] 요약을 하거나 주장을 펼치게 한 집단 간에는 차이가 없었지만, 두 집단 모두 시험을 위해 공부한 집단보다 더 높은 점수를 받았다. 글쓰기가 기억력과 이해력을 향상시킬 수 있다는 것을 보여주는 연구 결과이다.

글쓰기는 또한 효과적인 평가 도구이기도 하다. 교육 과정을 통해 얼마나 많은 지식을 습득하고 또 그 지식을 얼마나 잘 활용할 수 있는지를 알아보는 방법이 글쓰기이다. 특히 생각의 깊이를 알아보는 데 있어서 글쓰기만 한 평가 방법이 없다. 5일에 걸쳐 치르는 프랑스의 고등학교 졸업 자격시험인 바칼로레아[Baccalauréat]는 엄청난 비용에도 불구하고 논술로 학생들의 실력을 평가한다.

많은 대학에서 학위 수여의 중요한 요건으로 요구하는 논문도 평가를 위한 글쓰기 중 하나이다. 학위 논문을 포함하여 학자들의 연구 논문이나 저서도 평가를 위해 쓰인다. 연구자들은 오랜 시간을 들여 분석하고 성찰하거나 경험적 연구를 수행한 다음, 그 결과를 글로 마무리 짓는다. 물론 글을 쓰기 전에 다른 전문가들 앞에서 구두로 발표할 때도 있고, 분야에 따라서는 현상을 시연하는 것으로 대체되기도 한다. 하지만 결국에는 글로 정리되어야 한다. 그 글이 전문가들의 검토를 거쳐 인정받아야 비로소 전문 학술지에 실리거나 책으로 출판되어 더 많은 사람들에게 공개되는 것이다.

글쓰기는 학문 활동의 목표이기도 하다. 사회 봉사는 물론 교육도 중요하지만, 학자로서의 역할은 결국 글로 평가된다. 좋은 연구를 바탕으로 좋은 글을 쓰는 사람이 결국 학자가 되는 것이다. 가르치기 위한 텍스트나 해당 분야의 흐름을 소개하는 개관 논문도 나름대로의 역할을 하지만 새로운 해석, 새로운 이론, 새로운 발견, 새로운 방법론 등을 통해 학문적으로 기여해야 한다.

스마트하게 일하는 도구로서의 글쓰기

글쓰기는 공부하고 연구하는 이들에게만 요구되는 것은 아니다. 일할 때도 글이 중요하다. 스마트하고 창의적으로 일하려면 무조건 열심히 하는 것으로는 부족하다. 생각하면서 일해야 한다. 글쓰기는 "생각을 나누기 위한 도구 이상으로 우리의 생각을 발전시키고 다듬을 수 있게 하는 도구다."[3] 즉 정연한 글쓰기가 수반될 때 더 효율적으로 일할 수 있게 된다. 또한 글을 쓰면서 업무를 처리하면 일한 흔적을 남길 수 있어 업무 과정과 결과를 축적하여 조직의 자산을 증가시킬 수 있다. 따라서 업무에 따라 그 형식이나 양은 다를 수 있겠지만, 예를 들어 주차별 혹은 월차별로 한 페이지 이상의 보고서에 무슨 일을 어떻게 했는지를 담도록 하는 것이다. 주 업무가 아니라 지원 업무나 다른 사람과 함께 진행하는 프로젝트의 경우에도 날짜별로 간략한 메모 형식으로 무엇을 어떻게 했는지 기록하게 할 수 있다.

여러 부서 간 협의나 집단 지성을 발휘해야 하는 회의도 기록을 통해 관리할 필요가 있다. 회의에서 논의되고 결정된 내용을 기록으로 남기도록 하는 것이다. 회의록을 부서 단위로 혹은 전체 조직 차원에서 적절한 키워드를 사용하여 정리해두면, 필요할 때 쉽게 찾아볼 수 있어 정보 공유를 용이하게 하고 의사 결정의 투명성을 높일 수 있다. 자료를 체계화하는 부분을 제외하면 글을 쓰며 일을 하는 것은 현재의 업무 처리 방식과 크게 다르지 않다. 직장인의 업무와 관련된 한 보고서에 따르면,[4] 업무의 30%는 문서 작성이고 정보 검색과 수집 22%, 검토와 의사 결정 20%, 여기에 회의와 보고에 각각 16%와 13%의 시간을 사용한다고 한다. 이렇게 많은 시간과 노력을 들인 문서나 결정 사항들이 기록되고, 필요할 때마다 재활용될 수 있다면 업무 효율성은 지금보다 훨씬 높아질 것이다. 성과주의와 권위주의적 업무 처리 방식을 지양하면서 일하는 과정과 결과를 글로 정리하도록 바꾸어야 하는 까닭이다.

글쓰기는 리더의 중요한 역량 중 하나이기도 하다. 록히드마틴의 최고경영자로 일했던 노만 어거스틴[5]에 따르면 8만 명의 엔지니어와 과학자를 포함한 총 18만 명의 직원 중 "경영진까지 승진한 직원들에게서 확인되는 가장 두드러지는 공통점은 자신의 생각을 글로 명확히 표현해내는 능력이었다." 그의 말을 뒤집어보면 리더란 생각할 줄 알고 그 생각을 바탕으로 조직 구성원들에게 영감을 주는 사람인데, 이를 위해 사용하는 도구가 글쓰기라는 것이다.

글쓰기 트레이닝 01

다음 질문에 "그렇다/아니다"로 답하고, 주변 사람들과 함께 글쓰기에 대해서 평소에 느끼는 감정들을 자유롭게 나눠보자.

❶ 나는 사생활은 물론 학교나 직장에서 글쓰기가 중요하다고 생각한다.

그렇다☐   아니다☐

❷ 내 주변의 사람들은 사생활은 물론 학교나 직장에서 글쓰기가 중요하다고 생각한다.

그렇다☐   아니다☐

❸ 동료 또는 SNS 상의 지인들과 비교할 때 나는 글쓰기 자신감이 높다.

그렇다☐   아니다☐

우리는
글쓰기를
잘못 배웠다

글쓰기는 대학에서뿐 아니라 직장에서도 반드시 갖추어야 할 기본 소양이다. 이 때문에 필립스 아카데미나 옥스퍼드 대학은 물론, 미국 최고의 대학들은 글쓰기 교육을 중요시하고 투자도 많이 한다. 하버드 대학은 미국 내에서 가장 우수한 학생들이 입학하는 데도 불구하고, 1872년 이래로 모든 학생에게 〈탐구적 글쓰기〉 강좌를 필수로 듣도록 한다. 신입생들은 20여 개의 주제 가운데 하나를 선택하여 한 학기 동안 5~6페이지 분량의 에세이 네 편을 써야 한다. 매주 진행되는 수업과 토론 외에도 일대일 첨삭 지도가 이루어진다. 대부분이 바로 이 강좌를 듣지만, 신입생 중 10% 정도는 글쓰기 기초를 다지기 위한 선수 과목을 반드시 듣도록 하고 있다.

하버드 이상의 명문대학이라 할 수 있는 매사추세츠 공대^{MIT} 또한 글쓰기를 중시한다. MIT가 글쓰기 교육을 강화하게 된 결정적 이유는 졸업생들의 요구 때문이었다. 졸업생들이 전공 교육에 대해서는 만족스러워한 데 반해, 졸업 후 실제 업무를 수행하면서 글쓰기와 의사소통이 부족하다고 느껴 이를 강화해줄 것을 요청했다. 이러한 요구 사항을 반영하여 몇 년간의 준비 작업을 거쳐 1990년대부터 네 개 이상의 글쓰기 수업을 졸업 이수 요건으로 규정했다. 전공 수업을 진행하는 교수가 신청을 하면 심사를 거쳐 선정되는데, 일단 선정되면 전공 교수와 전공 연계 글쓰기 전담 교원이 팀을 이루어 수업을 진행한다. 각 수업의 4학점 중 2학점은 전공 교수가, 나머지 2학점은 글쓰기 전담 교원이 학점을 부과한다. 이 대학의 경우 글쓰기 전담 교원의 수가 60여 명이나 되는데, 그중 반 이상이 전공 연계 글쓰기 전담 교원이다. 양질의 글쓰기 교육을 위해 엄청난 인적 자원이 투입되고 있는 것이다.

그런데 우리의 대학에서는 지식의 양적 축적만을 강조하고, 조직에서는 '시키는 대로, 하던 대로' 일하는 탓에 글쓰기는 물론 그 기반이 되는 사고를 충분히 강조하지 못하고 있다. 대학 입시는 물론 취업을 위한 평가도 논술보다는 선다형이나 단답식 문항으로 치러지고 있기 때문에, 초중등 교육에서는 물론 대학에서도 글쓰기 교육을 강화하기 어려운 상황이다.

이를 바꾸려면 학생을 단지 가르침의 대상으로서가 아니라 그 분야에 관심을 가진 젊은 연구자로 인정하는 태도가 필요하다. 이런 태도를 갖게 되면, 교육 방법은 물론 소통 방식도 달라질 수밖에 없다. 지금처럼 일방적으로 가르치고 외우게 하는 대신, 토론에 참여할 수 있도록 발언할 기회를 제공하고, 이 과정에서 나온 여러 생각을 글로 정리하게 한 다음 피드백을 제공해야 한다. 실제로 세계 유수의 교육 기관들은 이렇게 가르친다.

미국 뉴햄프셔주에 위치한 명문 사립 고등학교인 필립스 엑시터 아카데미의 하크네스 수업Harkness Table과 영국 옥스퍼드 대학의 튜토리얼The Oxford Tutorial이 대표적 사례이다. 하크네스 수업에서는 교사와 학생들이 원탁에 둘러앉아 토론한다. 수학 수업도 이렇게 하는데, "사고하라, 토론하라, 그리고 질문하라"는 슬로건에서 알 수 있듯이 자유로운 토론이 장려된다.

옥스퍼드 튜토리얼에서는 교수가 제시한 문제에 대해 에세이를 쓴 다음 서너 명의 학생이 교수와 토론을 벌이도록 한다. 좋기는 하지만 교수와 대학원생 튜터가 교육에 많은 시간을 할애하는 비싼 방법으로 영국 내에서도 계속 유지할 것인지 지속적으로 논란이 되고 있다. 그럼에도 이 방식이 아직도 유지되는 이유를 다음과 같은 한 졸업생의 말에서 찾아볼 수 있다. "옥스퍼드를 떠날 때 유럽의 다른 지역이나 미국의 대학 졸업생에 비해 적은 지식을 머리에 담게 될지도 모르지만, 이 시대의 가장 위대한 지혜를 함양하게 되었다. 그것은 바로 비판 정신이다."[6]

역사적으로 토론과 글쓰기는 소위 엘리트를 위한 교육 기관인 대학에서 널리 쓰였지만, 대학이 대중화되면서 현실적으로 이런 방법을 사용하기 어렵게 되었고 결국 대학 교육의 질이 낮아졌다. 그렇지만 이를 어쩔 수 없는 일로 받아들이는 대신 어떻게든 부활시키기 위해 노력해야 한다. 그런 노력은 글과 글쓰기의 중요성을 이해할 때 비로소 가능하다. 우리의 글쓰기 교육 현황을 살펴보면 이런 변화가 얼마나 절실한지 금방 알 수 있다.

홀대받는 글쓰기 교육

대학생을 대상으로 한 한국교육개발원의 보고서에 따르면, 한 학기 동안 10페이지 정도의 보고서를 5회 이상 쓰는 비율이 절반 이하였다.[7] 평균으로 따져보면 1년에 대략 100페이지 정도를 쓴다. 이에 반해 미국 대학생의 경우 1학년은 1년에 평균 92페이지를 쓰지만 4학년이 되면 146페이지를 쓴다.[8] 결과적으로 미국 대학생이 한국 대학생보다 평균 20% 정도를 더 쓰는 셈이다. 이보다 더 중요한 것은 글쓰기의 중요성에 대한 대학 구성원들의 인식이다.

앞서 미국의 두 명문 대학의 사례에서 본 것처럼, 글쓰기 수업은 형식적 관문이 아니다. 글쓰기는 대학 구성원으로서 반드시 갖추어야 하는 역량으로 오래전부터 강조되어왔다. 이에 반해 한국 대학에서 글쓰기 교육의 가장 큰 장애물은 "글쓰기를 교양 과목으로만 생각하는 대학 구성원들의 통념"[9]이다. 꼭 수강해야 하지만 대학

신입생이나 듣는, 적당히 하면 학점을 딸 수 있는 과목인 것이다. 전공 수업에서는 많은 내용을 다루느라, 그리고 담당 교수가 글쓰기 교육에 대한 전문성이 부족하다는 이유로 글쓰기 교육이 뒷전으로 밀려나는 탓에 학년이 올라갈수록 글을 쓸 시간이 줄어든다. 특히 이공대의 경우 이런 경향은 더욱 심하다.

서울대학교 학생 2251명과 교수 304명이 참여한 한 설문[10]에서는 두 집단 모두 글쓰기 능력을 졸업생에게 기대되는 중요한 능력으로 간주했고, 그 중요성을 5점 만점에 각각 4.45점과 4.5점으로 높게 매겼다. 하지만 글쓰기 교육이 실제로 얼마나 잘 이루어지는지에 대한 응답에서 학생은 3.3점, 교수는 2.75점으로, 각각 4.14점과 4.0점으로 가장 높은 만족도를 보인 전공 지식에 비해 상당히 낮았다. 많은 지식을 전수받지만 그 지식을 바탕으로 자신의 생각을 발전시키는 훈련을 받지 못하고 있는 것이다. 게다가 글쓰기 교육의 중요성은 물론 만족도 면에서 자연대와 이공대는 모두 평균보다 낮았다.

학생들이 작성한 보고서를 평가하다 보면 반짝이는 아이디어가 담긴 글을 찾아보기 어려운 것은 둘째 치고, 틀린 곳이 너무 많아 도대체 어떻게 피드백을 주어야 할지 종잡을 수 없는 글이 수두룩하다. 그렇다고 학생들이 생각을 전혀 못하는 것은 아닌 듯싶다. 어떤 주장을 펼치는지 이해할 수 없어 학생을 불러 자신이 쓴 글에 대해 물어보면 대개는 적절하게 답변한다. 내용을 알지만 이를 명료하고 정확하게 글로 표현하지 못하기 때문에 일어나는 일인데, 바로 이것이 우리 교육의 문제이다. 생각하게 하고 생각을 제대로 표현하게 하기 위해 글쓰기 교육을 서둘러야 하는 까닭이다.

글쓰기 교육이 홀대받으면 다음과 같은 일이 벌어진다. 먼저 한국과 네덜란드 두 나라에서 대학 생활을 해본 레네 하일의 독백을 들어보자. 그녀는 아버지를 따라 한국에 와서 고등학교 1학년까지 다니다가, 2학년 때 혼자 미국으로 가서 고등학교 과정을 마친 다음, 연세대학교에 다니다 중퇴하고 네덜란드에서 대학을 나왔다. 두 나라에서의 대학 생활 경험을 바탕으로 그녀가 쓴 "SKY? 사양하겠어요"[11]의 일부 내용은 다음과 같다.

> 비판 정신은 부족했다. (…) 한국 사람들은 윗사람이 시키는 대로 하는 문화에 젖어 있다. (…) "좋아, 이제 너 스스로 생각해봐!" 그러면 사람들은 어쩔 줄을 모른다. (…) 한국 대학에서 만난 사람들에게 별로 신선한 느낌을 받지 못했고, (…) 나는 창조적이고 도전적인 사람들과 어울리고 싶었다. (…) 연세대를 1년 다닌 뒤 그만두고 네덜란드 대학에 들어갔다. (…) 새로 옮긴 대학에서는 학사 과정 3년 동안 다음 순간에 무슨 일이 일어날지 예측할 수 없었다. 3년 내내 한순간도 긴장을 늦출 수 없었고 한숨 돌릴 여유조차 없었다. 계속 그렇게 살다 보니 너무 지쳐서 나중에 어찌되든 좀 쉬었으면 좋겠다는 생각마저 들었다.

대학에서 많이 배운 다음 더 공부하기 위해 유학을 간 사람들은 다음과 같은 말을 듣게 된다. 2013년 독일 아마존 인문 베스트셀러였던《노력 중독》에 나오는 말이다.

> 김 군은 실로 엄청난 지식을 갖고 있었다. (…) 하지만 그것은 전적으로 복제 가능한 지식에 지나지 않았으며, 독창적인 지성 면에서는 처참한 낙오자였다. 비정상적인 조합이나 연관성에 대해서는 상상력이 전무했으며 새로운 아이디어나 학문 방식을 고안하고 발전시키는 능력은 형편없었다. 엄청난 지식으로 무장한 한 젊은 과학자가 실제로는 바보와 다름없는 게 아닌가!

유학 대신 취직을 하는 사람들은 어떨까? 안타깝게도 전문성이나 대인관계 능력이 떨어지며, "신입사원의 국어 능력에 대해 10명 중 1명만이 만족스럽다"는 평가를 받는다.[12] 우리와 달리 미국의 경우, 조사 대상이나 방법 등에서는 차이가 있지만, 우리보다 상황이 훨씬 낫다. 예를 들면, 현직 근로자는 물론 신규 근로자의 65% 이상이 회사에서 요구하는 글쓰기 능력을 갖추고 있다는 조사 결과가 있다.[13] 이상의 사례들은 글쓰기라는 기본기가 충실히 갖춰지지 않는 한 우수한 인재를 배출하기 어렵다는 것을 확실하게 보여준다.

더 많이, 더 잘 쓰기 위하여

글쓰기 수업이 모든 대학에서 교양 필수로 지정되어 있지만, 한두 개의 글쓰기 수업만으로 글을 잘 쓰기는 어렵다. 특히 글쓰기를 중요하게 여기지 않는 현재 대학 입시제도의 영향으로 초중등 교육에서부터 글쓰기 경험을 많이 하지 않은 우리나라의 대학생들에게는 더욱 그렇다. 지난 30~40년 동안 전 세계적으로 대학 교육이 대중화되면서, 이전보다는 학습 기술은 물론 동기도 낮은 수강생의 수가 급속히 많아졌다. 또한 수강생의 수가 많아지면서 개별적인 피드백을 제공하기 어렵다는 이유로, 글쓰기 과제 자체가 줄어드는 상황이다. 글쓰기 교육 전문가를 절대적으로 늘리면 쉽게 해결되겠지만, 그 비용을 감당하기 어렵다. 따라서 전문가를 늘리기 위한 노력과 함께, 비용을 줄이면서 글쓰기 교육을 강화할 수 있는 방안을 다각도로 모색할 필요가 있다. 그중 하나는 교과 교육에서도 지금보다는 글을 더 많이 쓰도록 하는 것이다. 그렇게 하지 않으면 대학을 졸업해 많은 전공 지식을 갖고 있다 하더라도 글로 자신의 생각을 표현하는 것은 요원한 일이 될 것이다.

대학은 물론 지적 탐구를 수행하는 사람들에게 글쓰기의 초점은 논리적 글쓰기다. 자신의 느낌을 자유롭게 표현하는 글이나 창작을 위한 허구적인 글쓰기도 나름대로 필요하고 중요하다. 하지만 이 책에서는 글쓰기의 목표를 '자신의 생각을 논리정연하게 표현하고 다른 사람에게 자신의 생각을 이해시킬 수 있도록 하는 글쓰기'에 두고자 한다. 탐구 과정에서 자신의 현재 상태를 고스란히 드러내는 데에서 시작하여 한층 더 발전하기 위해 무엇을 해야 할지 파악하려면 탐구 분야에 대한 글을 써야 한다. 글은 마치 거울처럼 우리의 지적 탐구의 수준을 보여준다. 그러니 자주 확인하기 위해 많이 쓰려고 노력해야 한다.

글쓰기 트레이닝 02

자신의 생각을 발전시키기 위해 글을 쓰는 시간이 얼마나 되는가? 예를 들면 일주일에 몇 시간이나 되나? 그에 비해 동료들은 평소에 얼마나 쓰는지도 알아보자.

자신의 경우

▼

주당 평균 (　　　) 시간

친구들의 경우

▼

주당 평균 (　　　) 시간

글쓰기 습관을 위한
몇 가지 조언

글을 쓰려는 동기나 각오가 생겼다면 바로 쓰는 대신, 글쓰기에 대한 태도를 점검해볼 필요가 있다. 태도는 우리 삶의 많은 부분에 큰 영향을 준다. 스탠퍼드 대학의 캐럴 드웩Carol S. Dweck 교수는 지적 능력에 대해 두 가지 다른 태도를 확인했다. '성장 태도growth mindset' 를 가진 사람은 배우고 노력하면 지적 능력이 향상된다고 생각하는 반면, '고정 태도entity mindset'를 가진 사람은 지적 능력은 타고나며 노력해도 변화가 없다고 생각한다는 것이다. 이 두 가지 태도는 지능과 무관한데, 일반적으로 성장 태도를 취하는 사람들이 더 잘 배우고 어려움에 봉착해도 더 잘 극복한다는 결과가 반복적으로 관찰되었다.

우리도 글을 잘 쓰려면 글쓰기에 대해 '성장 태도'를 가질 필요가 있다. 실제로 글쓰기 태도 검사에서 글쓰기 능력이 타고난다고 생각하는 사람일수록 글쓰기 능력을 발전시키지 못했다. 글을 쓰려는 동기와 글쓰기에 대한 태도는 글쓰기 습관을 형성하는 데 있어 매우 중요하다. 일단 글쓰기 습관이 형성되면 생각한 것을 기록하기 위해 쓸 뿐만 아니라 생각하기 위해서도 글을 쓸 수 있게 된다. 일단 써보면, 생각이 떠오르지 않아서 못 쓰는 것이 아니라 쓰지 않기 때문에 생각이 떠오르지 않는다는 것을 경험할 수 있다.

꾸준히 쓰는 사람이 잘 쓴다

그렇다면 글쓰기 습관을 만들기 위해 어떻게 해야 할까? 습관을 만들기 위해서는 앞에서 언급한 성장 태도와 함께 '의도적 연습deliberate practice'이 필요하다. 의도적 연습은 다음과 같은 특징을 갖고 있다.[14]

❶ 다른 사람에 의해 어느 정도 효과가 확인된 방법에서 시작하여 조금씩 그 난이도를 높여간다.

❷ 명확하고 구체적인 목표와 함께 신중하고 계획적으로 진행한다.

❸ 효과적인 심적 표상(글을 쓰는 목적이나 그 목적을 이루는 방법에 대한 대략적인 이미지를 그려보는 것)을 만들고 활용한다.

❹ 피드백을 통해 행동을 변화시키되, 기존에 습득한 기술의 특정 부분을 집중적으로 개선하여 고도화한다.

이런 원리를 보다 구체적으로 글쓰기에 적용해보면 다음과 같다. **첫째,** 정해진 시간과 장소에서 글쓰기를 반복한다. 처음에는 단편적인 생각을 나열하는 데서 시작할 수 있다. 20분 혹은 30분을 정해놓고 그 시간 동안에는 자료를 찾아보거나 다른 활동을 삼가면서 머릿속에서 떠오르는 생각을 아무렇게나 적어 내려가는 것으로 시작할 수 있다. 가능하면 하나의 주제에 대해 집중하는 게 좋지만 경우에 따라서는 두 개의 주제를 서로 다른 페이지의 노트나 다른 파일에 써나가도록 한다. 만일 무엇을 쓰고 싶은지 명확하다면 굳이 이 단계를 거치지 않아도 된다. 하지만 막막해서 뭘 해야 좋을지 모를 때 사용하면 효과적이다.

중간에 잠시 휴식 시간을 갖고 이렇게 써보기를 몇 번 반복하여 페이지가 채워지면 이들을 비슷한 내용끼리 묶어보면서 한 문장으로 하고 싶은 말을 만들어본다. 그리고 이 한 문장을 지지할 수 있는 근거를 나열하고 필요한 자료를 검색하고 수집한다. 이를 중심으로 대략적인 윤곽을 만들고 나면 각 문장에 '그리고', '그러나', 혹은 '그래서' 등의 이음말을 이용하여 적합한 내용들을 추가해나가는 동시에 필요한 부분에서는 보다 상세한 설명을 위한 논의를 추가함으로써 내용을 확장해갈 수 있다.

둘째, 한 번에 많이 쓰는 대신 가능하면 매일 같은 시간 동안 지속적으로 쓴다. 글은 느낌이 올 때 쭉 써내려가야 한다고 잘못 생각하는 사람들이 많다. 하지만 실제로 느낌이 올 때 많이 쓰는 사람들과 매일 조금씩 쓰는 사람들이 쓴 글의 양을 비교한 연구 결과를 보면 매일 쓰는 사람이 훨씬 더 많이 쓴다.[15] 대부분의 사람들이 아마 가장 힘들어하는 부분이 바로 '매일 규칙적으로 쓰기'일 것이다. 건강을 위한 운동처럼 글쓰기도 매일 해야 향상된다. 중간중간에 글쓰기 실력이 정말 느는 것인지 회의감이 들 때가 없지 않겠지만, 결국 꾸준히 쓰는 사람이 잘 쓰게 된다.

셋째, 주장이 담긴 논리적 글은 특정한 목적을 가지고 쓸 때 더 성과가 좋다. 예를 들어 대학생의 경우 전공 영역에서 배운 지식을 다른 학생에게 알려줄 목적으로 대학신문에 기고하거나 아니면 학술 논문 경연대회에 도전해보는 것이다. 또는 공부하는 분야에 대해 자기만의 주장을 펼치는 보고서를 완성하는 것이다. 학기말 보고서가 요구되면 이를 제출하면 되고, 요구되지 않더라도 자신을 위해 글을 쓰는 것이다. 이렇게 쓴 글을 동료에게 보여주고 피드백을 받아 고치고 축적해놓으면 나중에 읽어보면서 자신의 성장 과정을 추적해볼 수 있다.

넷째, 자신의 생각이 담긴 글을 잘 쓰려면, 객관적인 지식을 전달하는 텍스트보다는 글쓴이의 주장이 담겨 있는 글을 읽은 다음 그 주장에 대한 자신의 입장을 정리해보는 것이 좋다. 3장에서 자세히 보겠지만, 인간의 사고 능력이 다른 사람을 설득하기 위한 논쟁에서 발달했다고 보는 이론[16]이 있을 정도로 논쟁 상황은 사고를 촉진한다. 실제로 중학생 수준에서도 친구들과 꾸준히 논쟁하게 하면 그 시간 동안 글을 쓰게 할 때보다 오히려 글쓰기 능력이 향상된다는 연구도 있다.[17] 이를 고려하면 많은 정보를 백화점식으로 나열한 교과서를 읽는 것보다 주장이 담긴 글을 읽는 것이 적어도 글쓰기에는 도움이 될 가능성이 높다.

글을 읽으며 해야 할 일은 두 가지이다. 하나는 글쓴이가 주장을 어떤 방식으로 전개하는지 분석해보는 것이다. 간단한 글은 주장과 근거를 찾아보는 것으로 충분하지만, 복잡한 글은 논증 다이어그램을 이용하여 도식화할 수 있다. 도식화하는 방법에 대해서는 뒤에서 좀 더 자세히 살펴볼 예정인데, 간단히 말하자면 어떤 주장을 어떤 근거로 뒷받침하는지를 [그림 1]과 같은 구조로 나타내보는 것이다. 다음으로 주장에 대해 찬성이든 반대이든 자신의 입장을 발전시킬 필요가 있다. 자신이 어떤 근거로 어느 입장을 취하는지를 검토해보는 것이다. 실제로 이런 검토를 몇 번 해보면, 우리의 반응이 느낌에 따를 때가 많다는 것을 확인할 수 있다.

이런 차이를 영국의 시인 T. S. 엘리엇은 다음과 같이 정리했다. "우리는 어떤 문제를 잘 알지 못할 때 혹은 충분히 알지 못할 때 항상 생각을 감정으로 대체한다." 문제는 우리의 입장이 감정이나 느낌에 근거할 경우, 사랑 고백을 제외하고는, 상대방을 설득하는 데

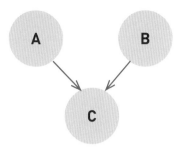

〔그림 1〕 간략한 논증 다이어그램의 한 예. C라는 결론을 지지하는 근거로 A와 B가 제시되었음.

효과적이지 않을 때가 많다는 것이다. 논쟁에서 자신의 입장을 제시하고 상대방의 비판을 받을 때에야 비로소 각자가 암묵적으로 가정하고 있는 전제가 명료해지는 것이다.

낯선 시선으로 다시 검토하기

다섯째, 자신이 쓰는 글의 내용을 누군가에게 말해보는 것이다. 그 목적은 자기 자신뿐 아니라 다른 사람의 피드백을 얻기 위해서이다. 내용을 아는 사람이면 더 좋을 수도 있지만 모르는 사람에게라도 말을 해보는 것은 도움이 된다. 들어줄 사람이 없다면 혼잣말처럼 중얼거려보는 것도 하나의 방법이 될 수 있다. 이렇게 해보면 하고자 하는 말을 명료하고 쉽게 쓰는 데 도움이 된다. 말하기 쉬워야 글로도 잘 읽히기 때문이다. 글을 다 쓰고 나서 할 수도 있지만 쓰다가 중간중간에 이렇게 해보면 흐름이나 맥락을 잡는 데 큰 도움이 될 수 있다.

마지막 **여섯째,** 누군가가 자신이 쓴 글에 대해 피드백을 요청하면 그 요청을 최대한 받아들이라는 것이다. 이렇게 하는 이유는 두 가지이다. 우선 내 글을 누군가에게 읽게 하려면 그 반대급부가 필요하기 때문이다. 나는 부탁하면서 다른 사람의 부탁을 들어주지 않을 수 없다. 이보다 더 중요한 이유는, 다른 사람의 글에 대해 피드백을 주는 것은 글을 어떻게 써야 하는지를 배울 수 있는 절호의 기회이기 때문이다. 다른 사람의 글을 평가하면서 어떤 글이 왜 좋은지 혹은 그렇지 않은지 생각하다 보면 글을 보는 안목을 발전시킬수 있다.

읽어달라고 남에게 부탁하는 만큼 기꺼이 남의 글을 읽고 피드백을 주도록 노력하자. 다른 많은 일에서처럼 글쓰기에서도 각자 따로 고민하는 대신 서로 협력하며 피드백을 주고받으면 글쓰기의 생산성을 크게 향상시킬 수 있다.

글쓰기 트레이닝 03

다음 빈칸을 채워 완전한 문장을 만들어보자.

• 나는 글쓰기를 좋아한다. 그리고 (

).

• 나는 글쓰기를 좋아한다. 그래서 (

).

• 나는 글쓰기를 좋아한다. 그러나 (

).

1장의 내용을 바탕으로 자신에게 해당하는 문장에 체크하고, 동료들과
비교해보자.

글쓰기가 대학은 물론 교육 전반에 걸쳐 중요하다고 생각한다. ☐

스스로 글쓰기를 학습 도구로 사용한다. ☐

스스로 글쓰기를 평가 도구로 사용한다. ☐

제대로 된 글을 쓰는 것이 공부의 목표 중 하나이다. ☐

대학 졸업 후에도 글쓰기가 중요할 것으로 예상한다. ☐

우리 사회의 리더들이 말과 글을 제대로 구사한다고 생각한다. ☐

대학에서 글쓰기 교육이 잘 이루어진다고 생각한다. ☐

이공대생은 글을 못 써도 된다고 생각한다. ☐

글을 잘 쓰는 법을 배우고 싶다. ☐

노력하면 글을 잘 쓰게 된다고 생각한다. ☐

글을 더 잘 쓰기 위해 의도적으로 노력하고 있다. ☐

집중해서 글을 쓰는 장소가 있다. ☐

매일 글을 쓰기 위해, 읽거나 쓰는 시간을 확보하고 있다. ☐

글에 자신의 생각을 넣으려고 시도한다. ☐

자신이 쓴 글의 내용을 누군가에게 말한다. ☐

다른 사람에게 자신이 쓴 글을 읽고 피드백을 부탁한다. ☐

다른 사람이 글에 대해 피드백을 부탁하면 받아들인다. ☐

CHAPTER 2

논리적

글쓰기를

위한

첫걸음

청출어람의
글쓰기를
위하여

앞서 밝혔듯이 이 책은 특정 영역의 지식이 담긴 텍스트인 선행 연구나 자료들을 비판적 관점에서 해석하고, 그 영역을 확장시켜 자기만의 새로운 주장을 제시하는 글쓰기에 초점을 맞춘다. 여기에는 논문과 같은 학술적 영역 안에서의 글쓰기뿐 아니라 주어진 주제를 정확하게 파악하고 그로부터 자신의 생각을 정연한 논리로 펼쳐야 하는 일상에서의 글쓰기 전반이 포함될 수 있을 것이다.

우리의 일상적 대화가 진공 속에서가 아니라 특정한 상황 속에서 이루어지는 것처럼, 우리가 쓰고자 하는 글 또한 다른 텍스트로부터 모종의 상황을 구성해낸 다음 그 상황에 대한 이해를 높이는 새로운 주장을 펼치는 것이다. 그렇게 하는 이유는 아무리 독창적인 생각을 할 수 있는 사람이라 하더라도 혼자 떠올린 생각은 한계가 있기 때문이다. 아이작 뉴턴 같은 천재도 다른 선배 과학자들의 업적 덕분에 새로운 발전을 이룰 수 있었다고 고백하지 않았던가? 우리가 답을 찾으려고 애쓰는 문제는 대개의 경우 다른 많은 사람들도 고민했던 문제이기 때문에 그 맥락과 핵심을 제대로 짚으면 이미 축적된 많은 관련 지식을 얻을 수 있다. 그렇게 하다 보면 혼자 고민하다가 빠질 수 있는 오류를 피하면서, 보다 의미 있는 발전을 이룰 가능성이 높다.

우리가 배우려는 글쓰기가 앞선 연구나 자료를 바탕으로 새로운 주장을 펼치는 활동이라면, 그 글의 구조는 제럴드 그래프와 캐시 버킨스타인의 책 제목[1]처럼 '그들의 주장/나의 주장'으로 도식화할 수 있다. 이런 도식의 한 예는 미국의 배우 겸 가수 벳 미들러^{Bette} ^{Midler}가 부른 〈장미$^{The \ Rose}$〉의 노랫말에서 볼 수 있다.

> 누군가는 사랑을 부드러운 갈대가 완전히 잠기는 강물에
> 혹자는 영혼이 피 흘리게 하는 면도날에 비유하며,
> 또 다른 이는 끝이 없고 강렬한 욕구인 배고픔으로 표현하죠.
> 저는 사랑이란 꽃이고, 당신만이 그 꽃의 유일한 씨앗이라
> 고 생각합니다.
> Some say love, it is a river, that drowns the tender
> reed

Some say love, it is a razor, that leaves your soul to
bleed
Some say love, it is a hunger, an endless aching need
I say love, it is a flower, and you, its only seed

이 노랫말에서처럼 글을 쓰려는 사람은 자신이 다루고자 하는 주제인 '사랑'을 선정한 다음, '누군가', '혹자', '또 다른 이' 등의 주장을 통해 관련 주제와 내용을 필요한 만큼 언급해야 한다. 이를 배경으로 자신의 주장을 펼치는 것이다.

물론 실제로 글을 쓰는 것은 저 노랫말보다 훨씬 복잡하다. 다루려는 주제 자체를 소개하고 그 주제가 왜 중요한지를 추가로 설명해야 하기 때문이다. 또한 자신의 주장을 펼치는 데서 끝나지 않고 주장의 근거를 제시해야 하며, 자신의 주장이 다른 사람들의 주장과 어떤 점에서 그리고 왜 다른지에 대해서도 밝혀야 한다. 그렇지만 주제와 관련된 다른 사람의 주장, 상식이나 사회적 통념 혹은 일상에서의 직관적 판단과 대비하여 자신의 주장을 펼치는 구조는 기본적으로 유지된다.

논리적 글쓰기는 청출어람

논리적 글쓰기가 추구하는 바는 기본적으로 발전이다. 이 발전은

간혹 혁명적일 때도 있지만 대개는 점진적으로 일어난다. 이런 점진적 변화는, 다른 맥락에서 사용되기는 했지만, '온고지신'이나 '청출어람'으로 특징지을 수 있다. 알다시피 온고지신이란 옛것을 바탕으로 새로운 것을 알아낸다는 말이고, 청출어람은 쪽에서 나온 청색이 쪽빛보다 더 푸르다는 말이다. 둘 다 이전 것보다 더 나은 변화를 가리키지만, 관련된 내용을 살펴보면 미묘한 차이가 있다.

공자가 말한 "온고이지신 가이위사의温故而知新 可以爲師矣"는 그 출발점이 과거이다. 옛것을 바탕으로 새로운 지식을 만들어낼 수 있을 때 비로소 스승이 될 수 있다는 뜻이다. 즉 가르치는 사람은 단순히 지식을 재생산하는 것 이상으로 자신만의 새로운 주장을 펼쳐야 한다는 것이다. 반면 청출어람은 《순자》 제1편 〈권학勸學〉에 나온다. "학불가이이, 청취지어람이청어람, 빙수위지이한어수學不可以已 青取之於藍而青於藍 氷水爲之而寒於水." 즉 "학문은 멈추어서는 안 되고, 청색은 쪽에서 나왔지만 쪽보다 더 푸르며, 얼음은 물에서 나왔지만 물보다 더 차갑다"는 말이다. 초점을 제자에 두는 점에서, 적어도 내가 볼 때에는 발전과 미래가 더 강조되는 것 같다.

위와 같은 내용을 근거로 이 책에서는 논리적 글쓰기(그리고 학문적 글쓰기)를 '청출어람'을 위한 활동으로 특징짓고자 한다. 그 첫걸음은 자기 자신이 동의하든 반대하든 상관없이 일단 다른 사람의 주장으로부터 배우고 인정할 부분을 찾아내는 것이다. 일반적으로 사람들은 자신에게 동의하는 주장에는 관대한 반면 그렇지 않은 주장에 대해서는 과도하게 비판적이다. 이런 경향은 상당히 광범위하게 나타나서 '내 편 편향$^{myside\ bias}$'이라는 표현이 생길 정도이다(내 편 편향은 "내가 하면 로맨스, 남이 하면 불륜"이라는 말에서도 볼 수 있다).

이런 편향을 극복하는 일은 쉽지 않으며, 의식적으로 줄이려고 노력해야 약간이나마 줄일 수 있다. 그런 노력의 하나는, 자신이 가장 비판하고 싶은 주장에서조차 칭찬 또는 인정할 수 있는 부분을 찾아내는 것이다. 이 일은, 비록 나와 다른 생각을 가진 사람이라도 존중하겠다는 마음가짐을 필요로 한다. 이런 태도는 불필요한 감정적 대립을 피하면서 다루려는 주제에 더 집중할 수 있게 해준다.

서로 다른 의견을 가진 사람들이 불필요한 논쟁을 피하기 위해 사용하는 한 방법은, 상대의 주장을 반박하기 전에 먼저 상대방의 주장을 재진술하고 그 진술이 제대로 이루어졌는지 상대방의 동의를 구하는 것이다. 이렇게 하면 처음에는 당연히 시간이 오래 걸리지만 다른 어떤 방법보다도 효과적으로 서로의 주장을 잘 이해할 수 있게 된다. 상대방의 입장에서 이해하려 할 때 비로소 배울 수 있는 것이다.

그렇지만 누군가에게 배우는 것만으로는 부족하다. 더 다듬거나 비판하는 과정에서 새로운 주장을 펼쳐야 하는데, 바로 이것이 학문 활동의 핵심이다. 이전의 주장을 더 정교하게 발전시키거나 비판을 통해 새로운 주장을 창조하는 것은 내 생각과 다른 주장으로부터 장점을 찾는 것보다 더 어렵다. 새로운 이론이나 주장을 펼치기 위한 학자들의 노력은, 창조를 위한 예술가들의 고뇌와 다를 바가 없다. 다시 말해, 새로운 주장을 펼치는 것은 창조다.

자신의 주장을 펼치는 법

지금까지 살펴본 것처럼, 청출어람이 가능해지려면 개별 주장에 대해서는 다음과 같은 형식을 지향해야 한다.

- A 주장에 대해 B 부분은 동의합니다(혹은 지지합니다).
- 그렇지만 C 부분에 대해서는 D 때문에 동의할(지지할) 수 없습니다.
- 그 대안으로 E 주장을 제시하고자 합니다.

또 다른 방향은 좀 더 긍정적인 방향으로의 발전을 지향하는데, 그 형식은 다음과 같다.

- A 주장에 대해 B 부분은 동의합니다(혹은 지지합니다).
- 그렇지만 E 하면 그 주장을 더욱 발전시킬(혹은 강화할, 정교화할, 일반화할) 수 있습니다.

지금까지 제시한 글쓰기의 특징과 형식은 물론 어디까지나 지향점이다. 실제로 모든 글이 이런 특징이나 형식을 갖고 있는 것도 아니다. 경우에 따라서는 다른 나라 혹은 인접 분야에서 어떤 연구나 발견이 진행되었는지 혹은 새로운 방법론 등을 소개하는 글이나 후속 세대에게 축적된 지식을 전하기 위한 글도 있다. 이들은 나름대로 중요한 기능을 한다. 하지만 이런 글이 독창적인 주장을 펼치는 글보다 많을수록, 그만큼 그 분야를 선도하기 어려울 수밖에 없다.

특히 우리나라의 학계가 새로운 이론이나 연구 방법을 만들어내기보다는 여전히 앞선 나라들을 따라가며 배우는 수준을 벗어나지 못하고 있는 현실을 고려할 때,[2] 연구자들은 물론 학생들도 자기만의 주장을 펼치려고 노력할 필요가 있다. 학생 때부터 꾸준히 자신의 주장을 펼치는 연습을 해야 논쟁이 활성화되고, 그 과정에서 우리의 특수성이 반영된 보편적인 이론을 발전시킬 수 있다. 이 책의 독자들이 이런 역할을 해주기를 간절히 바란다.

글쓰기 트레이닝 05

46쪽에 소개했던 〈장미〉의 노랫말 구조를 참고하여, 글쓰기에 대한 다른 사람의 생각을 세 개 이상 찾아보고 이들과 구별되는 자신의 생각을 제시해보자.

~ 는 글쓰기를,

(   ) 라 하고

~ 는 글쓰기를,

(   ) 라 하고

~ 는 글쓰기를,

(   ) 라 하고

나는 글쓰기를,

(   ) 라고 생각한다.

탄탄한 근거를
만들어
설득하는 법

광의의 주장은 문장이나 식으로 표현된다. 즉 "~ 은 ~ 하다(혹은
~ 이다)"라는 식으로 표현되어 '참/거짓'을 분별할 수 있거나 아니
면 적어도 참/거짓을 분별하기 위해 재고할 여지가 있는 문장이다.
이런 문장은 사람들의 생각이나 지각적 혹은 정서적 경험의 결과물
이다. 예를 들어 "맑은 하늘은 파랗다" 혹은 "사람이 꽃보다 아름답
다"처럼 대부분의 사람들이 별다른 이의를 제기하지 않는 문장에
서부터 "대한민국의 대학 입시는 ~ 해야 한다" 혹은 "신은 죽었다"
등에서처럼 도저히 합의가 가능해 보이지 않는 문장들도 있다. 이
런 수많은 문장 중에는 다른 누군가의 주장을 반박 또는 옹호하거

나, 통념이나 상식 혹은 현재 널리 받아들여지는 지배적 견해에 도전하거나, 아니면 사람들이 몰랐던 새로운 내용을 담고 있는 것들이 있다.

이런 문장들의 내용을 망라하기는 어렵지만 그 성격에 따라 대략 '사실', '해석', '태도나 가치', '정책이나 실행안' 등의 네 가지로 구분할 수 있다. 다음의 예문을 보자.

> **사실**: "우주가 팽창한다는 빅뱅 이론은 허블이 아니라 르메트르가 처음 주장했다."
>
> **해석**: "DNA를 포함하여 과학을 은유로 바라볼 필요가 있다."[3]
>
> **태도 또는 가치**: "집단의 이익이 개인의 이익보다 더 중요하다."
>
> **정책 또는 실행안**: "기업의 국제 경쟁력을 높이기 위해서는 최저임금을 높여야 한다."

이런 여러 유형의 주장은 서로 복잡하게 연결된다. 예를 들면 사람들이 합리적으로 생각하기보다는 휴리스틱heuristics[4]을 사용한다는 사실이 밝혀지면서 연금 정책이나 장기 기증 정책 수립 방식에 큰 변화를 일으켰다. 이전의 연금 정책에서는 여러 가능한 선택지를 제공하고 가입자가 그중 하나를 선택하게 했다. 그런데 가입자들이 여러 선택지를 비교한 뒤 자신에게 유리한 방식을 선택하지 않고 첫 번째 방식을 선택한다는 것을 발견했다. 사람들이 합리적인 선택을 하는 것이 아니라 쉬운 선택을 한다는 것이다. 이를 막기 위해 최근에는 모든 가입자에게 일반적으로 적용되는 연금 수령 방식을 정한 다음, 원하는 가입자가 있으면 다른 방식으로 바꾸어주는 정책을 사용하기 시작했다. 이처럼 탐구에 의해 밝혀진 사실이 정책에 영향을 줄 수 있다. 따라서 주장의 내용이 사실, 행동, 혹은 정책 가운데 무엇인지를 구분하는 것보다는, 주장이 가진 이론적 혹은 실용적 의미를 찾아내는 것이 더 중요하다.

설득력을 갖춘 논증의 기술

논문과 같은 학문적 글은 기본적으로 논증의 형식을 띤다. 논증은 하나 이상의 주장과 이를 지지하는 근거로 구성된다. 학문적 글에서 논증은 형식 논리학보다는 비형식 논리학에 가깝다. 형식 논리학은 내용에 상관없이 전제와 결론에서 나타나는 추리 과정의 타당성을 다룬다. 예를 들면, "모든 X는 Y이고, 모든 Y는 Z다"라는 전제로부터, "모든 X는 Z다"라는 결론을 내리는 것은 타당하지만, "어떤 X는 Y이고, 어떤 Y는 Z다"로부터 "어떤 X는 Z다"라는 결론을 내리는 것은 부당하다는 것을 밝히려 한다.

이처럼 전제와 결론 간의 형식에 주목하는 형식 논리학과 달리 비형식 논리학에서는 형식과 내용을 고려한다. 형식 논리학에서는 타당성만을 다루지만 내용도 고려하는 비형식 논리학에서는 건전성, 즉 전제의 내용이 참인지 여부를 고려한다. 예를 들어 "모든 사람은 선하다"와 "히틀러는 사람이다"라는 전제로부터 "히틀러는 선하다"라는 결론을 도출하는 것은 형식적으로 타당하지만 건전하지 않은 논증이다. 따라서 비형식 논리학에서는 주로 타당하고 건전한 논증을 다룬다.

전제로부터 타당하게 도출된 결론이 아닐지라도 무조건 잘못되거나 나쁜 논증은 아니다. 예를 들어, "99마리의 흰 백조"를 전제로 받아들인 다음 "모든 백조는 희다"라는 결론을 내리는 경우처럼, 우리의 지식을 증가시키는 귀납 논증은 타당하지 않더라도 결론이 참일 가능성이 높기 때문에 유용하고 중요하다.

실제로 이 백조의 예는 참인 전제로부터 참일 개연성이 높은 결론을 내리는 '설득력 있는^cogent' 논증이다. 설득력 있는 논증은 다음 문장에서 보여주는 것처럼 특히 과학에서 중요하다. "과학의 기반은 관찰과 실험이 아니다. 그들은 어떤 주장을 지지하기 위해 논증을 만들어내는 합리적 활동을 위한 시녀에 가깝다. 과학은 서로 경쟁적인 주장 가운데 인정할 것과 기각할 것을 판단하는 논증력에 기반을 둔다."[5]

논증은 설명과 유사한 점이 많지만 다르다. 핵심적인 차이는 목적이다. 설명은 이해를, 논증은 설득을 위한 활동이다. 설명은 개인적인 수준에서도 가능하지만 논증은 대화를 전제한다. 설명은 주로 일상에서 기대하지 않았던 사건이 발생했을 때 요구된다. 설명은

"왜?"나 "어떻게?"에 의해 촉발된다. "왜?"에 대해서는 어떤 사건이나 현상의 원인이나 이유가, "어떻게?"는 절차나 작동 방식 등이 답변으로 제시된다. 논증은 어떤 설명은 물론 사실, 가치, 혹은 정책에 관한 주장에 대해 비판하거나 옹호하는 주장을 펼치는 것이다.

근거가 결론보다 중요한 이유

주장이 없이 시작을 할 수는 있지만, 탐구 활동의 결론은 모종의 주장이어야 한다. 하다못해 현 단계에서 관찰되는 특정 현상에 대해 "우리는 모르는 것이 아는 것보다 훨씬 더 많다"라는 주장이라도 펼쳐야 하는 것이다. 공부한 내용을 메모 수준으로 남기는 데서 시작하더라도, 글을 쓰려면 메모나 통찰 등을 바탕으로 모종의 주장을 만들어내야 한다. 주장이 생길 때까지 자료를 찾아볼 수도 있다. 하지만 그러다 보면 자료의 늪에 빠질 위험도 있다. 적절한 수준의 자료를 바탕으로 자신의 생각을 주장으로 만들어내는 것이 좋은 탐구 전략이다. 물론 그렇다고 해서 주장이 탐구 활동의 전부는 아니다.

탐나는 장난감을 갖기 위해 서로 "내 거야"라고 주장하는 두 아이의 말싸움과 학문적 주장의 차이점은, 주장을 뒷받침하기 위해 제시하는 근거의 질에 있다. 근거의 질은 형식적 규칙보다는 비형식 논리학에서의 설득력에 가깝다. 즉 주장을 지지하는 근거grounds와 함께 근거가 주장을 담보해주는 보증warrants이 탄탄해야 한다. 보증이란 '~ 를 근거로 ~ 라고 주장'하는 것인데, 근거에서 주장으로 연결되는 고리를 가리킨다. 이 둘의 구분이 항상 쉽지는 않다. 하지만 주장을 펼치는 사람을 검사에 비유하면서 검사가 펼치는 주장을 생각해보면 어느 정도 구분이 가능하다.

법정에서 검사가 피의자에게 죄가 있다고 주장하려면, 현장에서 발견된 혈흔이 피의자의 혈흔과 같다는 증거를 제시하는 동시에 혈흔의 일치도를 어떻게 확인하는지에 대해 전문가의 견해나 과학적 연구 결과를 제공해야 한다. 실제로 어떤 증거가 증거로서 효력을 가지는지 법적 다툼이 일어나는데, 이 다툼은 보증의 타당성을 따지는 것이라 할 수 있다.

요컨대 검사에게 유죄 입증의 부담이 있는 것처럼, 글을 쓰려는 사람도 자신의 주장을 다양한 증거와 이유 그리고 보증을 통해 입증해야 한다. 모든 근거가 동일하게 취급되지 않는 점도 법적 판단과 유사하다. 예를 들면, 목격자의 증언보다 유전자 감식 결과가 더 양질의 근거로 활용된다. 즉 같은 주장이라도 더 양질의 근거가 제시될수록 받아들여질 가능성이 높다.

심리학에서도 마찬가지 예를 들 수 있다. 자기 보고에 근거한 증거보다는 수행 수준에 근거한 증거가 더 높이 평가된다. 따라서 어떤 주장을 정확히 파악하려면 근거에 대한 정확한 분석과 평가가 필요하다. 이전에 누군가가 제기한 주장이라도 그 주장을 뒷받침하는 근거가 더 탄탄해지면 나름의 가치가 생기기 때문에 근거는 주장보다 더 중요할 때가 많다.

결론이 같고 전제가 달라지는 경우와 그 반대의 경우를 검토해보자. 이 검토의 목적은 전제와 결론이 얼마나 밀접히 연결되어 하나의 논증을 만들어내는지를 확인하기 위해서이다.

❶ 강의는 좋은 동영상으로 대체할 수 있기 때문에, 강의식 수업을 최소화해야 한다.

❷ 학생들이 강의에 집중하지 못하기 때문에, 강의식 수업을 최소화해야 한다.

❸ 강의를 통해서는 생각하는 방법을 배우지 못하기 때문에, 강의식 수업을 최소화해야 한다.

세 문장 모두 강의식 수업을 최소화해야 한다는 주장을 펼치고 있지만, 그 근거가 다르다. 세 전제가 각각 참이라면 논증의 설득력은 ①이 가장 낮고 ②와 ③은 교육의 목적을 어디에 두는지에 따라 달라진다. ②의 경우 학생들이 집중할 수 있게 하면 강의식 수업이 유지될 수 있지만, 교육의 목적을 '생각하는 방법'에 두면 ③이 가장 설득력을 갖는다.

이번에는 전제가 모두 같지만 결론이 다른 경우를 살펴보자.

❶ 우리나라는 삼면이 바다이므로, 물류 산업을 집중적으로 육성해야 한다.

❷ 우리나라는 삼면이 바다이므로, 패션 산업을 집중적으

로 육성해야 한다.

❸ 우리나라는 삼면이 바다이므로, 에너지 산업을 집중적
  으로 육성해야 한다.

①은 ②에 비해 더 설득력 있는 논증이다. 그렇다면 ③은 어떤가? 특별한 추가 설명 없이 설득력을 비교하면 ③은 ①보다 낮다. 그렇지만 해수면과 심층수의 온도차를 이용한 에너지 발전 기술이 개발되어 실제로 활용되고 있다는 정보가 추가되면 ③은 적어도 ②보다는 설득력이 높아지게 된다.

이처럼 논증의 설득력을 판단하는 데는 해당 영역의 지식이 중요한 역할을 한다. 따라서 적절한 배경 지식 혹은 관련 지식을 제공하면 논증의 설득력을 높일 수 있다. 해당 영역에 대한 어느 정도의 배경 지식은 반드시 필요하다. 그렇다고 배경 지식을 쌓는 데만 몰두해서는 안 된다. 지식을 쌓는 과정에서도 다른 사람의 논증을 분석하고 평가하는 활동과 자신의 주장을 만들어내는 활동을 병행해야 한다.

다른 사람의 주장을 이해했다고 생각하면 거기서 멈출 게 아니라 더 발전시킬 부분, 비판할 부분과 언급되지 않은 측면에 대해 탐색해야 한다. 다른 사람의 주장을 접할 때마다 이런 노력을 기울이다 보면 어느 틈엔가 자신만의 새로운 생각을 할 수 있게 된다. 그 생각을 더 발전시키면 새로운 주장이나 이론을 제시할 수 있다.

지금까지 논증을 통해 주장을 분석하는 방법과 함께, 새로운 주

장의 설득력을 높이기 위한 선행 연구의 중요성을 살펴보았다. 선행 연구가 중요한 또 다른 이유는 이에 대한 충분한 소개가 이루어져야 의도적 혹은 무의식적 표절을 막을 수 있기 때문이다. 표절 문제는 매우 중요하기 때문에 다음에서 좀 더 구체적으로 다루도록 하겠다.

절대
하지 말아야 할 것,
표절

새롭고 쓸모 있는 주장이 담긴 글, 곧 독창적인 글은 정직성이 전제된 가운데 의미를 갖는다. 여기서 정직성은 공동체가 지켜야 할 도덕적인 규약이나 윤리적 정책을 의미한다. 특히 학문의 세계에서 절대 해서는 안 될 행위로는 남의 생각을 훔치기, 실험 자료를 가짜로 만들어내기, 평가 시 다른 사람의 답안지를 훔쳐보는 행위, 과제를 스스로 하지 않고 다른 동료가 한 것을 베끼는 행위 등이 포함된다. 여기에 추가하여 글을 쓸 때 그 출처를 밝히지 않고 사용하여, 다른 사람의 생각이나 표현을 결과적으로 자신의 것처럼 포장하는 행동도 포함되는데, 이를 표절이라 한다.

표절의 개념은 기본적으로 "타인의 아이디어, 연구 내용과 결과를 정당한 승인 또는 인용 없이 도용하는 행위"인데, 이를 구체화하는 방식은 학교나 전공 영역에 따라 조금씩 다르다. 예를 들어 서울대학교의 경우 표절을 다음과 같이 규정하고 있다. 이 규정은 단지 학위 논문뿐만 아니라 수업에서의 글쓰기 과제 등, 모든 글쓰기에 해당된다고 할 수 있다.

> 연구자는 자신의 연구의 독자성을 해하지 않는 범위 내에서 타인의 연구 성과를 사용할 수 있음. 이 경우 정확한 출처 표시 또는 인용 표시를 하여야 하며 다음의 행위를 하여서는 아니 됨.
>
> - 타인의 연구 아이디어 및 연구 데이터의 전부 또는 일부를 서술 방식을 달리하여 마치 자신의 연구 성과인 것처럼 표현하는 행위.
> - 타인의 저술 문장을 마치 자신의 문장인 것처럼 사용하는 행위. (타인의 연속된 2개 이상의 문장을 인용 표시 없이 그대로 사용한 경우에는 이에 해당하는 것으로 추정.)
> - 단어의 첨삭, 동의어 대체 등의 변형을 통하여 타인의 저술을 발췌하고 조합하여 마치 자신의 연구 성과인 것처럼 사용하는 행위. (단, 발췌 조합에 있어 소재의 선택 또는 배열에 창작성이 인정되고 정확한 출처 표시 또는 인용 표시가 되어 있는 경우는 제외.)
>
> — 서울대학교 교원 핸드북 2018. 42-43.

표절과 관련된 또 다른 기준은 〈이공계 연구 윤리 및 출판 윤리 매뉴얼〉로, 표절의 여러 하위 형태를 좀 더 상세히 설명하고 있다.

가. 복제

타인이 작성한 글의 많은 부분을 그대로 가져와 쓰는 행위. 인용도 없이 쓰는 이런 행위는 거의 모두가 고의적인 부정행위이다.

나. 짜깁기 표절

타인의 글을 여기저기서 조금씩 가져와 짜깁기하여 쓴 글. 복제와 다를 바가 없다.

다. 말 바꾸어 쓰기 표절

타인의 주장을 내 글에 소개할 때는 단어를 비롯해 글의 구조를 바꾸면서 그 뜻만을 살려 표현하는 말 바꾸어 쓰기 paraphrasing나 그 내용을 압축하여 기술하는 요약summarizing을 활용해야 한다. 그래야만 타인의 글을 그대로 옮기는 것이 아닌 아이디어를 가져와 소개하는 것이 된다. 이 경우에도 해당 부분에 아이디어를 얻은 출처를 표시해주어야 한다.

라. 잘못된 전문 인용

타인의 글을 소개할 때, 출처만 표시하면 그 글을 문단 그대로 옮겨 써도 문제없다고 생각하는 경우가 있다. 그러나 이런 글쓰기는 대부분 표절이다.

마. 포괄적 인용

텍스트에서 인용한 글 각각에 대해 일일이 출처 표시를 하지 않고, 글의 맨 앞 또는 맨 뒤에서 아래와 같이 한 번 포괄적으로 출처 표시를 하는 것을 포괄적 인용이라 할 수 있는데, 이는 기술적으로 표절을 범하는 것이 된다. 위의 잘못된 전문 인용의 경우와 같이, 텍스트의 어느 부분이 가져온 글인지 필자 고유의 글인지를 독자가 구분할 수 없게 되기 때문이다. 다른 사람의 글에 대해서 따로 포괄적 인용을 해주더라도, 본문에서 가져온 부분을 일일이 따로 인용해주어야한다.

바. 데이터 표절

다른 사람의 데이터(그림, 표, 그래프 등)를 내 것인 양 가져와 쓰는 행위이다. 이는 사실 실험이나 조사를 통해 스스로 데이터를 생산한 것이 아니기 때문에 데이터 위조 행위에 해당한다. 지금의 논문 주제와 관계없이 과거에 발표된 자신의 데이터를 재사용한 경우에는 표절이라 간주하기에는 적절치 않지만 이 역시 데이터 위조 행위이다.

한편, 필요에 의해 다른 사람의 데이터를 가져와 소개하는 경우가 있다. 리뷰 논문에서 논리를 전개할 때, 다른 논문의 사진이나 그래프 등의 데이터를 직접 보여주고 일일이 지적하면서 글을 기술하면 보다 효과적인 설명이 가능할 수 있다. 이런 경우에는 원 필자에게 해당 데이터 사용에 대한 허가를 받은 후에 활용할 수 있다. 관련 논문이 실린 학술지의 홈페이지에 가면 'Request for permission to reproduce published material' 양식을 다운로드할 수 있으며, 이를 작성하여 출판사 또는 학술지 편집자에게 보내어 허가를 받아야 한다. 학술지에서는 필자의 허가도 받으라고 적어놓고 있는데, 이는 원 필자의 지적 노력에 대한 존중을 표하는 의미 있는 절차이다.

— 이공계 연구윤리 출판 윤리 매뉴얼(2014). 23–27.

이상과 같은 표절 문제를 피하기 위해서는 원문을 그대로 사용하면서 출처를 밝히는 직접 인용과 원문의 내용을 적절한 방식으로 바꾸어 말하면서 그 출처를 밝혀주는 간접 인용을 적절히 구사할 수 있어야 한다. 예를 들어 "학문적 글의 특징: 청출어람 청어람"(박주용, 2019)이라고 직접 인용하거나, "박주용(2019)은 학문적 글을 온고지신과 대비하면서 청출어람 청어람으로 특징지었다"로 바꾸어 표현할 수 있다.

그런데 앞서 소개된 기준에는 포함되어 있지 않은 또 다른 표절이 있다. 다른 사람의 글을 실제로 읽지 않고 혼자 생각해낸 주장인데 그와 똑같은 주장을 이미 누군가가 한 경우이다. 이 경우는 실질적으로는 표절이 아니더라도, 학문적 맥락에서는 선행 연구에 충분히 주의를 기울이지 않은 점을 문제 삼아 결국 표절로 간주한다. 표절을 하지 않았고 실제로 학술지에까지 실리더라도, 나중에 누군가의 선행 연구가 있었던 것이 밝혀진다면 그 논문이 취소되는 것이다. 따라서 단지 남의 글을 표절하지 않는 것만으로는 충분하지 않고, 글을 쓰기 전에 혹은 쓰고 나서라도 비슷한 주장이 이미 있는지 부지런히 찾아보아야 한다.

생각을 자신의 언어로 표현하기 위하여

안타깝게도 대학 글쓰기에서 표절을 쉽게 관찰할 수 있다. 우리나라 대학에서는 글쓰기 과제가 많지 않을 뿐만 아니라 표절이 얼마나 부도덕한 일인지에 대한 인식 수준이 높지 않다. 인사청문회의 단골 메뉴인 학위 논문 표절 문제는 이런 낮은 인식에서 비롯된다. 외국에서는 표절에 대한 처벌이 매우 강력하고 단호하기 때문에 이를 방지하기 위해 다각도로 노력을 기울인다. 강의 계획서에 표절에 대한 엄중한 경고는 물론 표절 방지를 위한 교육을 대학 전체 차원에서 다양한 방식으로 시행한다.

　외국의 주요 대학은 홈페이지에 게재하는 것은 물론 핸드북을 발간하고 배포하고 있다.[6] 그럼에도 불구하고 놀랍게도 과제 제출 시

대학원생은 40%, 학부생은 60%나 표절 경험이 있을 정도로 만연해 있다고 한다.[7]

표절이 만연한 이유 중 하나는 인터넷을 통해 찾아낸 자료를 '복사하기/붙여넣기^{ctrl+c/ctrl+v}'만 하면 되기 때문이다. 이렇게 노골적으로 표절하는 대신, 일단 복사를 한 다음 몇몇 부분을 동의어로 바꾸거나 다른 표현으로 바꾸는 수법을 쓰기도 한다. 그렇지만 표절이 쉬워진 만큼 이를 찾아내는 소프트웨어도 다양하게 개발되었고, 이 중 일부는 공개되어 있어 단순 표절은 쉽게 찾아낼 수 있다.

좀 더 정교한 표절 수법은 외국어 저작물을 출처 표시 없이 번역하는 것이다. 원문을 그대로 혹은 의역하여 자신의 주장처럼 포장하는 것이다. 언어 처리와 번역 기술이 더 발전하면 이를 탐지해내는 일도 어렵지 않을 것으로 예상된다. 이렇게 되면 표절을 위해 잔머리를 쓰는 것보다는 차라리 스스로 생각해서 쓸 수밖에 없게 될 것이다. 학생들이 제출한 모든 보고서를 문서로 저장해두고 필요할 경우 표절 체크를 함으로써 정직성을 검증할 날도 멀지 않았다.

오늘날에는 저작권이 강화되는 가운데 표절하는 사람과 이런 사람을 찾아내려는 사람들 간에 치열한 공방이 일어나고 있는 중이다. 기계적인 검증에는 한계가 있어 해당 분야 전문가들의 역할이 중요하다. 지금으로서는, 자신의 생각을 자신의 언어로 표현하되 관련 연구를 꾸준히 찾아보면서 선행 연구자가 기여한 부분을 명시해야 한다는 점을 마음에 새겨두는 것으로 충분하다.

표절을 피하는 것은 공부하는 사람들이 갖추어야 할 최소한의 윤리적 요건이다. 물론 이보다 더 어려운 요건은 독창성이다. 학술지에 투고된 논문을 해당 학계의 전문가들이 심사할 때 가장 중요하게 여기는 기준은 독창성이다. 기존의 관련 주장이 충분히 소개된 다음, 전문가의 관점에서 충분히 새로운 주장이 펼쳐져야 하는 것이다.

어떤 글이
독창성을
인정받는가

전문 학술지들은 저마다 특색이 있을 뿐만 아니라 학계에서 인정하는 나름대로의 권위가 있다. 예를 들면 《사이언스》나 《네이처》와 같은 학술지는 자연과학 연구 분야에서는 가히 최상급 수준으로 간주된다. 이런 학술지에는 연간 1만 편 이상이 투고되는데 이 중 출판되는 논문 편수는 900편이 채 되지 않는다. 게재율을 따져보면, 《사이언스》는 7%, 《네이처》는 8%에 불과하다. 이들은 과학 전반을 다루는 학술지로 누구에게나 개방되어 있지만 제출된 논문의 80% 이상이 1차 관문을 통과하지 못한다.

학문 분야별 전문 학술지 게재율도 분야와 연구자 수 등의 영향으로 게재율이 다른데, 예를 들어《계간 경제학 저널Quarterly Journal of Economics》은 1%,《심리학 리뷰Psychological Review》는 12%이다. 요컨대 유명한 학자들이 심혈을 기울여 써낸 논문들도 대략 10편 중 1편 정도가 최상급 학술지에 실리는 것이다. 그보다 권위가 떨어지는 다른 학술지에 실리는 것도 쉬운 일이 아니다. 세계적인 출판사인 엘스비어Elsevier의 최근 통계 자료에 따르면, 자사 소유 학술지의 전체 게재율은 지난 3년간 평균 15%에 불과하다고 한다.[8] 학문적 가치를 인정받는 논문을 쓰는 일이 얼마나 어려운지를 보여준다.

선택되는 글과 선택되지 못하는 글

그렇다면 권위 있는 학술지에는 어떤 글이 실릴까? 독창적이라 판명되어 유명 학술지에 실린 글의 특징을 살펴보자. 심리학자인 폴 실비아Paul Silvia는 다음과 같이 네 가지로 나눈다.[9]

❶ 어떤 주장이 맞는지 보이는 글
❷ 잘 알려진 현상의 배후 기제를 보여주는 글
❸ 비슷해 보이지만 사실 다르거나 혹은 그 반대임을 보여
  주는 글
❹ 새로운 현상이나 효과를 제시하는 글

①은 당연히 서로 대립되면서 양립되기 어려운 둘 이상의 주장 중 어느 한쪽을 지지하거나 다른 한쪽을 공격하는 방식으로 전개된다. ②와 같이 잘 알려진 현상이 왜 일어나는지 그 과정이나 메커니즘을 밝히는 연구도 많다. 물론 이 과정에서도 서로 다른 두 주장이 제기되면 처음과 같은 연구가 될 수 있다. 하지만 기본적으로 왜, 어떻게 특정 현상이 발생하는지 제안 혹은 설명하는 것이 목표이다. ③은 기존의 설명이나 해석에 대해 새로운 관점을 제공하는 연구이다. 다르다고 여겨진 것이 사실은 같다는 주장은 추상화 과정을 통해 통합될 때 나타나며, 같다고 간주된 것이 사실은 다르다는 주장은 분석 과정을 통해 미묘한 차이를 세분화할 때 나타난다. 추상화 과정은 통상 유추를 통해 발견된 비슷한 사례로부터 공통점을 추출할 때 일어난다. 반대로 세분화는 암묵적인 가정을 의심하거나 외형상의 유사성을 극복하면서 제기된다. ④와 같이 새로운 현상이나 효과를 제시하는 것은, 갈등이나 경쟁이 빠져 있는 상태에서 아이디어의 참신성만으로 독자를 사로잡아야 한다는 어려움이 있다. 따라서 실비아는 이런 유형의 글이 독자의 관심을 끌기 위해서는 앞의 세 유형에 비해 주장을 제시하는 방식이 더 정교해야 한다고 주장한다.

한편 심리학의 여러 분야에 걸쳐 다양한 논문과 책을 출판하는 동시에 주요 심리학 학술지의 편집자를 역임해온 로버트 J. 스턴버그[Robert J. Sternberg]는 어떤 논문이 높이 평가되는지를 다음과 같이 정리했다.[10]

❶ 하나 혹은 그 이상의 놀라우면서도 어떤 이론적 맥락에서 이해될 수 있는 결과가 담겨 있는 논문

❷ 중요한 이론적 또는 실용적 의미를 가진 결과가 제시된 논문

❸ 새롭고 흥미로운 아이디어로 오래된 문제를 새로운 방식으로 바라보게 하는 논문

❹ 이전에는 복잡하고 다루기 힘든 프레임을 요구했던 자료를 새롭고 단순한 프레임으로 통합하는 논문

❺ 이전에 널리 받아들여지던 생각의 문제점을 밝혀주는 논문

❻ 기발한 연구 방법이나 조작을 가한 실험이 제시된 논문

❼ 제시된 발견이나 이론의 내용이 일반성이 있는 논문

이상의 예는 어디까지나 대표적인 유형일 뿐이다. 이런 논문들 외에도 실제 학술지를 읽다 보면 어떤 주장으로부터의 예측을 검증하는 연구나 현재보다 효과 혹은 효율성을 높일 수 있는 방법을 제시하는 연구 등도 적지 않다. 요컨대 선행 연구를 고려했을 때 충분히 독창성이 있다고 주장하는 내용이 전문가들에게 받아들여질 수 있으면 된다.

그렇다면 실제 학술지에는 어떤 논문이 실릴까? 이를 알아보기 위해,《한국심리학회지: 인지 및 생물》과 미국《실험심리학회지: 일반Journal of Experimental Psychology: General》에 게재된 논문들을 각각 50여 편

씩 선정하여 비교하는 연구가 수행되었다.[11] 그 결과《한국심리학회지: 인지 및 생물》에는 80% 이상이 기존 이론을 발전시키는 연구인 반면, 미국《실험심리학회지: 일반》에는 이런 연구가 60% 정도였다. '지배적인 이론에 도전'하거나 '독창적인 주장'을 펼치는 연구는 각각 6% 대 22%, 2% 대 15%로 미국《실험심리학회지: 일반》에 훨씬 많았다. 이상의 결과는, 지배적인 이론이나 해석에 도전하는 것보다는 이를 발전시키는 것이 더 수월한 연구 전략일 수 있음을 시사한다. 그렇지만 기존의 주장을 비판하고 대안을 제시하는 것이 연구자로서 더 신나는 일이라는 것만큼은 틀림없다.

좋은 글은 결국 인정받기 마련이다

좋은 글을 정의하기는 어렵지만 사람들은 일반적으로 좋은 글을 잘 알아본다는 점을 언급하면서 이 장을 마치고자 한다. 이런 점은 음악이나 음식에서도 마찬가지이다. 처음에는 환영받지 못하다가 나중에 환영받을 때도 있지만, 좋은 글이나 음악 혹은 맛있는 음식은 대중에게 어렵지 않게 포착된다. 무엇이 왜 좋은지를 말하기 어려운 이유는 그 안의 많은 요소나 재료가 독특한 배합을 이루기 때문이다. 그럼에도 좋은 글의 특징으로 언급된 다음 사항들을 참고할 필요가 있다.[12]

첫째, 제목이 중요하다. 진부한 것보다는 제목에서부터 흥미를 불러일으키고 눈길을 끌 수 있어야 한다.

둘째, 제목에서 이어지는 도입부에 흥미로운 이야기나 도전적인 질문, 혹은 예리한 분석 등을 제시하여 독자의 관심을 끌고 유지시킬 수 있어야 한다.

셋째, 가능하면 글쓴이만이 알고 있는 개인적 일화를 포함시키는 것이 좋다. 이런 일화는 글쓴이의 솔직함을 드러내면서 독자들의 공감을 불러일으킬수록 효과적일 가능성이 높다.

넷째, 추상적인 개념은 구체적인 사례를 제시하며 설명한다. 사례를 제시하지 못하는 것은 어쩌면 글쓴이 자신도 그 추상적인 개념을 제대로 이해하지 못해서일 수 있다. 그 밖에 도표나 그래프를 적절하게 활용하여 정보를 일목요연하게 압축해주면 더욱 좋다.

다시 한번 강조하지만 좋은 글을 쓰려면 초고를 수없이 다듬어야 한다. 그러려면 먼저 초고가 필요하기 때문에, 이어지는 장들에서는 초고를 만들기 위해 할 일을 알아보도록 하겠다. 3장에서는 읽고 요약하는 방법에 대해, 4장에서는 다른 사람의 주장에 대한 자신의 생각을 제시하는 방법에 대해 각각 다룰 것이다.

2장에서 배운 내용을 바탕으로 다음 질문에 답해보고 다른 사람들의
생각과 비교해보자.

- 학문적 글쓰기는 관련된 연구를 반드시 언급해야 하는가?

- 관련된 연구를 정리하는 것만으로도 학문적 글이 될 수 있는가?

- 학문적 글에는 독창적인 주장이 담겨 있어야 하나?

- 다른 사람의 글을 참고하지 않았는데 누기 이미 한 주장이면 표절인가?

- 논증은 전제와 결론으로 이루어지는가?

- 전제로부터 타당하게 도출되는 결론이 아닌 논증은 잘못된 논증인가?

CHAPTER 3

자료　수집부터
요약, 정리까지

얼마나 읽어야
쓸 수 있을까?

나는 수업을 위한 자료를 미리 배포한 뒤 별도의 추가 자료를 참고하지 않고 그 자료만을 이용하여 글을 쓰도록 권장한다. 다른 자료를 더 찾아보는 것이 나빠서가 아니다. 스스로 생각하면서 글을 쓸 시간을 확보하기 위해서이다. 그런데도 굳이 다른 자료를 참고하는 학생들이 있는데, 이들은 아니나 다를까 다른 사람들의 생각을 옮겨 쓰는 데 더 많은 지면을 할애한다. 스스로 생각하고 쓸 기회를 포기하는 셈이다.

하지만 학기말 보고서에서는 주제는 물론 관련 자료 선정을 자유롭게 하도록 한다. 자유롭게 선정할 경우, 학생들은 키워드를 이용하여 자료를 찾아내거나 교수나 그 밖의 전문가들로부터 추천을 받을 수도 있다. 이 경우처럼 자료가 많아지면 정리하는 일이 큰 문제가 된다.

내 경우 연구와 관련된 자료들을 주로 컴퓨터 폴더를 이용하여 정리한다. PDF 형식의 논문 파일은 물론 책, 문서 자료를 요약한 파일을 주제별로 묶어서 보관한다. 한 폴더 내에 요약 파일이 7개 이상이 되면 좀 더 세분화된 폴더를 만든다. 주로 키워드를 이용하여 세분화하는데, 예를 들어 글쓰기와 관련된 자료를 정리할 때는 '주장을 만들기', '초고 작성', '퇴고', 그리고 '평가' 등으로 나눈다.

논리적 글을 쓰려면 관련 자료나 연구를 얼마만큼 읽어야 할까? 특히 초보자의 경우에는 얼마나 많이 읽어야 하고, 얼마나 꼼꼼하게 읽어야 할지를 결정하는 일이 쉽지 않다. 논문을 쓸 경우에는 출판할 학술지에 실린 다른 논문을 보면 대략적인 분량을 가늠해볼 수 있다. 그렇지 않은 경우에는 써야 할 글의 분량과 글을 쓰는 데 허용된 전체 시간을 고려하여 결정해야 한다. 설사 시간제한이 없다 하더라도, 읽는 데 너무 많은 시간을 할애해서는 안 된다. 정해놓은 시간 내에 읽고 주장을 만들어내는 연습을 해야 한다. 주어진 시간 내에 주장을 만들어내지 못하면 시간이 더 많이 주어진다 해도 결국 만들어내지 못할 가능성이 높다.

앞으로도 계속 강조하겠지만 글쓰기에서 시간 배분과 관리는 매우 중요하다. 많은 사람들이 글을 쓸 때 시간을 크게 염두에 두지 않기 때문에 마감 시간에 쫓긴다. 이를 예방할 수 있게 빨리 시작하려면 대략적인 시간 배분이 필요하다.

글을 읽을 때에는, 처음에는 초록抄錄과 논의를 중심으로 어떤 이야기가 전개되는지를 죽 살펴본 다음, 중요하다고 판단되는 부분 또는 반드시 읽도록 지정된 부분을 꼼꼼히 읽는 게 좋다. 한 번에 완벽하게 해치우는 것보다 반복하며 점진적으로 심화시켜야 내용을 더 잘 이해하고 기억에도 더 오래 남기 때문이다.

효율적으로
자료를
요약하기

좋은 초고를 작성하기 전에 반드시 거쳐야 할 단계가 있다. 관련 자료를 요약·정리하고, 이를 바탕으로 자신의 주장을 펼치는 것이다. 이 장부터는 그냥 읽는 것만으로는 충분하지 않다. 좀 더 집중해서 읽어야 하고 직접 글을 써봐야 한다. 제시된 예문을 대충 읽어서는 제대로 요약하기 어렵고 원 글을 바탕으로 한 걸음 더 나아간 생각을 해내기 어렵기 때문이다.

아래 제시된 예문들은 대부분 짤막한 텍스트이지만 실제로 직접 요약을 하다 보면, 다시 읽게 되고 글도 여러 번 수정해야 한다는 것을 알게 될 것이다. 그뿐만 아니라 작성한 요약문 가운데에는 피해야 할 문장, 즉 틀리거나 어색한 문장이 포함되어 있다는 것을 확인할 수 있을 것이다. 이는 실제로 학생들이 많이 범하는 실수이기에 이들을 고치는 연습까지 할 수 있도록 했다.

좋은 요약문을 만드는 요건

논증하는 글을 쓸 때는 관련 분야의 다른 글을 발판으로 활용해야 한다. 그렇게 하려면 적절한 글을 찾아내어 그 핵심 주장을 간결하게 독자들에게 요약해주어야 한다. 하지만 독자를 위해 요약하기 전에 자신이 읽은 내용을 스스로 정리하는 차원에서 시작하는 게 좋다.

자신을 위해서든 독자를 위해서든 요약은 내용을 압축하는 과정이다. 요약문의 길이는 정해져 있지 않다. 자세한 서평의 경우 책의 길이에 따라 몇 페이지가 될 수도 있지만 대개는 길어야 한 문단 정도이다. 원 글의 분량과 써야 할 글의 분량은 비례하지 않는다.

좋은 요약문의 관건은 압축의 결과가 다음 세 가지 요건을 충족시키는지에 달려 있다.

❶ 원 글의 일부를 그대로 옮긴 글이 아니면서,

❷ 원 글의 핵심 주장이 포함되어 있고,

❸ 원저자가 동의할 것이라고 예상할 수 있어야 한다.

이는 요약문이 단지 물리적 압축이 아니라 재구성된 결과여야 한다는 것을 시사한다. 원 글을 충분히 이해하지 못하면서 제대로 된 요약문을 쓰기 어려운 이유가 여기에 있다.

원 글을 제대로 이해하면, 위의 세 조건을 만족시키는 요약문을 쓸 수 있다. 물론 이해한다고 해서 바로 완성된 요약문이 술술 나오지는 않는다. 쓰면서 생각을 다듬어야 좋은 요약문이 나온다. 그런데 원 글에서 다루는 내용에 친숙하지 않거나 원 글의 논의 자체가 복잡할 경우에는 요약이 어려워진다. 그럴 경우에는 어떻게 해야 할까? 이에 대해 알아보기 전에 먼저 다음 글을 읽고 간략히 요약해보자(이하 이 책에 수록된 '제시문 1~10'의 각 출처는 315쪽에서 모두 확인할 수 있다).

[제시문 1]

문제가 없는 삶은 불가능하다. 가능하다 하더라도 그 삶은 무의미하고 권태로울 가능성이 높다. 문제가 있기는 하지만, 의식주나 건강같이 생존과 직결된 문제를 해결하는 게 전부인 삶은 단조롭고 암울해 보인다. 누가 시키거나 생존에 필요해서가 아니라, 내가 원해서 한번 도전해 보고 싶은 문제가 없다면, 죽음을 맞이할 때까지 힘들게 연장하는 삶이 될 수밖에 없기 때문이다. 그래도 여전히 생존을 위한 문제가 산적해 있는데, 일부러 문제를 찾아다니라는 것은 배부른 소리라고 비판하는 사람이 있을 수 있다. 그런 사람일수록 주도적으로 해결하고 싶은 문제를 하나 더 추가할 필요가 있다. 어차피 많은 문제가 있기에 하나 더 추가한다고 해서 개수 면에서는 크게 달라질 것이 없지만, 그 대신 그 문제를 통해 지금과는 다른 삶이 있다는 것을 경험할 수 있기 때문이다. 어차피 피할 수 없다면 밀려오는 문제들을 해결해보려고 이리 뛰고 저리 뛰다가 지치기보다, 차라리 내가 풀고 싶은 문제를 찾아서 그것과 씨름해보자는 것이다. 운동 경기에서 최선의 수비는 공격이라는 말이 있듯이, 최선의 삶은 자기주도적인 문제 해결에 있는 것이 아닐까?

우리에게 주어진 시간의 상당 부분은 다른 사람과 크게 다르지 않은 일을 하는 데 사용한다. 하루 중 3분의 1인 8시간은 잠을 잔다. 이 시간을 줄여서 어떤 일을 더 많이 할 수 있겠지만 그렇게 한 일의 질이 그리 높지 않다고 한다. 푹 잘 자고 나머지 시간을 잘 쓰는 것이 중요하다. 또 다른 8시간은 학교나 직장에서 보내고, 나머지 8시간은 씻고 먹고 놀고 쉰다. 학교나 직장에서 보내는 시간과 놀고 쉬는 시간을 어떻게 잘 활용할지가 중요하다. 이 시간을 쓸 때에도 우리가 어쩔 수 없이 해야 하는 일을 하는 동시에, 내가 살았다는 흔적을 남길 수 있는 의미 있는 문제를 찾고 그 해결을 시도해 보는 것은 어떨까? 3M이나 구글처럼 혁신을 강조하는 일부 회사에서는 이런 일을 회사 차원에서 허락한다. 이런 회사에서는 근무 시간의 10~15%를 자신이 하고 싶은 일을 찾아서 하도록 권장한다. 왜 그렇게 많은 사람들이 이런 회사에 들어가려는지 알 만하지 않은가? 그런 회사에서 일하는 사람은 분명 운이 좋은 사람들일 것이다. 그렇다면 회사에서 그런 지원을 하지 않는 사람들은 어떻게 해야 할까? 회사에서 지원을 해주지 않으니 할 일만 할 것인가? 지원을 하지 않으니 놀고 쉬는 시간을 활용할 수밖에 없는 것은 분명하다. 하지만 그로 인한 장점도 있는데, 도전해볼 문제의 범위가 훨씬 넓어진다는 점이다.

어떤 상황에 처해 있든 중요한 것은 제대로 문제를 찾아내고 그 문제를 해결하기 위해 집중하는 것이다. 그 문제가 정말 재미있고 의미 있는 일이라면, 몇 번 실패하더라도 포기하는 대신 에디슨이 그랬던 것처럼, "나는 실패하지 않았다. 나는 단지 효과가 없는 1만 가지 방법을 발견했을 뿐이다"라고 말하게 될 것이다. 그리고 한 번 더 그리스 신화에 나오는 시지프스처럼 이해, 발상, 평가, 실행의 바퀴를 돌리기 위해 일어서게 될 것이다. 요컨대 문제 해결에 몰입하는 것은, 결과에 상관없이 삶을 열심히 사는 한 방법임에 틀림없다. 그 과정에서 남겨지는 성공은 물론 실패의 흔적은, 뭘 해야 할지 몰라 방황하는 누군가에게 감동을 주어 그 사람도 그런 삶에 빠져들게 할 수도 있다. 나 자신을 위해 그리고 누군가를 위해 바퀴를 굴려보자.

위 글을 읽고 자신이 쓴 요약문을 한번 소리 내어 읽어보라. 그런 다음 혹시라도 마음에 들지 않는 부분이 있다면 고쳐보라. 그리고 나서 앞에서 언급한 세 가지 조건의 충족 여부를 묻는 다음 질문에 답해보자.

[제시문 1]에 대한 요약문 평가

① 글쓴이가 사용한 문장이나 표현을   □ 그렇다   □ 아니다
   그대로 가져와 사용했는가?

② 자신이 이해한 문장으로 다시 새롭게   □ 그렇다   □ 아니다
   쓴 문장인가?

③ 핵심 주장이 잘 반영된 요약문인가?   □ 그렇다   □ 아니다

④ 원저자가 동의할 것으로 예상하는가?   □ 그렇다   □ 아니다

마지막으로 동일한 과제를 수행한 다른 친구의 요약문과 비교하면서 공통점과 차이점을 열거해보자.*

---

* 각 제시문에 대한 요약문은 '부록 1'(294쪽)에 수록되어 있다. '정답'이 아니라는 점을 염두에 두고 참고하기 바란다.

읽은 내용을
제대로 이해했는지
확인하기

제시된 글을 한 문장으로 요약하는 것이 쉬웠길 바란다. 그랬다면 여러분이 요약을 잘해서일 수도 있고 아니면 요약하기 쉬운 글이었기 때문일 수도 있다. 문제는 여러분이 읽어야 하는 글들이 이 책에 제시된 예문처럼 마냥 쉽지만은 않다는 것이다. 더 난해하거나 전문 용어가 수시로 등장할 수도 있다. 이 때문에 짧은 글인데도 잘 이해되지 않을 때가 있다. 이런 경우에는 요약하는 것도 어렵다. 잘 이해했다고 생각하더라도 막상 이해한 바를 글로 옮기려다 보면 잘 안 될 때가 많다. 우리는 대개 글을 읽을 때 딱히 막히는 부분이 없으면 다 이해했다고 오해하기 때문이다.

이해와 글쓰기는 연결되어 있지만 별개일 때가 많고, 일반적으로 글로 표현할 수 있는 만큼 이해했다고 할 수 있다. 내용을 제대로 이해했는지를 확인하는 비교적 간단한 방법은 자기 자신에게 말로 설명하거나, 아니면 다음 목록 중에서 가능한 한 많은 질문에 답변해보는 것이다. 설명이나 답변이 만족스러우면 이해한 것이고, 그렇지 않으면 아직 제대로 이해하지 못한 것이다.

표면적 이해

- 어떤 주제에 대한 글인가?
- 어떤 목적으로 쓰인 글인가?
- 모르는 개념이나 표현은 없는가?
- 경험적 주장인가 사변적 주장인가?
- 추상적 개념의 경우 그 구체적인 사례는 무엇인가?

심층적 이해

- 누가 어떤 배경에서 누구를 위해 쓴 글인가?
- 특수한 사례를 다루는가, 일반화에 대한 논의인가?
- 경험적 자료의 경우 연구 방법론에 문제가 없는가?
- 사변적 주장의 경우 논의의 전개가 논리적인가?

논증

- 주장이 무엇이고 그 근거는 무엇인가?

- 사실, 해석, 태도나 가치, 정책 또는 실행안 중 어떤 주장인가?
- 주장의 내용에 맞는 근거가 제시되었나?
- 근거 가운데 주관적 가치와 사실이 섞여 있지 않은가?
- 사실과 해석이 혼동된 부분은 없나?
- 제시된 각각의 근거를 다르게 해석할 여지는 없나?
- 근거는 충분히 많이 제시되었나?
- 다른 근거를 추가할 수 있나?
- 근거로부터 주장을 이끌어내는 데 논리적인 오류가 없나?
- 근거로부터 주장을 이끌어내는 데 비형식적 오류는 없나?
- 극단적인 사례를 제시하고 과잉 일반화하는 주장은 아닌가?
- 근거로부터 주장을 이끌어내는 추론이 타당하고 적절하며 충분한가?
- 제시된 근거로부터 다른 주장을 펼칠 수는 없나?
- 비교할 때 비교 대상이 적절한가?
- 비유나 유추가 사용되었을 경우, 그 비유나 유추가 적절한가?
- 명시되지 않은 전제는 무엇인가?
- 제시된 주장이 참이라면 이론적으로 혹은 실용적으로 어떤 시사점을 갖는가?
- 주장에 대해 가능한 반박이 다루어졌나?
- 반박이 다루어졌을 경우, 어떤 추가 반박이 가능한가?
- 반박에 대한 재반박이 충분히 이루어졌나?
- 재반박을 다시 반박할 수 없나?

요약문 쓰기는 논리적 글쓰기의 기초

위의 질문들에 대답하기 쉬울수록 그만큼 요약문을 쓰기도 쉬워진다. 다시 말해, 원 글에 대한 이해가 깊어질수록 그 핵심 내용을 머릿속에 떠올리면서 자신의 언어로 쓰기 쉬워진다. 그럼에도 머릿속에서 이해한 내용이 그대로 글로 표현되지 않는다는 점에서 글쓰기는 어렵다. 심지어 다 이해하고 써도 어려운 판에, 시간이 부족하거나 내용이 어려워 제대로 이해하지 못한 상태에서 요약문을 써야 할 때도 있다. 이 경우에는 다음과 같은 조치를 취할 수 있다.

우선 원 글에 담겨 있는 여러 정보 가운데 삭제할 수 있는 정보는 모두 삭제하는 것이다. 예를 들면 구체적인 예시나 흥미를 더하기 위한 일화나 여담, 강조를 위해 반복된 내용 등이다. 그런 다음에 가장 중요하다고 생각하는 한두 문장을 찾아내서 그 문장에 담긴 내용을 자신의 문장으로 다시 표현하는 것이다. 핵심 문장을 찾아내기 어려울 경우에는 핵심 단어$^{key\ words}$를 먼저 몇 개 찾아낸 다음, 그 단어들을 이용하여 적절한 문장으로 요약문을 만들 수도 있다.

표절을 피하기 위해 다르게 표현하려면 약간의 '말장난' 혹은 '비틀기'가 필요하다. 이를 위한 대표적인 방법으로는 우선 동의어를 활용하는 것이다. 예를 들어 "실업률이 20%이다"를 "취업을 원하는 사람 가운데 20%가 직장을 찾지 못한다" 혹은 "일을 하고 싶어도 하지 못하는 사람이 20%나 된다" 등으로 바꾸는 것이다. 같은 맥락에서 원래 의미의 반대말을 부정하기도 한다. 즉 "~ 와 같다"

라는 표현을 "~ 와 다르지 않다"는 식으로 표현하는 것이다.

또 다른 방법은 형태나 형식을 바꾸는 것이다. 이는 능동태를 수동태로, 수동태를 능동태로, 동사를 명사로, 명사를 동사로, 단문을 복문으로, 복문을 단문으로 바꾸는 것이다. 자료를 제시하는 경우에도 표는 그래프로, 그래프는 표로 바꾸는 식이다. 이들은 모두 기본적으로 심층 구조, 즉 기저 의미는 같되 그 표현만 바꾸는 기법이라는 공통점이 있다. 여러 항목들이 나열될 경우에는 상위어나 포괄적인 표현으로 대체하기도 한다.[1] 예를 들어, '고양이', '개', '금붕어', 그리고 '기니피그' 등을 '애완동물'로, '양파를 자르고,' '당근을 채 썰고,' '나물을 씻는' 등의 일련의 활동을 '요리 재료 다듬기'로 각각 대체하는 것이다.

이처럼 표현을 바꾸는 기술은 알고 있는 것만으로는 충분하지 않고, 반복적으로 연습해야 잘 쓸 수 있게 된다. 물론 내용을 잘 이해하지 못한 상태에서 이런 기법만으로 요약을 잘 해내기는 어렵다. 정확한 이해가 가장 중요하다. 더 깊게 이해할수록 이런 변형에 의존하지 않고 자신만의 표현으로 쉽게 바꿀 수 있다.

요약의 마지막 단계는 앞서 언급했듯이 요약한 글을 원저자가 읽는다면 어떤 반응을 보일지를 생각해보는 것이다. 원저자에게 요약에 대한 피드백을 받는 것이 최상이겠지만, 적어도 요약된 글을 읽고 고개를 끄덕일 수 있을 것이라고 나름대로 확신할 수 있어야 한다.

요약은 학문적 글쓰기는 물론 논리 정연한 글쓰기의 기초이다.

기초라고 해서 일정한 수준에 이른다고 쉬워지는 것은 절대 아니다. 앞에서 소개한 몇 가지 기법들은 단지 내용에 대한 이해를 돕고 요약문을 상대적으로 수월하게 쓸 수 있도록 도와줄 뿐이다. 그러므로 더 잘 요약하려면 많이 읽는 것만으로는 부족하고, 읽은 내용을 자신의 언어로 요약 정리하는 습관을 들여야 한다. 이를 위해 다음 몇 개의 제시문을 자신의 언어로 요약한 다음, 다른 사람의 요약문과 비교하는 연습을 해보자.

글쓰기 트레이닝 07

다음 제시문에 대해 자신의 요약문을 작성하고 89~90쪽의 평가 항목과 척도를 참고하여 스스로 평가해보자.

[제시문 2]

만민 평등의 근대적 세상에서 노동자를 '실패자'로 다루고 학력에 의한 '출세'를 절대시하는 이데올로기는 어떻게 내면화되는가? 이 이데올로기의 현실적 배경인 장시간 고강도의 노동과 높은 산재율, 노동의 급속한 비정규화와 궁극적 '서민 신분'의 세습화 등은 우리를 두려움에 떨게 만든다.

그러나 노동자를 '저주받은 자'로 만든 것은 비참한 현실적 문제 외에도 학교 교육을 통해 재생산되는 담론이기도 하다. 우리는 툭

하면 일본과 중국의 역사 왜곡에 분노하지만 우리 자신의 역사 교과서도 한번 노동이라는 관점에서 생각해보자. 신라사를 배울 때 김춘추·김유신 같은 정치꾼 이름은 술술 외워도, '민족의 자랑'인 에밀레종의 주조를 총관했던 8세기 후반의 뛰어난 주종鑄鐘 기술자 대大박사 박종일이라는 이름 석 자를 배운 사람이 있는가? 고대에 '박사'라는 말은 학자뿐만 아니라 국가가 인정한 뛰어난 장인도 지칭했다는 사실을 아는 사람은 얼마나 되는가?

백제가 일본에 불교 문화를 전수했다는 것은 개화기부터 한국 민족주의자의 자랑거리가 되어 교과서의 단골 메뉴이지만, 계백 장군 등 백제 정치인의 이름은 누구나 알고 있음에도 6세기 후반에 일본에 건너가 사찰 건축의 기반을 닦은 백제의 와박사瓦博士(기와제조자) 양귀문과 석마제미가 누군지는 도저히 모르는 것이다. 백제 정치사 대략을 기억하고 있어도 백제의 기와·벽돌 제조법에 대해서는 대다수가 관심조차 없다. 노동의 역사가 아닌 지배·살육의 역사를 배웠기 때문이다.

근대사라고 해서 다를 게 없다. '한강의 기적'의 바탕을 마련한 것은 1960년대의 직물 수출이었는데, 대원군과 김옥균은 알아도 100여 년 전 우리나라 최초로 일본에서 근대적 염직 기술을 배워온 안형중과 박정선 같은 기술자들에 대해서 아는 사람은 거의 없을 것이다. 그러면 이것도 역사 왜곡이 아닌가?

우리가 북유럽만큼이나 노동자들을 존중하고 바르게 대우해주는 사회를 만들자면 우리의 역사 이해 역시 노동과 농민 수공업

자. 기술자, 노동자 그리고 피지배민의 문화 및 투쟁의 관점에서 이루어져야 할 것이다. 그래야 부르주아 정객들이 들먹이는 소수를 위한 '기업하기 좋은 나라'가 아닌, 다수를 위한 '노동하기 좋은 나라'를 만들 수 있을 것이다.

[제시문 2]에 대한 요약문 평가

① 글쓴이가 사용한 문장이나 표현을 그대로 가져와 사용했는가? □ 그렇다 □ 아니다

② 자신이 이해한 문장으로 다시 새롭게 쓴 문장인가? □ 그렇다 □ 아니다

③ 핵심 주장이 잘 반영된 요약문인가? □ 그렇다 □ 아니다

④ 원저자가 동의할 것으로 예상하는가? □ 그렇다 □ 아니다

[제시문 3]

비유적이든, 실제적 의미로든 탈레스는 아낙시만드로스의 '스승'이었다. (…) 아낙시만드로스는 스승 탈레스의 지적 유산에 완전히 새로운 태도를 보였다. 그는 탈레스의 문제의식을 전적으로 공유하고 스승의 중요한 직관, 사유하는 방식, 지적인 성취를 자기 것으로 만들었다. 하지만 스승의 주장을 정면으로 비판하기도 했다. 아낙시만드로스는 탈레스의 가르침을 하나하나 따지고 들었다. 탈레스가 만물의 근원이 물이라고 한 주장은 맞는가? 아

니, 틀리다고 아낙시만드로스는 단언했다. 탈레스가 지구는 물 위에 떠다닌다고 한 견해는 맞는가? 아니, 틀리다고 아낙시만드로스는 지적했다. (…)

고대 세계에 비판하는 풍토가 아예 없었던 것은 아니다. 성경만 봐도 바빌로니아의 종교를 신랄하게 비판한다. 마르두크는 '거짓 신'이고 그 사제는 쳐 죽여야 할 '마귀'다. 이처럼 고대 세계에서는 상대를 비판하기도 하고 스승의 가르침을 맹목적으로 신봉하기도 했다. 하지만 비판과 맹목적 신봉 사이에 중간 지점은 없었다. (…)

피타고라스학파가 피타고라스를, 맹자가 공자를, 바울이 예수를 절대적으로 신봉하는 것하고 자신과 생각이 다른 이를 난폭하게 거부하는 것 사이에서 아낙시만드로스는 제3의 길을 열었다. 아낙시만드로스는 탈레스를 분명히 존경하고 스승의 지적 성취에 완전히 의존하고 있었다. 하지만 탈레스가 이러저런 부분에서 잘못 생각했으며 자신이 더 잘할 수 있다고 말하기를 주저하지 않았다. 맹자도, 바울도, 피타고라스학파도 이 좁은 제3의 길이 지식으로 통하는 길이라는 사실을 알지 못했다.

모든 현대 과학이 아낙시만드로스가 시작한 제3의 길을 효율적으로 발견한 방향으로 진행되고 있다. 이 제3의 길을 만들어낼 가능성은 고도로 함축적인 지식의 이론에서만 나온다. 이론을 끊임없이 정교하게 하면서 점진적으로 진리에 접근할 수 있다.

[제시문 3]에 대한 요약문 평가

① 글쓴이가 사용한 문장이나 표현을
   그대로 가져와 사용했는가?   ☐ 그렇다 ☐ 아니다

② 자신이 이해한 문장으로 다시 새롭게
   쓴 문장인가?   ☐ 그렇다 ☐ 아니다

③ 핵심 주장이 잘 반영된 요약문인가?   ☐ 그렇다 ☐ 아니다

④ 원저자가 동의할 것으로 예상하는가?   ☐ 그렇다 ☐ 아니다

[제시문 4]

학생들은 교육 대상이기도 하지만 중요한 교육 자원이기도 하다. 학교의 중요한 기능 중 하나는 또래의 아이들이 모여 서로 상호작용할 수 있게 한다는 점이다. 이 상호과정은 사회화에 중요한 기여를 할 뿐만 아니라 교과 학습에도 큰 영향을 준다. 실제로 학생들이 학업 장면에서 어려움에 직면하면 교사나 강사를 찾기보다는 동료를 찾는다. 영국의 교육학자인 하디와 크루겐(Hardy & Clughen, 2010)은 영국의 한 대학의 재학생 455명을 대상으로 설문조사를 했다. 수업 관련 자료를 읽다가 이해가 안 되는 부분이 있을 때 어떻게 해결하는지를 묻는 문항에 대해, 학생들이 제일 많이 언급한 사람은 동료 학생이었고, 강사는 가족에 이에 세 번째로 언급되었다. 글쓰기 과제의 경우에도 글의 구성이나 어떤 내용을 넣어야 할지에 대해 친구의 조언을 가장 많이 구한다고 응답하였고 글을 쓸 때 어려움에 봉착할 경우에도 동료의 도움을 선

호했다. 동료들에게 도움을 청하는 이유는 그들이 가까이 있어 필요할 때 바로 도움을 받을 수 있기 때문이다.

함께 일하는 동료가 누구인지에 따라 수행 수준이 달라진다는 연구도 있다. 열심히 일하는 동료들과 함께 일하면 그렇지 않은 동료들과 일할 때 보다 수행 수준이 더 높아진다. 그렇다고 내가 더 많이 배울 수 있는 동료들만 찾아다니는 게 더 유리한 방법인지는 생각해보아야 한다. 우선 그런 기준이라면 다른 사람들이 나를 동료로 여기지 않을 가능성이 높기 때문이다. 또 다른 이유는 배우는 것보다 가르치는 것이 더 효과적인 학습법이기 때문이다. 예를 들어, 학습 부진아를 돕는 한 방법은 같은 수업을 듣는 공부를 잘하는 동료 학생으로 하여금 돕도록 하는 것이다. 이렇게 하면 공부를 잘하는 동료 학생이 손해를 볼 것 같지만, 사실 가르치는 것을 통해 더 많이 배운다. 결과적으로 가르치는 학생과 가르침을 받는 학생 모두가 이득을 보게 되는 것이다. 가르치다 보면 무엇이 중요한지에 대해 생각하는 상위 인지 기능이 활성화되기 때문이다.

논술에 의한 평가는, 특히 학생 수가 많아지면, 교수에게 큰 부담이 된다. 이 부담을 더는 한 방법은 학생들로 하여금 스스로를 그리고 서로를 평가하게 하는 것이다. 학생 평가의 신뢰도와 타당도를 높이기 위해서는, 채점 기준은 물론 채점 샘플을 제공하는 것이 바람직하다. 그리고 학생들의 평가에 대해 간헐적으로 교수자가 피드백을 제공함으로써, 교수자의 부담을 최소화하면서, 학생들이 더 진지하고 정확하게 평가하도록 유도할 수 있다. 평가 결과에 대해 이의가 제기될 경우 가능한 한 투명한 절차를 통해 조정해가는 것도 중요하다. 이런 조정 과정 자체가 더 좋은 평가에 대해 함께 생각하는 시간이 될 수 있기 때문이다. 이상의 여러 노력을 통해 평가에 대한 신뢰가 구축되면, 학생들은 교수자로부터도 배우지만 글쓰기와 토론 그리고 평가를 통해 다른 동료들로부터도 배울 수 있게 된다.

글쓰기의 장점은 잘 알려져 있지만 이 방법이 평가에 사용되지 않는 이유는 채점의 객관성에 대한 논란과 엄청난 채점 비용 때문이다. 프랑스의 고등학교 졸업 시험인 바칼로레아의 경우 채점과 관련된 비용만 연간 4000억 원 정도가 소요된다고 한다. 이 사례는 글쓰기를 사용할 경우, 비용을 줄일 수 있는 방안을 고려할 수밖에 없음을 보여준다. 동료 평가는 이 문제를 어느 정도 해결할 수 있다. 학생들에게 먼저 글을 쓰도록 한 다음, 채점 기준을 제공하고, 다른 학생의 글을 평가하게 하는 것이다. 이 방법은 원래 글쓰기 기회를 늘리기 위해 사용되어온 방법인데, 채점 비용을 줄일 수 있을 뿐만 아니라 다른 많은 교육적 효과가 있다는 것이 밝혀졌다. 예를 들면 동료 평가를 하면, 학습 내용을 더 잘 이해하게 되고 글을 더 잘 쓸 수 있게 된다. 따라서 비용 절감을 위해서가 아니더라도 동료 평가는 활성화되어야 한다. 채점 외에도 건설적인 피드백을 제공하는 훈련을 시키면 서로를 통해 더 많이 배울 수 있다.

혹자는 학생들의 평가가 정확성이 떨어진다는 점을 문제 삼을 수 있다. 그렇지만 이 주장에는 문제가 있다. 학생들이 아니라 교사, 교수, 혹은 채점 전문가들로 하여금 평가를 하게 하더라도 이들 간에 차이가 있기 때문이다. 실제로 논술 채점에 들어가서 채점을 해 본 사람들은 전문가들 간에도 채점 점수에서 차이가 크다는 것을 경험해 본 적이 있을 것이다. 논술 채점은 그만큼 어려운 일이기 때문이다. 물론 학생들보다 차이의 크기가 작을 수는 있지만, 어쨌든 논술 채점은 누구에게라도 어려운 일이라는 점이 지적될 필요가 있다. 아울러 논술 채점의 일관성이 낮다는 이유로 논술을 평가에서 배제하기보다는, 일관성을 높일 수 있는 방법을 개발하는 연구를 촉구하는 것이 더 바람직해 보인다.

마지막으로 학생 자원을 제대로 활용하려면, 학생들의 평가 소양을 높이는 훈련이 필요하다. 사실 평가 소양을 높이는 일은 그 자체로 중요한 교육 목표가 될 수 있다. 예술 작품을 감상하는 법을 배우듯, 다른 사람이 쓴 글의 가치를 알아보고 또 개선하기 위해 무엇을 해야 할지에 대해 양질의 피드백을 제시하게 하려면 평가 소양을 가르치고 훈련시켜야 한다. 이런 부분이 강화되는 교육을 우리 교육의 한 지향점으로 삼을 수도 있다.

요컨대 학생들은 우리의 희망이고 미래이기에 소중하다. 그리고 그들은 더 좋은 교육을 위해 서로에게 소중한 존재가 될 수 있다. 서로 가르치고 평가하고 함께 토론하고 생각할 때, 비로소 창의적인 생각이라는 달콤한 열매를 맛볼 수 있다. 학생들이 이런 열매를 맛보는 날이 빨리 올 수 있도록 우리 교육을 하루 속히 변화시켜야 한다.

[제시문 4]에 대한 요약문 평가

① 글쓴이가 사용한 문장이나 표현을
　그대로 가져와 사용했는가?　　　　　□ 그렇다　□ 아니다

② 자신이 이해한 문장으로 다시 새롭게
　쓴 문장인가?　　　　　　　　　　　□ 그렇다　□ 아니다

③ 핵심 주장이 잘 반영된 요약문인가?　□ 그렇다　□ 아니다

④ 원저자가 동의할 것으로 예상하는가?　□ 그렇다　□ 아니다

**글쓰기
트레이닝 08**

각자의 요약문을 다른 동료들과 돌려 보며 자신의 요약문과 무엇이
어떻게 다른지 찾아보자. 왜 그런 차이가 나는지 함께 토론해보자.

간결한 요약을 위한
질문과 표현

글의 내용을 충분히 이해했는지 확인하기 위해 했던 것처럼, 제
대로 요약하기 위해 몇 가지 질문을 던져볼 수 있다. 이 질문과 함
께 요약문을 쓸 때 사용할 수 있는 몇 가지 표현을 소개하고자 한
다. 이 표현을 일종의 틀처럼 사용하면, 내용에 더 집중할 수 있다.
먼저 요약을 위한 질문은 다음과 같다.

- 핵심어는 무엇인가?
- 주제 문장은 무엇인가? 원 글에 제시되었다면 밑줄을 그어보
  고, 제시되지 않았다면 핵심어를 활용하여 만들어낼 수 있나?

- 원 글의 내용을 적절하게 압축했나?
- 요약의 길이가 적절한가? 너무 길거나 아니면 짧지 않은가?
- 요약문을 읽는 사람에게 도움이 될까?
- 요약문이 염두에 둔 독자의 수준에 적절한가?
- 원저자가 읽으면 동의할까?

요약을 위한 표현의 예는 다음과 같다. 중립적으로 표현할 수도 있고, 요약하려는 원 글의 주장을 동사로 사용하여 요약할 수도 있다.

- ~ 에 따르면 ~ 라고 한다.
- ~ 의 연구(혹은 주장)를 정리하자면, ~ 이다.
- ~ 는 ~ 에 대해 ~ 한 주장을 제기했다.
- ~ 는 ~ 을 지지하기 위해 ~ 한 주장을 펼쳤다.
- ~ 에 대해 의문을 제기하는 주장은 ~ 에서 볼 수 있다.
- ~ 의 주장은 한마디로 ~ 라 할 수 있다.

보다 구체적으로 앞에서 요약했던 제시문을 다음과 같이 요약할 수 있다.

[제시문 1] 박주용(2016)은 자기주도적인 삶을 위해 스스로 문제를 찾아내고 도전하는 삶을 살아야 한다고 제안한다.

[제시문 2] 박노자(2006)는 노동의 가치를 높이기 위해 그동안 배워온 지배의 역사 대신 노동의 역사로 그 관점을 바로잡을 필요가 있다고 주장한다.

[제시문 3] 스승의 주장이라도 비판하고 개선할 때 학문적 발전이 이루어지는데, 카를로 로벨리(2017)에 따르면 역사적으로는 아낙시만드로스 외에 그런 사례를 찾을 수 없다고 한다.

[제시문 4] 박주용(2019)은 동료들끼리 서로의 글을 평가하게 하면 학습을 향상시키고 논술 평가를 활성화할 수 있으므로 학생들에게 평가 훈련을 시켜야 한다는 주장을 펼친다.

자주 틀리는 문장,
피해야 할 문장

탐구를 위한 논리적 글의 궁극적 목적은 누군가에게 읽히는 것이다. 그런데 읽는 사람은(글쓰기 지도를 위해 읽는 경우가 아니라면) 글에 대한 참을성이 없다. 문법이 잘못되었거나, 틀린 데가 딱히 없는데도 잘 읽히지 않는 글은 읽지 않는다. 그렇다고 지나치게 문법이나 글의 구성에만 신경을 쓰면 아이디어를 발전시키는 동력을 잃기 쉽다. 이런 양극단을 피하면서 내용에 집중하게 하는 글이 결국에는 '읽힌다.'

여기서는 학생들이 쓴 글에서 흔히 관찰되는 피해야 할 문장 몇 가지와 이들을 피할 수 있는 방법을 간략히 소개하고자 한다(보다 상세한 되고 체크 리스트는 7장에서 자세히 살펴볼 것이다).

글쓰기 교육이 확산되면서 대학생의 글에서 나타나는 여러 오류와 틀린 데는 없지만 이해하기 어렵거나 우리말답지 않은 어색한 표현들에 대한 유형화가 활발히 이루어지고 있다.[2] 이 가운데 실제 대학생들의 글에서는 물론 심지어 학술지 논문에서도 자주 눈에 띄는 오류와 어색한 문장 유형 몇 가지에 대해서만큼은 미리 주의를 환기시켜두고자 한다. 그 구체적인 내용을 알아보기 위해 다음 연습을 시작해보자.

글쓰기 트레이닝 09

다음에 제시된 문장들이 지닌 오류 또는 어색한 부분을 고쳐보자.

a. 트버스키와 카네만의 연구는 우리가 의사 결정을 그렇게 이성적 추론에 기반하지 않는다는 사실을 밝혀냄으로써, 우리 개개인은 생각보다 그리 이성적이지 않음이 증명되었다.

b. 이런 기술적인 부분 이외에도 3D 프린터의 사용률을 늘리기 위해서는 문제를 접근하는 기존 인식의 변화가 필요하게 될 것이라고 예상할 수 있다.

c. 돈을 받기 위해 하는 일이나 삶을 지속하기 어렵다.

d. 딥러닝 확산의 바탕에는 빅데이터라고 불리는 대규모 학습 데이터와 이를 처리할 수 있는 하드웨어가 그 바탕에 있다.

e. 거듭해서 언급한 것처럼 환경 문제는 기본적으로 다층적 층위에 걸친 문제이고, 그렇기 때문에 예상치 못한 문제가—가령 바이오 연료로 인한 식량 수요의 대폭 증가나 환경 위기로 인한 식량 생산 증가치의 감소와 같은—발생했을 경우 해당 국가들이 이에 대비하는 능력은 선진국들에 비해 훨씬 떨어질 수밖에 없고, 그렇기 때문에 이러한 환경 문제는 개별 국가에게 더 큰 문제로 다가올 수 있는 가능성을 가진다.

f. 정부는 리더십이 없었고 교육 과정에서 추구하는 창의성의 개념은 모호했다.

g. 사회 변화의 속도가 급격하고 빠르게 진행되면서 미래 사회에 대한 예측 가능성은 낮아지는 반면 미래에 대한 불확실성은 오히려 커지고 사회 문제는 점점 더 복잡해지고 있다.

h. 19개국의 산업계, 학계, 정부 관계자 120여 명이 모인 기계공학의 미래 비전(2028 Vision for Mechanical Engineering)을 모색하기

위한 세계정상회의에서는 앞으로 20여 년 동안 직업적 요구에 대응할 세계적인 경쟁력을 갖춘 엔지니어를 배출하기 위해 기계공학자는 적응하고 변화할 수 있어야 한다고 주장했다.

i. 미국, 독일, 일본, 중국 등 제조업 강국들도 2008~2009년 세계 금융위기를 겪으며 제조업의 중요성을 재인식하고 2010년경부터 동시다발적으로 제조업무장에 매진하는 한편, 4차 산업혁명을 주도하고 세계 제조업의 미래 판도를 지배하기 위한 치열한 경쟁이 가속되고 있다.

j. P 등의 연구에서는 비인지적 특성을 이르는 여러 분류 방법 중 "비인지적"이라는 용어가 가장 넓은 의미를 포괄한다고 설명한다.

k. 공부 자체에 즐거움을 느끼고 공부를 하는 학습자들의 비율은 극히 소수이다.

위의 문장들은 실제 학생들의 글과 공식적 출판물 그리고 학술지에 실린 논문에서 발견한 것이다. 주어와 술어 간에 호응이 안 되는 문장(a, b, g, h, i, j, k), 잘못된 조사 사용(a, b), 한 개에만 해당하는 꾸밈말이 다른 표현에까지 잘못 적용된 부당 공유 문장(c), 중복 표현 문장(d, e, f, g), 그리고 한 문장이 너무 길거나 복잡하여 이해가 쉽지 않은 문장(e, h, i)이다. 이런 문장들은 글쓴이가 전달하고 싶은 내용을 충분히 정리하지 못했거나 초고를 다듬지 않아서 나타나는 문제를 안고 있다. 어떻게 하면 바르게 고칠 수 있을까? 다음을 보자.

A. 트버스키와 카네만은, 사람들이 이성적 추론에 기반을 두고 결정을 내리는 것이 아니라는 연구 결과를 제시했다.

B. 이런 기술적인 부분 외에도 3D 프린터의 사용률을 늘리려면 문제에 대한 인식을 변화시킬 필요가 있다.

C. 돈을 받기 위해 하는 일이나 의미를 찾기 어려운 삶을 지속하기 어렵다.

D. 딥러닝의 확산은 빅데이터라고 불리는 대규모 학습 데이터의 축적과 이를 처리할 수 있는 하드웨어의 발전 덕분이다.

E. 거듭 언급했지만, 환경 문제는 기본적으로 다른 여러 영역과 복잡하게 연결되어 있고 연결의 긴밀성은 선진국일수록 높다. 따라서 가령 바이오 연료로 인한 식량 수요의 대폭 증가나 환경 위기로 인한 식량 생산의 감소와 같이 한 영역에서 예상치 못한 문제가 발생할 경우, 선진국에 비해 그렇지 않은 나라에서 그 충격이 훨씬 커질 수 있다.

F. 정부는 리더십을 보여주지 못했고 교육계는 창의성의 개념을 명확하게 제시하지 못했다.

G. 변화의 속도가 빨라지면서, 미래에 대한 불확실성이 커지고 문제는 점점 복잡해지고 있다.

H. 기계공학의 미래 비전을 모색하기 위해 19개국의 산업계·학계·정부 관계자 120여 명이 모인 미래비전회의(2028 Vision for Mechanical Engineering)가 개최되었다. 이 회의의 참석자들은 향후 20년간 직업적 요구에 부응할 수 있는 세계적 경쟁력을 갖춘 엔지니어 배출의 중요성에 공감하였고, 이를 위한 기계공학자들의 적응과 변화를 촉구하였다.

I. 미국, 독일, 일본, 중국 등 제조업 강국들도 2008~2009년 세계 금융위기를 겪으며 제조업의 중요성을 재인식하고 2010년경부터 동시다발적으로 제조업 무장에 매진하는 한편, 4차 산업혁명을 주도하고 세계 제조업의 미래 판도를 지배하기 위한 치열한 경쟁을 벌이고 있다.

J. P 등은, 비인지적 특성에 대한 여러 분류 방법 중 "비인지적"이라는 용어가 가장 포괄적이라고 주장한다.

K. 공부 자체에 즐거움을 느끼는 학습자는 극소수이다.

오류를 피하기 위해서는 글을 쓰고 나서 각 문장의 주어와 술어의 호응을 최소한 두세 번 정도는 점검해야 한다. 그리고 한 문장에 하나의 생각이 담긴 단문으로 쓰는 습관을 기르도록 해야 한다. 문장이 길어져서 우리의 작업 기억 용량을 넘어서면, 주술 호응, 부당 공유, 그리고 독자가 겪을 어려움을 생각할 여력이 없어지기 때문이다.

한 연구에 따르면, 글을 잘 쓰는 학생들이 못 쓰는 학생보다 글을 더 짧게 쓰지는 않지만 한 문장 내에서 구나 절의 수는 더 적다는 실증적 결과도 있다.[3] 일단 단문에 핵심 아이디어를 담아둔 다음, 꼭 필요할 경우 표현을 추가하는 것은 그리 어렵지 않다. 처음부터 모든 생각을 다 넣으려고 하기보다는, 단순한 문장을 먼저 만들고 여기에 넣고 싶은 표현을 추가하는 방식으로 써야 한다.

글을 읽다 보면 오류도 아니고 너무 길지도 않은데 잘 읽히지 않는 문장도 있다. 이들은 어색한 문장이라 부를 수 있는데, 그중 몇 가지를 아래에서 좀 더 살펴보자.

글쓰기 트레이닝 10

다음 문장을 자연스러운 문장으로 바꾸어보자.

a. 흔히 인간의 행동에는 정신이 선행되어야 하며 그렇기에 행동

은 정신 과정의 결과라고 생각하곤 한다.

b. 식량의 위기의 경우에도 문제 발생의 원인은 석유와 식량 그리고 바이오 연료의 생산과 소비라는 사회 구조의 연계성에서 기인한 것이었다.

c. 식생활의 변화로 인해 우리나라 비만 인구는 지난 10년 사이에 1.6배나 늘어나 비만에 대한 사회적 관심이 요구되고 있다.

d. 한국 청년의 역량은 그들이 나이를 먹을수록 감소한다. OECD 주관으로 국가별 문제 해결력을 조사한 PIAAC 데이터에 의하면 그러하다.

e. 당장은 수동적 교육이 편하다고 느껴질 수 있지만, 이런 교육 방식으로 인해 청년들의 실질적인 학업 역량이 도태되어 장기적으로는 학생들 개개인과 한국 사회 전반의 미래에는 해롭기 때문에 달라져야 한다.

f. 점심 메뉴를 고르는 사소한 일에서부터 졸업 후 진로와 같은 중대한 결정에 이르기까지, 우리는 끊임없이 문제를 마주한다.

g. 만난 적이 있는 사람을 알아보지 못하는 것은 상대로 하여금 실

망감을 줄 것이며, 그 상대가 중요한 사람일 경우는 특히나 곤혹스러운 상황에 처하게 될 것이다.

h. 인간이 문제를 해결하는 데 있어서 가질 수 있는 최대의 장점은 바로 결과를 예측해볼 수 있다는 것이다.

i. 논의에 들어가기에 앞서 '타당성이 높아 보인다'라는 말을 정의해야 할 필요가 있다.

j. 다른 사람에게 실험 결과를 알리기 위해서는 상술을 논리적으로 하는 것은 물론 공통적으로 요구되는 구조를 갖추어야 한다.

k. 내면화 과정은 심리학적 필요와 연결됨이 필연적이다.

l. 일반적으로 공부가 재미있기는 어렵다.

　여기서는 또 무엇이 문제인지 살펴보자. 먼저 군더더기 문장, 즉 중복이나 빼도 되는 표현이 담긴 문장들이다. a, b, c, d, e가 여기에 해당한다. d의 경우, 한 문장으로 쓸 수 있는데, 두 문장으로 나누면서 불필요하게 대명형용사를 사용하고 있다. 피동형 문장은 영어의 수동태를 우리말로 직역할 때 생기는데, 동사의 주체가 명확하지 않고 무엇보다도 자연스러운 우리 문장이 아니다. 그럼에도 a의 '선행되어야'나 c의 '사회적 관심이 요구되고 있다'에서처럼, 그리고 e 의 '느껴질 수'나 '도태되어'에서처럼, 피동형 문장이 많이 사용되고 있다. 주어를 명확히 하고 능동형으로 바꾸면 자연스러운 우리말 문장으로 고칠 수 있다. 직역투 문장은 일본어나 영어 표현을 그대로 직역한 문장을 가리킨다. 피동형 문장을 포함하여 f의 '문제를 마주한다'와 g의 '상대방으로 하여금 실망감을 줄 것'과 같은 직역투 문장은 번역서 혹은 외국 자료를 많이 사용한 글에서 쉽게 발견할 수 있다(부끄럽지만 내가 쓴 논문이나 번역서에도 이런 실수가 있다).

이들을 자연스러운 우리말로 표현하려면 전형적인 번역투 패턴을 인식하고 이를 바꾸기 위해 의식적으로 노력해야 한다. 모호한 의사 표현 문장은 원래 추측할 때 쓰는 표현인 "~ 인 것 같다", "~ 수 있다" 혹은 "~ 로 보인다" 등을 과도하게 사용하는 경우를 가리킨다. 예를 들면, i에서처럼 통계 용어인 타당성에 '높아 보인다'라는 추측성 표현을 잘못 사용하는 것이다. 이 밖에 g의 '알아보지 못하는 것', '실망감을 줄 것'과 h의 '문제를 해결하는 데', k의 '연결됨이', 그리고 l에서 '재미있기'와 같은 명사형·관용형 문장은, 동사나 형용사로 표현할 수 있는데도 명사형으로 변화된 문장이다. 영어에서 흔한 동명사나 부정사를 번역하는 과정에서 습관화된 표현일 수 있는데 이 또한 자연스러운 우리말 표현이 아니다. 그러므로 위의 문장들은 다음과 같이 바꾸어 쓸 수 있다.

A. 흔히 인간의 정신이 행동의 원인이라고 생각한다.

B. 식량 위기의 발생은 석유와 식량 그리고 바이오 연료의 생산과 소비라는 사회 구조의 연계성에서 비롯된다.

C. 식생활의 변화로 인해 우리나라 비만 인구가 지난 10년 사이에 1.6배나 늘어나, 비만에 대한 사회적 관심을 기울일 필요가 있다.

D. OECD가 주관하여 국가별 문제 해결력을 조사한 PIACC 자료에 따르면, 한국 청년은 나이가 증가할수록 그 역량이 감소한다.

E. 수동적 교육은 당장은 편하지만, 청년들의 실질적인 학업 역량을 약화시켜 장기적으로 학생들 개개인과 한국 사회 전반에 해를 끼친다. 따라서 바꾸어야 한다.

F. 점심 메뉴를 고르는 사소한 일에서부터 졸업 후 진로와 같은 중대한 결정에 이르기까지, 우리는 끊임없이 문제에 부딪친다.

G. 만난 적이 있는 사람을 알아보지 못하면 상대에게 실망감을 줄 수 있고, 그 상대가 중요한 사람일 경우에는 곤혹스러운 상황에 처할 수도 있다.

H. 문제 해결에서 인간의 최대 장점은 결과를 예측할 수 있다는 것이다.

I. 논의에 들어가기에 앞서 '타당성이 높다'라는 말을 정의해야 할 필요가 있다.

J. 다른 사람에게 실험 결과를 알리기 위해서는 형식적인 구조를 갖추고 논리적으로 논의를 전개해야 한다.

K. 내면화 과정은 필연적으로 심리학적 필요와 연결된다.

L. 일반적으로 공부는 재미없다.

이상의 오류와 어색한 표현을 피하기 위해서 어떻게 해야 할까? 글을 쓴 다음 약간의 시간 간격을 두고 검토하는 것이 좋다. 정해진 마감 시간까지 글을 쓰다가 검토도 못하고 겨우 제출해서는 안 된다. 여유를 두고 미리 쓴 다음 다시 읽으면서 내용과 구조를 살피는 한편 오류와 어색한 표현을 찾아서 고쳐야 한다. 이렇게 하면 자주 범하는 오류나 반복적으로 나타나는 어색한 표현을 발견할 수 있다. 그런 부분은 꾸준히 의식적으로 연습을 해야 바뀔 수 있다.

짧은 문장을 쓰기 위한 노력도 다시 한번 강조하고 싶은데, 그 방법은 두 줄이 넘는 문장 혹은 단숨에 소리 내어 읽을 수 없는 문장을 찾아 바꾸는 것이다. 이런 기본적인 검토에 추가하여 ① 동사가 능동태인지를 점검하고, ② 핵심 주장을 펼칠 경우 주어를 명확하게 표현하며, ③ 빼도 될 부분이 있는지 찾아보고, ④ 명사형 혹은 관용형 표현을 줄이는 연습이 필요하다.

영어를 비롯한 외국어 자료를 사용하는 경우에는, 우리말로 자연스럽게 읽히는지도 검토해야 한다. 자신이 쓴 글을 자신이 먼저 점검해야 하지만, 때로는 다른 사람의 피드백을 받기 위해 적극적으로 노력해야 한다. 겸손한 마음으로 도움을 청하고, 일단 피드백을 받으면 최선을 다해 고쳐야 한다. 이렇게 글을 다듬다 보면 산뜻하고 깔끔한 문장을 만드는 즐거움을 조금이나마 맛볼 수 있을 것이다.

이 즐거움은 새로운 주장이나 이론을 만들어내는 것에 비하면 그야말로 사소한 것일 수 있다. 하지만 이처럼 소소하지만 확실한 즐거움이라도 없는 것보다는 낫고, 자칫 메마른 사막을 걷는 것 같은 글쓰기 여정에서 새로운 힘을 얻을 수 있는 오아시스 역할을 해주기도 한다.

적절한 시간 배분이 글쓰기의 성패를 좌우한다

잘못되거나 어색한 문장을 바꾸는 일은 여전히 만만치 않아 보인다. 그렇다면 도대체 이 일을 위해 얼마만큼의 시간을 들여야 할까? 이에 대한 정해진 답은 없지만 자신이 이전에 쓴 글을 찾아서 읽어보면서 가장 많이 저지르는 실수 하나를 찾아내어, 글을 쓸 때 이를 염두에 두고 쓰는 데서 시작할 수 있다. 제대로 된 문장을 만드는 데만 신경을 쏟다 보면 정작 문장 수준에서는 문제가 없는데 핵심 쟁점이나 주장이 없는 글이 될 수도 있기 때문이다.

예를 들어 피동형 문장을 피하는 데 주력하면서, 내용을 충실히 채우고 쓴 글을 다시 읽으며 수정하는 일을 반복하는 것이다. 글이 어느 정도 완성되었다는 판단이 서면 본격적으로 독자들이 자연스럽게 읽을 수 있도록 하는 노력을 기울이면 된다. 결국 수정을 위한 시간 확보가 관건이다. 이미 언급했던 것처럼 시간 배분은 글쓰기의 성패를 좌우하는 중요한 요인이다.

CHAPTER 4

생각을 담아
글로 반응하라

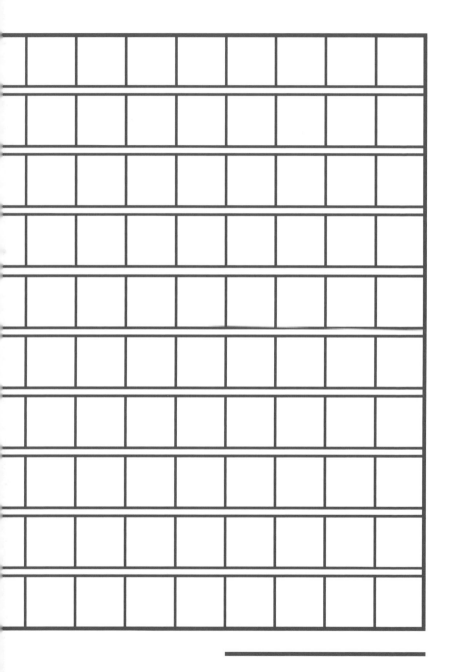

논리적 글을 읽고
무엇을 할 것인가?

1980년대에 들어서면서 영어 교재가 한글로 활발하게 번역되기 시작했다. 당시에 출간된 번역서들을 읽으면서 한글로 번역된 글이 오히려 더 이해하기 어렵다는 것을 경험했다. 우리말인데도 이해가 되지 않아 영어 원서로 읽었는데, 읽다 보니 오히려 영어가 더 쉽게 읽혔다!

안타깝게도 40년이 지난 지금도 원서보다 읽기 어려운 번역서를 찾아보기는 그리 어렵지 않다. 가장 큰 이유는 원문을 충실하게 반영해야 한다는 생각으로 외국어 표현을 그대로 우리말로 번역하기 때문이다. 외국어의 통사적 구조를 유지하면서 표현만 바꾸는 과정에서, 문장의 의미를 전달하는 데 실패하거나 문장들끼리 논리적 연결을 확보하지 못하는 것이다. 이런 일은 외국어 번역에서뿐만 아니라 학술 논문에서도 나타난다.

학술 논문에는 일반적으로 전문 용어가 사용되는데 단지 그 때문에 읽기 어려운 것은 아니다. 글을 쓴 사람이 충분히 이해하는 가운데 독자를 배려해서 쓰면, 원칙적으로 학술 논문도 대학생 정도면 쉽게 읽을 수 있다. 친절하고 명료하게 글을 쓰면 생각을 더 잘할 수 있기 때문에 시작하면서부터 그런 글을 쓰는 연습을 할 필요가 있다. 이를 염두에 두고, 이 장에서는 주장이 담긴 글을 요약 정리하는 한편 자신의 생각을 명료하게 담는 과정을 집중적으로 알아보도록 하겠다.

기존 주장에서 한 발 더 나아가라

학문은 텍스트, 사회 현상, 자연 현상 등에 대한 이론적이거나 실용적인 주장을 통해 이해와 설명을 도모하거나 삶의 질을 높이고자 한다. 이를 위한 구체적인 활동이 글쓰기이다. 이는 앞에서 언급했듯이 '청출어람', 즉 다른 사람의 주장을 어느 정도 인정하고 거기서 좀 더 나아가는 주장을 펼치는 활동이다.

우리는 이 활동을, "~ 라는 주장에 동의합니다. 그렇지만 ~ 은 ~ 하면 더 나아질 수 있습니다"라는 형식으로 도식화했다. 물론 이 세부 사항을 채우는 방식은 어떤 분야를 다루는 글이냐에 따라 달라진다. 다루는 주제와 그 주제를 다루는 방식이 얼마나 다양한지는 서로 다른 분야의 책이나 학술지 등에 실린 글을 몇 개만 읽어보면 바로 확인할 수 있다. 이를 위해 먼저 다음 연습을 차례로 해보자.

글쓰기 트레이닝 11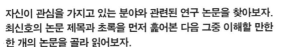

두 개 이상의 학술지를 골라 각각에서 두 편 이상의 논문을 훑어보고, 각 학술지에 실린 논문의 형식에서 발견되는 공통점과 차이점을 찾아 적어보자. 동료들이 적은 공통점과 차이점을 비교해보고 논리적 글쓰기에서 주장을 펼치는 방식을 파악해보자.

글쓰기 트레이닝 12

자신이 관심을 가지고 있는 분야와 관련된 연구 논문을 찾아보자. 최신호의 논문 제목과 초록을 먼저 훑어본 다음 그중 이해할 만한 한 개의 논문을 골라 읽어보자.
논문의 주장을 한 문장으로 요약할 수 있는가? 논문의 주장을 발전시킬 방안을 한 가지만 제시한다면? 논문에서 발견된 문제점 한 가지를 비판한다면? 이를 통해 배우고 느낀 점에 대해 동료들과 이야기해보자.

실증적 연구의 경우 분야마다 다루는 내용에서는 큰 차이가 있지만, 대개 '서론 – 방법 – 결과 – 논의'의 형식을 취한다는 점에서는 거의 비슷하다. 다만 공학이나 과학 분야에 있는 글들과는 달리 인문학 분야의 글은 본론에서 논의를 전개하는 방식이 훨씬 다양하다. 텍스트는 물론 예술 작품에 대한 주관적 느낌을 포함하여 텍스트에 대한 해석이나 그 기저의 신념 체계에 대한 평가 등이 망라되기 때문에, 글의 구성 방식도 그만큼 다양하다는 것을 어렵지 않게 파악할 수 있을 것이다.

이처럼 분야별로 차이가 있기는 하지만, 서로 다른 분야의 논문들을 읽다 보면 내용과 형식에 상관없이 공통점을 몇 가지 추출할 수 있다. 첫째, 논문에서 다루는 논의의 범위가 상당히 좁으면서 구체적이라는 것이다. 둘째, 모종의 주장이 담겨 있다는 것이다. 즉 대개는 선행 연구 혹은 우리가 상식적으로 맞다고 받아들이는 어떤 믿음에 반대하는 식의 주장이 이루어진다. 셋째, 증명이 가능한 자연과학 등의 영역을 제외하면, 결론에서의 주장이 단정적이지 않고 조심스럽게 펼쳐진다는 것이다. 끝으로 글쓴이의 주장에 반대하기보다는 동의하기가 더 쉽다는 것이다. 그 한 편의 글을 쓰기 위해 짧게는 몇 개월에서 길게는 수년 심지어 수십 년이 걸렸고, 설득력이 없는 논문은 전문가들에 의해 이미 걸러졌기 때문이다.

문제는 이렇게 어느 정도 잘 쓴 글에 대해 우리가 모종의 개선책을 제시해야 한다는 것이다. 이는 결코 쉽지 않은 일일 수밖에 없다! 처음 한두 번은 이해하기 위해 읽고, 그런 다음 추가로 핵심적인 부분만 집중적으로 몇 번 더 읽으면서 온갖 궁리를 해도 막막할 수 있다.

어떻게든 '구체적으로' 반응하라

요약이 원 글을 압축하는 활동이라면, 반응은 원 글의 주장에 대한 태도를 드러내는 활동이다. 우리 삶의 상당 부분은 수많은 사건이나 현상에 대한 반응으로 이루어진다. 사람들은 책이나 영화를 보고 나서 혹은 식당에서 음식을 먹고 나서 모종의 의견을 갖게 된다. 누가 물어보면, 심지어 누가 물어보기도 전에, "그 책 재미있다", "그 영화 지루하다", "그 식당 맛있으니 꼭 가서 먹어보라" 아니면 "그 식당에 절대 가지 마라" 등의 의견을 제시한다. 일상에서도 이처럼 기회가 있을 때마다 의견을 개진하는 마당에 자신이 어느 정도 관심을 가지고 시간을 들여 읽은 글에 대해 의견이 없을 수 없다.

그럼에도 특히 학생들은 글을 읽고 나서 선뜻 자신의 의견을 내지 않는다. 어려운 글을 읽느라 "무슨 소리인지 하나도 모르겠다"라고 말할 수밖에 없는 경우도 있다. 하지만 그런 반응이라도 하는 게 아무런 반응이 없는 것보다 낫다. 모른다는 반응도 "잘 모르겠다"보다는 "처음에 나오는 A라는 주장은 이해하겠는데 그다음 주장은 잘 모르겠다"가 더 낫다. "주장 A가 ~ 현상을 ~ 방식으로 설명할 수 있다고 보는 점은 알겠다. 그런데 이를 더 확장하여 ~ 도 설명할 수 있다고 하는데, 왜 그런지를 이해하지 못하겠다"라는 식으로 모르는 내용을 더 구체화할 수 있으면 더욱 좋다. 글에 대해 자신의 이해 수준을 구체적으로 드러내는 반응일수록 후속 조치가 명확해지기 때문이다.

그러므로 모호한 느낌에 머무르지 말고, 무엇을 배웠는지 말이나 글로 반응하도록 하라. 제대로 알고 싶으면, 가만히 있어서는 절대 안 된다. 남의 눈을 의식하느라 모르는 것을 아는 척하는 것보다 틀리더라도 현재의 이해 수준을 드러낼 때 다른 사람의 비판과 도움으로 배움의 기회가 생긴다. 배우고 익힌 내용에 대해 자신의 이해 수준과 생각을 솔직히 드러내도록 하자. 아직 그렇게 할 자신이 없는 사람은, 자신만을 위한 메모를 남기는 데서 시작해보라. 반응을 기록하는 게 얼마나 중요한지 경험할 수 있을 것이다.

자신에게 관대해지려는 경향을 경계하라

반응은 원 글의 주장에 동의하는지 혹은 반대하는지에 대한 입장을 밝히는 데서 시작된다. 일부에는 동의하고 일부에는 반대할 수도 있다. 물론 딱히 어느 한 입장을 취하는 대신 더 알아보겠다는 입장을 취할 수도 있다. 하지만 더 알아보기 전에라도, 동의나 반대 혹은 어떤 부분에 대해서는 동의하지만 다른 부분에 대해서는 반대하는 입장을 의도적으로 명확히 하는 연습을 할 필요가 있다.

반응할 때에는 어떤 입장을 표명하든 상관없이 그 근거를 제시하는 것이 중요하다. 아이들 간의 말다툼이나 많은 정치인들 간의 논쟁에 진전이 없는 이유는 서로 동의할 수 있는 부분에서 시작하여 논리적 근거를 가지고 논의를 전개하지 않기 때문이다. 전제가 다른 가운데 자기주장만 되풀이하면 감정 대립만 증폭된다.

문제는 우리도 쉽게 자기주장만 되풀이하는 오류에 빠질 수 있다는 것이다. 그렇게 되지 않으려면 우리의 입장을 분명히 하는 동시에 그 근거를 따져보아야 한다. 정치와 종교에 대한 논쟁처럼 각자의 전제가 다르고, 우열을 따질 방법이 없고, 또 적절한 수준에서 타협이 가능하지 않으면 논의를 해도 진전이 있을 수 없다. 개방적인 태도로 타협의 여지가 있는 상태에서 말이나 글을 통해 각자의 주장을 더 명료히 할 때 제대로 된 논의가 이루어진다. 이 과정에서 자신과 상대방은 물론 논의되는 사안 자체에 대해서도 더 잘 이해하게 된다.

다른 영역에서의 주장과 달리 학문적 주장의 경우에는 해당 분야의 여러 전문가 간에 합의가 이루어져 어느 정도 합리적인 평가가 가능하다. 그렇기 때문에 비록 시간이 걸리기는 하지만 학문이 발전하는 것이다. 학문 활동은 특정 학문 분야 내에서 제기된 주장을 평가하고 이를 바탕으로 하여 개선점을 찾는 활동이다. 학문 분야의 특성과 주장하는 바에 따라 차이가 있을 수 있지만, 그 형식은 사실, 해석, 가치, 혹은 정책 등에 대한 구체적인 주장과 그 주장에 대한 근거가 포함된 논증이다. 따라서 논증을 분석하는 훈련이 필요하다.

다른 사람의 주장을
분석하고 반응하기

논증은 학문 발달의 원동력이다. 논증을 통해 더 정교한 지식이 만들어지기 때문이다. 논증은 서로 다른 주장이 펼쳐지는 법적 논쟁에서 두드러지지만 새로운 주장을 펼치는 것을 포함한 모든 설득 장면에서 나타난다. 논증에 대한 오래된 탐구 결과 중 하나는 아리스토텔레스의 《수사학》이다. 아리스토텔레스는 '수사학'을 "모든 주제에 담긴 설득의 정도를 추출해내는 기술"이라고 정의했는데, 이러한 정의는 오늘날까지도 논증 연구자들에 의해 계승, 발전되고 있다. 논증은 "공동의 문제를 풀기 위해 주장과 근거를 교환하며 서로 검증하는 과정"[1] 또는 "의심의 여지가 있는 주장을 지지하기 위해 근거를 제시함으로써 그 의심을 없애는 것"[2]으로 정의된다. 실제 논증은 어떤 주장에 반대하는 주장과 다시 여기에 반대하는 주장이 꼬리에 꼬리를 물고 이어진다. 이 과정에서 양쪽이 모두 동의할 수 있는 타협점을 찾고자 한다.

여기서는 우리가 3장에서 요약한 글의 주장을 분석하고, 이 분석을 바탕으로 그 주장에 어떻게 반응할 수 있는지를 탐색해보고자 한다. 먼저 원 주장에 대한 정확한 분석에서 시작해보자. 이 분석은 여러 가지 이유로 쉽지 않을 수 있다. 원 글 자체가 난해하거나, 근거는 물론 때로는 주장이 명확하게 제시되지 않는 경우도 있기 때문이다. 이런 어려움을 극복하기 위해서는 여러 번 읽으면서 주장과 근거를 꼼꼼하게 분석해야 한다.

다음 제시문을 읽고 각각의 글이 내세우는 주장과 그 근거를 구분해보자.

[제시문 5]

창의성 분야의 저명한 심리학자 미하이 칙센트미하이는 30년 넘게 다양한 분야의 창의적인 사람들을 만나 인터뷰하고 나서 이렇게 말했다. "그들의 성격이 다른 사람들과 어떤 면에서 다른지 한마디로 표현해야 한다면 그건 바로 '복잡성'이다. 그들은 수많은 다양한 사람들이 보이는 사고와 행동 경향을 보여 준다. 그들 안에는 모순된 극단이 있다. 말하자면 그들 각자는 '개인'이 아니라 '다수'나 다름없다."

[제시문 6]

평가에는 힘이 있다. 배움 그 자체보다 학점에 민감한 학생들에게는 더욱 그렇다. 그런 학생들은 시험에 맞추어 전략적으로 공부할 가능성이 높다. 평가에 맞추어 지적 활동을 하는 것은 학생만이 아니다. 사회 자체가 평가에 의해 영향을 받고 재생산된다. 이런 견해는 영국의 교육철학자인 스토다드(Stordard, 2008)가 가장 명확하게 표현했다. 그는 "평가는 가치가 담긴 사회적 활동으로, '문화 중립적' 평가라는 것은 있을 수 없다. (…) 평가는 '사람을 만들며, (…) 무엇을 어떻게 배울지에 직접적으로 영향을 주며, 효과적인 학습을 해치거나 고양시킬 수 있다."라고 주장했다.

이를 염두에 두고 우리나라의 평가 현황을 살펴보자. 대학 수학 능력 시험은 물론 내신, 입사 시험, 공무원 시험 등의 문항 형식은 대개 선다형이고 약간의 단답형 문항이 사용된다. 이런 시험 방식 자체가 문제가 있는 것은 아니고 나름대로 적절히 활용되어야 하는 방식이지만, 단편적이고 피상적인 문항이 되기 쉽고, 좋은 문항을 만들기가 어렵다. 게다가 이미 비슷한 문제들이 많이 만들어졌으면, 이 기출문제를 이용하여 패턴을 찾아내고 그 패턴을 익히기 위해 반복 훈련을 하면 효과를 볼 수 있다. 이 때문에 선행 학습, 속진 학습이 학원가에서 잘 팔린다. 여기서 끝나지 않고 피상적 평가는 우리 사회 전체에 포장을 중시하는 분위기를 확산시키는 것 같기도 하다. 대학생들은 소위 스펙 쌓기에 몰두하고 시험에 나오는 수준으로만 공부한다. 한 우물을 깊이 파야 발전을 이루고 융합도 가능해지는데, 깊이를 추구하는 것이 어리석게 여겨지는 사회가 된 것이다.

이런 맥락에서 미국의 교육혁신 연구자인 그랜트 위긴스 (Wiggins, 1992)의 주장은 백번 지당하다. 그는 "좋은 가르침은 좋은 평가와 결코 분리될 수 없다"고 주장했다. 최신 정보에 대한 접근이 그 어느 때보다 용이해지면서, 가르치는 일은 상대적으로 이전보다 중요하지 않게 되었다. 부지런히 찾아보면 교수자의 가르침을 대신해줄 수 있는 동영상 강의나 관련 자료를 얼마든지 발견할 수 있다. 그러므로 교수자는 평가의 질을 높여서 학생들이 더 깊게 공부하고 생각하도록 하는 역할을 해야 한다.

평가는 해당 분야의 전문가들이 그들의 전문 영역에서 어떤 일을 하는지와 연관이 되어져야 한다. 물론 그렇다고 모두가 전문가들이 하는 것과 똑같은 일을 하게 하자는 것은 아니다. 다만 그에 준하는 활동을 연령과 수준에 맞추어야 한다는 것이다. 그런데 단지 채점이 용이하다는 이유로 선다형이나 단답식으로 평가하는 것은 평가의 기능을 학생들을 서열화하는 용도로 최소화하게 한다. 실제 장면에 준하는 의미 있는 과제를 이용한 평가가 이루어지면 학생들은 자신이 앞으로 어떤 일을 하게 될지에 대해 더 잘 예측하고 준비할 수 있게 된다. 그렇지 않을 경우 평가는 어쩔 수 없이 감내해야 하는 통과 의례에 불과하게 된다. 게다가 앞에서 여러 차례 강조한 것처럼, 평가가 중요한 학습 기회임에도 이 기회를 날려버리는 어리석음을 범하는 셈이 된다.

평가의 질을 향상시키는 한 방법은 ~ 에 대해 비판하라, ~ 에 대안을 제시하라, ~ 에 대해 평가하라와 같은 동사를 사용하여 고차적 사고를 요구하는 문항을 사용하는 것이다. 하나의 정답이 없지만 생각해볼 만한 문제를 출제하자는 것이다. 우리가 살아가며 그리고 일을 하며 부딪치는 문제에는 많은 경우 정답이 없다. 그렇지만 우리는 이러한 문제에 부딪혔을 때 모종의 선택과 결정을 내려야 한다. 이런 불확실성 속에서 무엇을 어떻게 해야 하는지를 연습해보는 것이 교육의 한 부분이 되어야 한다. 평가가 고차적 사고력을 중심으로 이루어지게 되면 그만큼 우리 사회에 생각하는 사람이 많아지게 되거나 적어도 그런 사람들이 적재적소에 배치될 가능성이 높아진다. 평가를 제대로 하는 것만큼 좋은 인력양성 방안은 없을 것 같다. 이런 이유 때문에라도 시간이 얼마나 걸리든 고차적 사고력을 평가하고 그 평가가 투명하게 이루어질 수 있도록 하기 위해 모든 노력을 기울여야 한다. 이미 그렇게 하고 있는 교사와 교수들이 없지 않지만 아직은 소수이기에 조속히 확산될 필요가 있다.

[제시문 7]

[건축 관련 전공 대학생을 대상으로 한] 설문 결과, 모두 다른 학과지만 놀랍게도 답들이 비슷하게 나왔다. 그 답을 요약하자면 "하나의 목적인 '건축'이 태동되고 오롯이 건축만을 위한 건축 생태계가 왜 설계로, 공학으로 실내건축으로 나뉘어야 되는가? 우리는 하나 아닌가?"라는 의구심을 표현하였고, "1학년 · 2학년 과정에서 통합된 건축의 본질을 알아가는 과정을 만들면 보다 나은 소통이 이루어 질 것"이라 답하였다. 현재의 교육과정에 대한 만족도는 5점(10점 만점)으로 취업과 실무에 연관성을 둔 교육에 만족을 표하고 있으나, 대부분 학생들 답변에서 건축 범위의 다양한 분야를 경험할 수 있는 기회가 적다는 의견이 공통적이었다. 그렇다면 우리가 지적하는 다양성의 교육은 어쩌다 놓치게 되었을까? 다양한 원인이 있을 것이다.

건축사 자격 취득 중심, 대학원의 기능저하, 건축학과와 건축공학의 분리도 그 이유가 되겠으나, 건축학인증제도로 인한 교육 현장의 변화가 가장 큰 원인이라 보고, 건축학

인증제도의 문제 측면에서 우리 교육의 현실을 뒤돌아보았다. 2013년 기준, 73개 대학이 한국건축학교육인증원(KAAB, Korea Architectural Accrediting Board)으로부터 건축학 전문 프로그램 인증을 받았다. 초창기에 비해 인증에 참여한 대학 수가 많이 늘어나긴 했으나, 아직까지는 건축학교육인증제도가 정착되어 가는 과도기적인 상황으로 볼 수 있겠다.

그런데 제도 시행 9년이 흐르면서 문제점이 서서히 노출되고 있다. 가장 큰 영향을 받는 학생으로서 체감하는 가장 큰 문제는, 각 대학의 특성화된 건축교육이 사라져간다는 것이다. 그저 인증과 자격증을 목적으로 대학의 교육 내용이 단순화되고 동일한 방향성을 갖게 된다는 것, 학생들의 선택권이 줄어든다는 얘기다.

현재의 건축교육은 우리를 대기업, 설계사무소로 제한적인 직종에만 내몰고 있지는 않는가 생각해본다. 이를 탈피하기 위해서라도 무미건조하게 각 분야별 세분화가 아닌 통합과 융합을 통해 새로운 대학과정의 커리큘럼을 고려해 본다면 우리 이후의 세대들은 '학'들의 이질감을 조금 더 없앨 수 있지 않겠는가. (…)

대학 교육이 정책에 따라, 취업률에 따라 변화하니 사고思考하는 학생들이 사라지고 취업을 보고報告하는 학생들만이 남아 있을 뿐이다.

그렇다면 우리가 말하는 '답'은 무엇인가?

일단 건축학과 건축공학의 커리큘럼에 저학년(1, 2학년)의 공통된 과목(건축의 프로세스, 건축사, 설계, 구조의 이해)을 내실 있는 교과를 만들어 분절되지 않고 하나의 건축을 지향하는 방법을 제안해 본다. 근래에 교과목 커리큘럼과 사회적 직종이 비슷한 학과들이 통합되는데 예를 들면 (…) 한국국제대학교의 실내건축학과와 산업디자인학과가 통합되어 2015년 신입생부터 '실내디자인학과'로 개설될 예정이다. 이러한 것을 비추어볼 때 '편 나누기식'이 아닌 본질이 무엇이고 우리가 나아갈 방향의 타당성을 직시하여 융합·통합하여 보다 나은 건축의 길을 제시할 수 있지 않을까 한다.

내용을 요약하고 그 핵심을 주장과 근거로 분석하고 나면 반응을 위한 준비가 다 되었다고 할 수 있다. 물론 요약이나 분석을 하기 전에 글을 읽으면서 공감하거나 혹은 거부감을 느낄 수도 있다. 하지만 분석을 위해서는 감정적 반응을 절제하고, 제시된 주장이 갖는 논리적·경험적 일관성에 주목해야 한다. 그래야 탄탄한 근거를 가진 반응을 할 수 있다. 본격적인 반응을 위해서는 다음과 같은 사고 활동이 유용하다.

주장을 만들기 위한
사고 활동

관심 있는 주제와 관련된 지식을 쌓아가는 것은 대부분의 경우 즐거운 일이다. 하지만 지식을 축적하는 즐거움에만 머무르면 발전이 없다. 개인적으로 다른 연구자의 주장을 통해 통찰을 얻을 수 있지만, 학문의 세계에서는 그 이상을 요구한다. 구체적으로 이전 연구를 더 심화시킬 수 있는 방향을 제시하거나 아니면 최소한 한계점을 지적해야 한다. 물론 한계점을 지적하면서 극복 방안까지 제시할 수 있으면 금상첨화라 할 수 있다. 그러려면 다른 사람의 주장을 재료로 삼아 다양한 지적 가공을 해야 한다. 이를 위한 몇 가지 활동을 살펴보자.

의심하기

학문을 위해서는 건전한 비판 의식이 필요하다. 서로 양립할 수 없는 두 주장이 팽팽하게 대립되면 조심스럽게 비교하면서 우열을 따져봐야 한다. 설사 대립되는 주장이 없더라도, 모든 주장에 대해 일단 의심하는 태도를 갖고 접근할 필요가 있다. 가능한 모든 것을 의심하던 중 자신이 의심하고 있다는 사실만큼은 분명하다는 새로운 통찰에 이른 데카르트를 본받는 것이다.

학문의 세계에서 의심이 필요한 이유는 우리가 갖고 있는 많은 지식이나 믿음이 검증되지 않은 채 관습적으로 습득되기 때문이다. 예를 들어, 남자아이에게 파란색 옷을 입히고 여자아이에게 분홍색 옷을 입히는 것은 순전히 문화적 산물이다.[3] 20세기 초 미국에서 발행된 육아서에 따르면 흰색이 좋긴 하지만 색이 있는 유아복을 입히고 싶으면 남자에게는 분홍색을 여자에게는 파란색을 입히라고 조언했다. 더 나아가 1970년대만 하더라도 역사 교과서에는 광복 직후 한국에 대해 소련은 찬탁을 미국은 반탁을 주장했다고 실려 있었는데, 확인된 역사적 기록에 따르면 그 반대라는 것이 밝혀졌다. 역사적 사실이 너무 쉽게 왜곡될 수 있다는 것을 보여주는 예이다. 이런 이유로 제대로 알고 싶으면 사실과 주장 모두에 대해 최대한 의심하면서 조심스럽게 검토해보아야 한다. 학문의 세계에서는 돌다리가 없는 것이다.

우리가 사실이라고 믿고 있는 지식들에 대해 "만일 ~ 이 사실이 아니라면?"이라고 생각해보고, 거꾸로 우리가 생각해보지 않았지만 "만일 ~ 이 사실이라면?"이라고 생각해보아야 한다. 명시적 혹은 암묵적 전제가 무엇인지를 탐색하고 그 전제에 대해서도 부정해볼 필요가 있다. 성냥개비 6개로 삼각형 4개를 만드는 문제를 풀어보라. 못 푸는 사람들은 대개 성냥개비를 바닥에 놓고 이리저리 모양을 만들다가 실패한다. 해결책은 3차원상에서 사면체인 삼각뿔을 만드는 것이다. 이처럼 사람들은 문제에 명시적으로 제시되지 않은 제약 조건을 스스로 부과함으로써 결국 해결책을 찾아내지 못할 때가 많다. 이와 마찬가지로 우리가 갖고 있는 여러 선입견이나 관행은 우리의 사고를 제한할 수 있기 때문에, 때로는 전제를 검토하고 의심해야 한다.

정의하기

전문 분야에서 사용되는 용어나 개념은 일상 언어에 비해서 명확하게 정의된다. 하지만 예를 들어, 기후 변화를 "온실 효과로 인해 특정 지역에서 비교적 장기간에 걸친 기후 패턴의 변화"라고 정의하더라도 여전히 "비교적 장기간에 걸친" 혹은 "변화"와 같이 모호하게 표현된 부분이 많다. 그래서 측정을 강조하는 심리학에서는 측정을 용이하게 하기 위해 중요 개념을 조작적으로 정의하기도 한다. '불안'을 예로 들어보면, 특정 자극을 가했을 때 다른 자극보다

손바닥에 더 많은 땀이 나서 피부 전도 반응이 증가하고 심장 박동 수도 증가하는 상태라고 정의하는 것이다. 측정을 염두에 둔 이런 식의 정의가 아니더라도, 같은 현상이나 개념을 가리키는 표현이 동일한지 여부를 따져보아야 한다. 다를 경우 이를 바로잡는 작업이 필요하다.

또 다른 예를 들어보자. 한 연구에 따르면, 정치경제학의 3대 패러다임이 연구자마다 다르다고 한다.[4] "박경서(자유주의·급진주의·현실주의), 하영선(현실주의·자유주의·사회주의), 박재영(현실주의·자유주의·구조주의), 김석우(자유주의·중상주의·마르크스주의) 등의 사례를 들 수 있다." 이런 차이는 네 명의 연구자가 언급한 '자유주의'가 모두 같은 의미로 사용되었는지에 대한 검토를 촉구한다. 실제로 위의 글에서는 "애덤 스미스는 인민의 삶과 국부의 증진을 가로막는 독점 현상, 즉 길드와 보호무역 제도를 중상주의라 지칭하고 이를 해소하는 역사적 대안으로 자유경쟁 시장을 제시했다. (…) 한국의 정치경제학계에서는 (…) 그토록 독점을 공격했던 애덤 스미스의 이름으로 한국의 거대 독점 재벌을 옹호하는 자유주의가 횡행하고 있다"고 비판한다.

이처럼 논의에 사용되는 개념이나 용어가 명확해질수록 자의적으로 원 이론의 주장을 왜곡하는 일을 줄일 수 있다. 따라서 주요 개념들에 대해 명료하게 정의를 내리려는 노력이 필요하다.

개념들 간의 관계를 분석하기

한 개념에 대해 정의를 내리려면 그와 관련된 다른 개념의 도입이 불가피하다. 예를 들면 인간을 털 없는 원숭이로 정의하는 것처럼,[5] 영장류의 다른 동물과의 두드러진 차이를 부각시키는 것이다. 학문 활동에는 주요 개념들은 물론 개념들 간의 관계를 명확히 분석해내는 일이 포함된다.

물리학이나 화학 등의 자연과학에서는 대개 잘 정의된 개념들을 대상으로 그 관계를 등식이나 부등식으로 표현한다. 따라서 개념적 분석의 필요성이 크지 않다. 하지만 인문학이나 사회과학에서 사용되는 개념들은 자연과학에 비해 상대적으로 모호하기 때문에 개념들에 대한 세심한 분석이 요구된다. 개념들이 위계적인지, 부분적으로 중첩되는지, 혹은 서로 독립적인 관계인지를 살펴보아야 한다. 위계적 관계의 핵심은 한 개념이 다른 개념보다 상위 수준인지를, 중첩은 같은 수준 내에서 서로 공유되는 부분이 있는지를 따져 보는 것이다.

두 개의 개념 혹은 변수가 서로 독립적일 때, 이들의 관계를 탐색하기 위해서 상관 분석이나 인과 분석이 수행되기도 한다. 상관 분석은 두 변수 간에 선형적, 이차함수적, 아니면 로그함수적 관계 등을 밝히고자 한다. 상관 분석을 통해서도 중요한 정보를 얻을 수 있지만, 분야를 막론하고 연구자들이 밝히려고 애쓰는 것은 인과관계이다. 즉 "A가 있으면(혹은 증가되면), B가 나타난다(혹은 증가된다)" 같은 형식으로 이론적 지식을 체계화하고자 한다. 이를 위해서 가능하면 단순한 상황을 가정하고 두 변인 간의 관계를 조사한다. 예를 들어 경제학의 경우 '세테리스 파리부스^{ceteris paribus}', 즉 '다른 조건이 동일하다는 가정 하에', 수요나 공급을 변화시키면서 가격이 어떻게 변하는지를 탐색함으로써 각각이 가격에 미치는 인과적 영향을 분석한다.

심리학에서는 다른 변수들을 통제한 상태에서 독립 변인을 체계적으로 변화시킨 다음, 그로 인해 종속 변수에서 어떤 변화가 일어나는지를 측정하여 두 변수 간의 인과관계를 밝히는 실험이 활용된다. 자연과학에서의 실험은 관련 변인을 통제하는 것으로 충분하지만, 심리학을 포함한 사회과학의 경우 적절한 통제 조건이 중요할 때가 많다.

이러한 통제 조건은 위약 효과 실험에서 잘 나타난다. A라는 약이 감기 예방에 도움이 되는지 알아보기 위해, 연구 참여자에게 A를 투약하고 A를 투여하지 않은 사람들과 비교하여 감기에 걸리는 비율이 줄어드는지를 확인할 수 있다. 그렇지만 만일 A를 투여했을 때 감기에 걸리는 사람이 줄어든다고 해도 이 효과가 A 때문만은 아닐 수도 있다. 단지 어떠한 약을 먹었다는 이유만으로도 그런 결과가 나타날 수 있기 때문이다. 이런 가능성을 예방하기 위해서, 통상 모두에게 약을 투여하되 한 집단에게는 A를 투여하고 다른 집단에게는 실제로 약효가 없는 약을 투여한 다음 두 집단을 비교한다.

개념들 간의 관계 분석에서 때때로 적절한 유추는 새로운 통찰을 제공하기도 한다. 예를 들어 '소리'를 설명하기 위해 연못에 돌을 던졌을 때 생기는 물결에 비유함으로써 소리가 퍼져 나가는 방식에 대한 이해를 도울 수 있다. 적절한 유추를 찾아내면, 원 개념과 유추 대상 간에 공통된 추상적 작동 원리를 발견하는 데 도움을 준다. 이를테면 에너지가 파장 형태로 매체를 통과하여 전달된다는 것과 같은 원리를 발견할 수 있다. 유추를 사용하면 이처럼 복잡한 개념을 쉽게 설명할 수 있을 뿐만 아니라 새로운 관계를 발견할 수 있기 때문에 여러 학문 분야에서 널리 사용된다.

도출하기

어떤 주장을 발전시키는 한 방법은 그 주장이 맞다고 가정할 때 어떤 새로운 예측이 가능한지를 검증해보는 것이다. 실제로 대개의 학문은 이전 주장으로부터 도출되는 새로운 주장을 확인하는 방식을 통해 점진적으로 발전한다. 물론 도출된 모든 주장이 인정받는 것은 아니고 충분히 독창적이거나 기존의 상식을 깨뜨릴 때 높이 평가된다. 예를 들어 구소련의 스푸트니크호가 지구를 공전하고 있다는 이야기를 들은 존스홉킨스 대학의 물리학자들이 스푸트니크호가 내는 신호를 포착하는 데 성공했다. 그런데 그 신호가 시간이 지남에 따라 달라지는 것을 관찰한 다음, 그 차이를 이용하여 거꾸로 스푸트니크호의 위치를 추적할 수도 있다는 가설을 도출했다.

이어진 연구를 통해 범지구위치결정시스템^{Global Positioning System: GPS}이 만들어졌다. 이처럼 "만일 ~라면 ~가 일어날 것이다"라는 가설을 도출할 수 있으면 본격적인 탐구가 시작되는 것이다.

사고 실험을 이용하는 도출도 어떤 주장의 핵심에 다가서는 데 도움을 줄 수 있다. 귀류법은 그중 하나이다. 귀류법에서는 어떤 주장이 참이라고 가정한 다음 일련의 규칙을 적용한 결과가 처음 가정한 주장과 다르면 애당초의 주장이 틀렸다고 결론을 내리는 방법이다. 수학에서 많이 쓰이는 방법이지만 일상 대화에서도 사용된다. 예를 들어 "귀신같다"는 표현에 대해 "무슨, 귀신이면 날아다니게?"라는 식으로 반박하는 것이다. 학문적 논증에서도 상대방의 주장을 참이라고 인정할 경우 발생하는 심각한 문제점을 부각시키는 방법을 자주 사용한다.

어떤 주장을 극단적으로 단순화하거나 이상화하는 것도 그 주장의 핵심에 다가서는 데 도움을 줄 수 있다. 예를 들어 기하학에서 점은 위치를 차지하지만 그 크기가 없는 것으로 가정한다. 물리학에서 F(힘)=m(질량)×a(가속도)의 관계도 물체가 매체를 지날 때 마찰이 없다는 가정하에 성립된다. 이상화는 또한 우리가 지향하는 바를 명확히 하는 데도 도움을 준다. 예를 들어 이상적인 국가, 사회, 조직, 가족 혹은 자신에 대한 상상을 통해, 설사 도달할 수 없더라도 추구해야 할 방향성을 확보할 수 있다. 이렇게 보면 상상으로서의 사고 실험은 단순화하고 이상화하는 가운데 소수의 변수를 조작하면서 어떤 일이 일어날지 도출해보는 활동이라 할 수 있다.

적용하기

어떤 주장을 새로운 대상이나 영역에 적용해보는 것도 유용한 활동이다. 많은 새로운 발견이 한 영역에서의 주장을 다른 영역이나 대상에 적용해서 만들어진 것이라는 사실을 염두에 두자. 모처럼 망치를 든 사람이 못질할 데가 더 없는지 찾아보는 것처럼, 새로운 주장을 접한 사람은 그 주장을 적용할 수 있는 새로운 대상이나 영역을 다양한 방식으로 찾아보아야 한다. 포도즙을 짤 때 쓰던 방법에 움직이는 형판을 결합시켜 만든 구텐베르크의 인쇄기가 그 좋은 예이다. 새로운 기술이나 아이디어를 접하고 익숙해지면, 끈질기게 때로는 상상력을 동원해서 그 적용 대상을 넓혀가는 사고 실험을 해볼 필요가 있다.

자료를 읽고 생각하면서 해결되지 않은 중요한 문제를 찾는 활동은 이 밖에도 얼마든지 있을 수 있다. 어떤 이들은 심지어 꿈속에서 듣거나 본 사건들로부터도 해결의 실마리를 얻는다. 어떤 문제에 대해 열심히 씨름하는 사람에게 행운의 여신이 찾아오는 경우도 있다는 것이다.

지지와 비판을 위한 표현들

특정 주장에 대한 우리의 반응은 크게 두 가지로 나눌 수 있다. 주장을 받아들이면서 이를 더 정교화하거나 발전시키려는 반응과 문제점을 지적하고 이를 개선하거나 바로잡으려는 반응이다. 물론 이 둘을 결합하면서 어느 한쪽에 더 큰 비중을 둘 수도 있다. 어쨌거나 이 둘을 단순화시키면 결국 지지와 비판으로 나눌 수 있다. 이 중 지지를 위해서는 다음과 같은 표현을 사용할 수 있다.

지지할 때 사용할 수 있는 표현
- 우리는 A를 통해 기존 선행 논문들을 확장하고자 한다.

- 본 논문은 A에 대한 선행 논문을 다섯 가지 관점에서 발전시키고자 한다.
- 본 논문에서는 A 기술의 B를 확인하기 위한 실험 연구를 수행하고자 한다.
- 우리는 A가 ~ 에서 어떤 가치를 지니는지 확인하고자 한다.
- A의 주장은 논의의 핵심을 적절하게 다루고 있다. 그렇지만 지나치게 간략히 다루어져 이에 대한 보다 상세한 논의가 필요하다.
- A의 주장에는 중요한 통찰이 담겨 있는데, 이 통찰의 내용은 더 확장되고 발전될 여지가 있다.
- ~ 는 원래 ~ 를 설명하기 위해 제안되었다. 하지만 이 주장은 ~ 으로 확장, 적용될 수 있다.
- A의 주장은 그 자체만으로는 문제가 있다는 것이 밝혀졌지만, ~ 가정을 추가하면 (혹은 그 주장의 일부를 바꾸면) 그 설득력을 높일 수 있다.
- ~ 의 주장은 그동안 과소평가된 면이 있다. 이 주장에 대한 신랄한 비판으로 인해 크게 각광을 받지 못했다. 하지만 그 주장을 다음과 같이 수정하고 다듬으면 기존의 이론으로 다루지 못하는 현상들을 설명할 수 있다.
- B에 대한 실험 연구는 ~ 로 인해 사실상 진행이 불가능한데, 다행히도 A로 인해 B에 대한 연구가 가능하게 되었다.

반면에 비판은 훨씬 더 다양한 방식으로 이루어진다. 논증에서의 비판은 반론counter-argument, 반박rebuttal, 논박refutation 등 여러 이름으로 불리고 다양하게 분류되는데, 결론을 부정하거나 최소한 약화시키는 것을 목표로 한다. 그 방법도 여러 가지인데 근거에서 주장으로의 추론을 문제 삼거나, 근거를 공략하거나, 추가 근거를 제시하기도 하며, 심지어 주장이 불충분하거나 용어가 명확하지 않다는 지적을 할 수도 있다.

비판을 위한 사고와 표현

근거에서 주장으로의 추론을 문제 삼는 전략에는 논리적 형식에 문제가 있는 형식적 오류, 그리고 비형식적 오류를 지적하는 것이 포함된다. 대표적인 형식적 오류는 '선결문제 요구의 오류'이다. 이 오류는 새로운 용어를 도입할 때 부지불식간에 범할 수 있다. 다음 문장을 보자.

"수면제를 먹으면 잠이 온다. 왜냐하면 수면제에는 잠이 오게 하는 성분이 있기 때문이다."

"엄마는 자기가 낳은 아기를 사랑한다. 왜냐하면 모성애가 있기 때문이다."

이 두 문장은 논리적으로는 타당해 보이지만 사실은 틀린 논증이다. 주장에 대한 근거가 결국은 주장과 같은 말이기 때문이다. 이 외에도 조건문의 오해에서 비롯된 형식적 오류로는 '전건부정의 오류'와 '후건긍정의 오류'가 있다. 전자는 "A가 참이라면 B도 참이다. 그런데 A가 거짓이므로 따라서 B도 거짓이다"라고, 후자는 "A가 참이라면 B도 참이다. 그런데 B가 거짓이므로 A도 거짓이다"라고 각각 틀린 주장을 펼치는 것이다.

비형식적 오류는 너무 많아 자세한 내용은 논리학이나 비판적 사고를 더 깊이 다루는 책[6]에서 찾아보기로 하고 여기서는 가장 보편적인 '성급한 일반화의 오류'에 대해서만 살펴보기로 하자. 이 오류는 몇 개의 사례를 근거로 어떤 속성을 그 사례가 속한 집단 전체에 귀속시키는 것이다. 예를 들어 담배가 해롭다는 주장을 반박하기 위한 증거로 "나의 할머니와 친구 분들은 하루에 담배 한 갑을 피우시는데도 90살이 넘으신 지금까지 건강하시다"라는 주장을 펼치는 것이 성급한 일반화이다. 연령이나 사는 지역 등을 통제한 다음 비교한 연구를 찾아봐야 하는데 자신이 구하기 쉬운 자료를 바탕으로 잘못된 결론을 내리는 오류이다.

또 하나의 비판 전략은 제시된 근거의 내용상 오류나 편향성을 지적하는 것이다. 주장과 관련된 근거들을 망라하지 못할 때, 서로 대립되는 두 주장 각각에 대해 균형 있게 근거를 제시하지 못할 때 이런 지적이 효과적이다. 이 밖에 유추를 사용하여 주장을 펼치는 경우 유추의 적절성을 문제 삼거나 다른 더 적절한 유추를 통해 논박할 수도 있다. 실험 연구일 경우 실험 절차상의 문제, 통제 조건의 부적절성 등을 문제로 삼을 수도 있다.

비판을 위해 추가 근거를 제시하는 전략은 법적 논쟁에서 자주 등장한다. 즉 어떤 범죄 사건에서 목격자의 증언을 근거로 용의자를 범인이라고 주장한다고 하자. 이때 사건 발생 시간에 그 사람이 다른 곳에 누군가와 함께 있었다는 새로운 증거를 통해 그 용의자가 범인이라는 주장을 정면으로 반박할 수 있다. 마찬가지로, A가 사건 B의 원인이라는 주장에 대해 A가 없을 때에도 사건 B가 일어난다는 사례를 제시함으로써 원 주장을 반박할 수 있다.

한편, 추가 근거를 직접 제시하지 않고 그 가능성을 언급하는 것만으로도 원 논증의 결론을 약화시킬 수 있다. 앞에서 본 '제시문 5'(129쪽)를 통해 이를 살펴보자. 칙센트미하이는 창의적인 사람들을 직접 인터뷰한 다음 이를 근거로 창의적인 사람은 종잡을 수 없다는 주장을 펼쳤다. 이 주장에 대한 하나의 논박은 창의적이지 않은 사람들도 종잡을 수 없다는 것이다. 만일 보통 사람들에 대해서도 충분히 많은 수의 사람들을 탐구했다면 그들에게서도(정도의 차이가 있을 수 있지만) 모순된 극단이 있을 수 있다고 주장할 수 있다. 즉 일반인을 대상으로 한 인터뷰 연구와 비교하지 않고 창의적인 사람들만을 대상으로 한 주장은 설득력이 없다고 논박할 수 있다. 그 밖에도 예외적인 사례를 언급하거나 논증의 부적절성을 지적함으로써 논증을 약화시킬 수도 있고, 때로는 보다 명료한 설명을 요청하는 것만으로도 원 논증을 비판할 수 있다.

지금까지의 설명을 바탕으로 다른 글의 주장에 흠집을 내거나 비판하기 위해 사용할 수 있는 표현을 살펴보면 다음과 같다.

비판을 위한 표현

- A를 근거로 B를 주장하는 것은 잘못된 추론이다.
- A의 주장은 ~ 현상을 어느 정도 설명할 수 있지만, ~ 을 설명하지 못한다는 한계가 있다.
- A를 근거로 B라는 주장을 펼치는 것은 A에 대한 다른 해석 가능성을 충분히 탐색하지 않은 채 성급하게 제기된 주장이다 (혹은 A를 아전인수격으로 해석했기 때문이다).
- A의 주장이 갖고 있는 약점을 빌미로 그 주장 자체가 잘못되었다고 주장하는 것은, 목욕물을 버리면서 아이까지 버리는 오류를 범하는 셈이다.
- A가 B를 근거로 C라는 주장을 펼치는 것은 지엽적인 문제로 논점을 흐리게 하는 것이다.
- A와 B는 일부 현상을 각각 잘 설명하지만 관련 현상 전부를 한꺼번에 다루지 못하는 한계가 있다.
- A는 다음과 같은 몇 가지 이유로 ~ (기술적으로 구현하기) 무척 어렵다.
- 그 가정의 한 가지 단점은 ~ 이다.
- 그러나 A 방법은 B와 같은 실제 상황에서는 ~ 한 문제를 일으킨다.
- 몇몇 연구자들은 A를 제안했다. 그렇지만 A를 구현하기 위해 해결되어야 하는 중요한 문제점이 있는데, 그것은 ~ 이다.

'지지와 비판을 위한 표현들'에서 소개한 표현을 사용하여 앞에서 썼던
'제시문 5, 6, 7'에 대한 반응 글을 재구성해보자. 직접 써본 다음
297쪽 '부록 2'에 수록된 반응 글을 참조해 비교해보자.

논증,
반박,
그리고
재반박

지금까지 설명한 내용을 토대로 주장을 만들어내는 실제 사례를 살펴보자. 이를 통해 주장 만들기가 글의 주제와 관련된 현상 또는 자료들을 상대적으로 더 잘 설명하는 방식을 찾아가는 과정임을 알게 될 것이다. 다음에 소개하는 일련의 주장과 비평 그리고 그 비평에 대한 답변의 출처는 영국 케임브리지 대학교 출판사에서 간행하는 《행동과 뇌과학》이라는 학술지에 수록된 내용을 정리한 것이다.

이 학술지는 다음과 같은 독특한 방식으로 연구 결과를 공유한다. 새로운 주장을 펼치는 표적 논문에 이어, 표적 논문의 주장에 대해 20~30명 정도의 전문가들이 제시하는 비평문, 그리고 비평문에 대한 표적 논문 저자의 답변이 수록된다. 다른 학술지에서는 특집호로 아주 가끔씩 이렇게 하는 데 반해 이 학술지는 항상 이런 식으로 구성된다. 관심 있는 주제를 중심으로 이 학술지를 탐독하면, 어떻게 비평을 하고 또 그 비평에 대해 어떻게 대응하는지를 볼 수 있어 학문적 담론의 진검 승부를 관찰할 수 있다.

소개할 논문은 〈왜 인간은 추리하는가? 논증 이론에 대한 논의〉라는 제목으로 프랑스의 인지과학자인 위고 메르시에[Hugo Mercier]와 당 스페르베르[Dan Sperber]가 2011년에 발표한 것이다. 이 논문이 발표될 당시는 이성적 사고를 바탕으로 한 인간의 합리성을 의심하는 수많은 심리학 연구 결과가 발표되던 때였다. 대표적인 예로는 아들을 넷 낳은 사람이 다음에 아이를 낳으면 아들보다는 딸을 낳을 확률이 더 높다고 잘못 생각하는 것이다. 이와 유사한 또 다른 예를 들어보면 다음과 같다.

기은이는 31세 독신이고 할 말 다하고 아주 똑똑하다. 철학을 전공했고, 대학에 다닐 때 반정부 시위에도 참가했다. 다음 중 어느 쪽이 더 가능성이 높을까?

(a) 기은이는 은행원이다.

(b) 기은이는 은행원이며 여성 운동에 적극적이다.

이 질문에 대해 약 90%의 실험 참여자가 (b)를 선택했다. 이 선택에는 문제가 있는데, 확률적으로 보면 (a)가 (b)보다 가능성이 크기 때문이다. 또 다른 현상은 확증 편향성인데, 사람들이 자신의 가설이 틀릴 가능성을 탐색하기보다는 맞다는 것을 확인하기 위해 노력한다는 것이다. 이를 보여주는 실험 절차와 결과는 다음과 같다. 스무고개 놀이에서 2-4-6이라는 세 개의 숫자열이 제시되고 이것이 어떤 규칙을 염두에 두고 만들어졌는지를 맞추도록 한다. 원래 염두에 둔 규칙은 '증가하는 세 개의 수'인데 사람들은 처음 제시된 숫자를 보고 '연속한 세 개의 짝수' 혹은 '둘씩 증가하는 세 개의 수'와 같이 더 좁은 범위의 규칙을 떠올렸다. 그리고 자신이 생각한 가설이 맞는지 틀린지를 확인하기 위해 세 개의 숫자를 제시하게 했는데, 대부분이 자신의 생각이 맞는지를 확인하는 데 집중했다. 즉 8-10-12(연속한 세 개의 짝수)거나 5-7-9(둘씩 증가하는 세 개의 수)가 맞는지를 물어보는 것이다. 그런데 위 숫자열은 확신은 증가시키지만 새로운 정보를 제공하지 못한다는 문제가 있다. 대부분의 사람들은 자신의 생각이 맞는지 몇 번 확인한 다음, 규칙을 파악했다고 착각했다. 실제로 이 문제를 맞히는 사람은 10% 미만이었는데, 확증 편향성을 보여주는 대표적인 사례라 할 수 있다.

이와 같은 사례를 바탕으로 메르시에와 스페르베르(이하 M&S)가 제기한 이론을 정리해 보자.

왜 인간은 추리하는가?

일반적으로 전제가 주어진 상황에서 결론을 이끌어내는 추리^{reasoning}는 한 개인의 머릿속에서 일어나며, 그 기능은 지식을 향상시키고 더 나은 의사 결정을 내리게 하는 수단으로 여겨져왔다. 그런데 위의 사례들에서 살펴본 것처럼 사람들은 예측 가능한 오류를 보이거나 확률 원칙에 위배되는 판단을 내린다.

이런 상황에서 M&S는, 종래에 진리를 탐구하는 도구로 간주되어온 추리가 사실은 화자의 이익을 위해 상대방을 설득하는 논증을 만들어내고 평가하기 위한 도구로 진화해왔다는 주장을 펼쳤다.[7] 이들은 이런 입장을 취하면, 그동안 잘 설명되지 않던 여러 연구 결과들을 쉽게 설명할 수 있다고 주장한다. 그 예를 살펴보면 다음과 같다.

- 심리학 실험실에서 혼자 하게 하면 잘 못 푸는 논리적 과제도 실제 논쟁적 상황에서는 더 잘 해결한다.
- 확증 편향성은 논쟁 상황에서 자신의 의견을 방어하는 데 효과적인 전략으로 볼 수 있다.
- 자신의 생각과 일치하는 의견이나 증거가 더 논리적으로 타당하다고 여기는 여러 실험 결과는 물론 심지어 의사 결정이 극단화되는 이유도 설명할 수 있다.
- 처음에 틀린 정보를 제시한 다음 그 정보가 잘못되었다고 알

려주더라도 자신에게 유리한 정보는 유지하고 불리한 정보는 변경하는 현상도 쉽게 설명된다.

M&S는 여러 선택지 가운데 가장 좋은 선택지가 아니라 이유를 쉽게 찾을 수 있는 선택지를 고르는 현상도 추리를 통해 논증을 만드는 과정의 산물로 설명하면서, 자신들의 제안을 의사 결정 연구에도 확장시킬 수 있다고 주장했다. 요컨대 추리가 논쟁에서 이기기 위해 진화했다는 관점은, 진리 탐구의 도구라는 측면에서 보면 사고의 오류나 실패로 간주되던 많은 현상을 보다 경제적이고 일관성 있게 설명할 수 있다는 것이다.

이 주장에 대해 여러분은 동의하는가? 어떤 부분은 동의하고 어떤 부분은 동의하기 어려운지 한번 적어보자.

글쓰기 트레이닝 14

M&S의 추리 논증 이론을 한 문장으로 요약하고 그 주장에 대한 반응을 제시해보자.

이제 전문가들의 진검 승부가 어떻게 이루어지는지를 살펴보자. 다양한 분야의 전문가들에 의해 총 24개의 비평이 이루어졌다. 이 중 일부에서는 M&S의 주장을 지지하는 동시에 좀 더 발전시키고자 했고 다른 비평에서는 그 주장의 문제점을 여러 측면에서 비판했다. 여기서는 논의의 편의상 네 개의 비판적인 비평만을 살펴보도록 하겠다.

A. 피터 고드프리 스미스^{Peter Godfrey-Smith}와 크리티카 예그나샹카란 ^{Kritika Yegnashankaran}(이하 G&Y)은 타인과의 대화는 개인적 생각과 상대방을 설득하려는 시도가 복잡하게 결합된 활동이라고 주장한다. 이들은 M&S의 이론이 확증 편향성을 잘 설명하지만, 자신의 입장만을 강변한다는 M&S의 주장과는 달리 사람들이 대화를 통해 더 나은 대안을 잘 찾아낸다는 점을 지적한다. 즉 논증은 설득이 전부가 아니라는 것이다.

B. 마라리 하렐^{Maralee Harrell}은 M&S가 인용한 연구 결과를 그들과 다르게 해석한다. M&S는 사람들이 논증을 이해하고 평가하고 만들어내는 일을 비교적 잘하는 것으로 해석했는데, 그런 해석은 잘못되었다고 반박한다. 구체적인 예로 논증의 구조에 대해 배우지 않은 대학생들은 전제가 무엇이고 전제가 결론을 어떻게 지지하는지를 제대로 파악하지 못한다. 입증 책임을 누가 져야 하는지도 잘 파악하지 못하고, 논쟁을 벌일 때보다 다른 사람의 논쟁을 관찰할 때 생각을 더 잘한다. 하렐은 M&S의 주장과는 달리, 논증은 자연스럽게 이루어지지 않으며 제대로 배우고 훈련해야 어느 정도 할 수 있다는 점을 강조한다.

C. 다르시아 나바레즈^{Darcia Narvaez}는 M&S의 글에서 소개된 연구는 주로 서구권의 대학생을 피험자로 얻어진 결과이기 때문에 중년 이후에 발달하는 지혜를 다루지 못하는 한계가 있다고 비판한다. 전두엽 발달이 20대 중반에 완성되므로 20대 후반에 이르러야 집행 기능이 뇌의 다른 부분과 상호 협력을 더 잘하게 된다고 주장한다. 따라서 M&S의 주장을 일반화하는 데 문제가 있다고 비판한다.

D. 로버트 스턴버그^{Robert J. Sternberg}는 추리와 논증이 서로 밀접히 연관되어 있기는 하지만 이 연관성이 진화의 산물이라고 보는 것은 잘못이라고 말한다. 설득만을 중요시할 경우 그 방향이 잘못되면, 자신은 물론 인류 전체의 생존에 악영향을 끼칠 수 있기 때문이라는 것이다. 따라서 설득만을 강조하는 것은 위험하다고 주장한다.

글쓰기 트레이닝 15

앞에서 살펴본 비판을 읽고 다음 질문에 답해보자.

- 소개된 글들 중에서 가장 공감할 수 있는 비판은 무엇이며, 그 이유는 무엇인가?
- 공감하기 어려운 비판은 무엇이며, 그 이유는 무엇인가?
- 공감하기 어려운 비판을 어떻게 재반박할 수 있을까?

지금까지 소개한 논의를 다 이해하면 더욱 좋겠지만, 설사 그렇지 못하더라도 지금으로서는 논리적 주장에 대한 비판이 얼마나 따가운지 맛보는 것만으로 충분하다. 제시된 비판 중 하렐은 근거에 대한 해석의 차이, 나바레즈는 근거로 제시된 자료의 편향성, 그리고 G&Y나 스턴버그는 M&S의 추리에 대한 정의의 협소함을 각각 지적한다. 물론 M&S는 이런 비판을 고분고분 수용하지 않는다. 그 대신 다음과 같이 재반박한다.

여러 사람들의 반박에 대한 재반박

M&S는 추리가 설득을 목적으로 논증을 만들어내기 위해 진화해왔다는 자신들의 정의에 논란의 여지가 있다는 점을 인정한다. 하지만 이들은 자신들의 주장이 다른 어떤 주장보다 많은 실험 결과를 설명할 수 있다고 재반박의 포문을 연다.

M&S는, 추리는 설득을 위한 수사에서 비롯되었다는 것이지 그 기능만 하는 것은 아니라는 점을 강조한다. 즉 처음에는 설득을 위한 논증을 만들어내는 기능에서 시작했지만, 점차 합리적인 사고 기능도 담당하게 되었다고 주장한다. 따라서 스턴버그는 물론 G&Y가 제기한 것처럼 사람들이 무조건 설득하려고만 하지 않는다는 주장이 자신들의 입장과 대치되는 것은 아니라고 반박한다. 논증적 기능을 강조하는 데서 시작했지만 점차 개인적 반성 기능도

갖게 되었다는 것이다.

논증과 관련된 실증적인 연구 결과를 긍정적으로 해석한 M&S와 달리, 하렐은 사람들이 논증을 잘하지 못한다는 점을 부각시켰다. 이 반박에 대해 M&S는 사람들이 전반적으로 논증을 잘하지 못하는 것은 맞지만, 동일한 과제를 그냥 제시할 때보다 논증 상황으로 제시하면 더 잘 수행한다는 연구가 있다는 점을 지적하며 자신들의 주장을 방어한다.

M&S가 제시하는 실증적인 증거가 주로 미국 대학생을 중심으로 한 연구라는 한계가 있다는 나바레즈의 비판은 일단 받아들인다. 하지만 다른 문화권에서도 표현 방식에서 약간의 차이가 있을 뿐 논증에 기반을 둔 사고가 강조된다는 연구 결과를 추가로 제시하여 자신들의 이론을 옹호한다.

글쓰기 트레이닝 16

다음 질문에 답해보고 각각의 대답에 대한 이유를 써보자.

- 제시된 비판 중 M&S가 가장 성공적으로 재반박한 비판은 무엇이라고 생각하는가?
- M&S의 재반박 중 가장 만족스럽지 않은 것은 무엇인가? 만족스럽지 않았다면 왜 만족스럽지 않았는가?

이상의 재반론을 보면 어떤 비판에 대해서는 방어가 잘 되었지만 다른 비판에 대해서는 성공적인 재반론이 이루어졌다고 보기 어렵다는 생각이 들 것이다. 탐구 장면에서의 논증은 이처럼 수학적 증명과 달리 항상 깔끔하게 정리가 되지 않을 때가 많다. 매번 깔끔하게 정리되기보다는 여전히 여운이 남는 가운데 논의가 지속된다. 이 과정을 통해 관련 분야의 연구자들 간에 더 널리 수용되거나 그렇지 않은 주장이 서서히 드러난다.

이 밖에 다른 비판들도 제시되었는데, 대개 특정 분야의 전문가들이 자신들의 전문성을 바탕으로 M&S의 주장에 대해 동의하거나 반대하는 주장을 펼쳤다. 그렇다면 글쓰기를 배우는 해당 영역의 초보자들은 무엇을 해야 할까? 앞서 강조한 것처럼, 자신의 현재 이해 수준에서 입장을 정하고 그 입장에 맞는 주장을 펼쳐야 한다. 그러다 보면 틀릴 수밖에 없지만, 틀린 부분을 보완하면서 제대로 배울 수 있다. 따라서 틀리는 것보다는 아무것도 하지 않는 것을 더 경계하고 두려워해야 한다. 특히 배우는 학생들이라면 다른 사람이 펼친 주장에 대해, 찬성이든 반대든 자신의 입장을 과감하게 드러내야 한다.

여러

주장들로부터

독창적　주장

만들기

나만의
독창적 주장을
만드는 법

3장과 4장에 걸쳐 하나의 주장을 요약하고, 나아가 그 주장에 대해 자신의 생각을 담아 반응하는 방법을 살펴보았다. 이번 장에서는 하나가 아니라 여러 개의 주장을 함께 다룰 것이다. 여러 개의 주장을 나열식으로 하나씩 정리하는 것이 아니라 이들을 조직화하여, 즉 서로 간의 관계를 고려하여 짜임새 있게 정리하면서, 이를 바탕으로 자신만의 독창적 주장을 만들어내는 방법을 알아볼 것이다.

앞에서 우리는 논리적 글의 여러 특징을 살펴보았는데 그 핵심은 '독창성'이다. 즉 논리적 글에는 연구를 통해 확인된 발견, 연구 방법, 혹은 여러 연구 결과를 이해하는 관점 등에서 새로움 혹은 진전이 있어야 한다. 이렇게 보면 지적 탐구는 예술적 창조나 공학적 발명과 다르지 않다. 이는 인간이 추구하는 것은 영역을 막론하고 결국 '쓸모 있는 새로움'임을 시사한다.

어떻게 하면 새로운, 그것도 나만의 주장을 펼칠 수 있을까? 이 주장만 있으면 나머지 글쓰기는 상대적으로 쉽다. 그런데 그럴 만한 새로운 주장을 찾아내기란 여간 어려운 일이 아니다. 누군가에게 대략적인 방향성에 대해 도움을 받을 수는 있겠지만, 주장만큼은 결국 자신이 만들어내야 한다.

독창적 주장을 펼치는 출발이자 기반은 4장에서 살펴본 하나의 글에 반응하는 것이다. 이 반응은 다른 사람이 펼친 주장을 의심하면서, 사용된 용어나 개념이 하나하나 명확히 정의되었는지 점검하며 개념들 간의 관계를 분석한 산물이다. 또는 그 주장이 맞다고 가정했을 때 도출할 수 있는 새로운 주장일 수도 있다. 어떤 과정을 통해서든 하나의 글에 대한 반응을 발전시키는 것은 매우 경제적인 전략이다. 하나의 글에 대한 반응은 많으면 많을수록 좋다. 가장 유망한 반응부터 하나씩 발전시켜볼 수 있기 때문이다. 그런데 만일 하나의 주장에 대한 반응을 발전시킨 주장이 마음에 들지 않으면 다음과 같은 방법을 사용해볼 수 있다.

하나의 반응 문장을 여러 문장으로 확장시키기

같은 주제를 다루는 여러 주장으로부터 많은 반응을 만들어내면 좋지만, 글쓰기에 허용된 시간이 대개 제한되어 있기 때문에 그 시간 내에 모을 수 있는 만큼 모으는 것이 중요하다. 이런 반응이 어느 정도 모이면 각각의 자료에 대해 처음에는 주요 내용이 들어가게 쓴 다음, 그 후에 문장을 좀 더 깔끔하게 다듬을 수 있다.

다음 예를 보자. 130쪽 '제시문 6'을 포함하여, 교육과 관련된 몇몇 자료들에 대한 나의 반응 메모는 다음과 같다.[1]

① '제시문 6'에 대한 반응

평가가 학습과 선발에 큰 영향을 미치기 때문에 평가의 질을 높여야 한다는 주장에 동의할 뿐만 아니라 그 범위를 더욱 확장할 필요가 있다고 생각한다. 단지 교육 현장에서 끝낼 것이 아니라 조직에서의 선발이나 전문직 진출을 위한 관문에서도 고차적 사고를 요구하는 문항으로 평가가 이루어져야 한다.

②〈수업 시간에 강의를 대폭 줄이기〉에 대한 반응

강의는 효과적인 교수법이 아니라는 주장에 동의한다. 이런 사실은 교육 현장에서뿐만 아니라 사회 전반에서 관찰할 수 있다. 예를 들면, 강연을 통해 사람들이 잠시 감동을 받고

열광하지만 실제로 그들의 삶이 더 바람직한 방향으로 변하는 것 같지는 않다.

③ 〈IB 도입해 '평가' 바꿔야 교육혁신 성공한다〉에 대한 반응

IB(International Baccalaureat)를 도입하여 '평가'를 바꿔야 교육 혁신이 성공한다는 주장이 제기되었다. 평가가 바뀌어야 교육이 바뀐다는 주장에는 동의하지만 IB 도입에는 반대한다. 한국 사회에서 논의되는 혁신적 교육 이론이나 방법은 거의 대부분 외국에서 개발된 것을 경쟁적으로 들여온 것으로, 정부의 지원을 받아 잠시 활용되다가 또 다른 새로운 방법이 도입되면 사라졌기 때문이다.

이 반응들을 다시 읽어보면서 나는 다음과 같은 각각의 문장으로 간명하게 다시 고쳐 썼다.

❶ 평가의 질은 교육뿐만 아니라 사회 전반에 영향을 준다.
❷ 강연의 감동은 짧고 삶의 변화는 없다.
❸ 수입된 교육 이론과 방법으로는 진정한 교육 혁신을 이룰 수 없다.

글쓰기는 이처럼 주장을 펼치기 위한 자원을 비축하는 한편, 비축된 자료를 다듬는 과정을 포함한다. 탐구 과정에서 알게 된 내용을 가능한 한 짧고 잘 읽히는 문장으로 담아보라는 것이다. 일단 해 보면 관련 지식을 달달 외우는 방법보다 더 깊게 이해하고 더 오래 기억할 수 있다는 것을 경험할 수 있을 것이다.

한 문장 쓰기가 어느 정도 이루어지면, 그 문장들을 비슷한 것 끼리 혹은 논리적으로 연결된 것끼리 묶는다. 그런 다음 각 문장을 '그래서', '그리고', '그러나', '왜냐하면' 등과 같은 여러 접속사를 사용하여 둘 이상으로 확장해본다.[2] 다시 한번 위의 예를 활용해보자.

① **평가의 질은 교육뿐만 아니라 사회 전반에 영향을 준다.**

- 그래서 평가의 질 향상을 위해서 모든 영역에서 전방위 적인 노력이 필요하다.
- 그리고 실제로 이를 입증하는 증거도 많다.
- 그러나 아직도 많은 사람들이 평가의 중요성을 인식하지 못하고 있다.
- 왜냐하면 모든 사람들이 평가에 민감하기 때문이다.

글쓰기 트레이닝 17

자신이 요약하고 반응한 글 중 서로 관련이 있는 세 편의 글을 모아보자. 아직 세 편이 안 되면 자료를 더 찾아 읽은 다음 요약하고 반응하여 만들 어보자.

② 강연의 감동은 짧고 삶의 변화는 없다.

- 그래서 강연에 대해 너무 많은 기대를 하지 않는 게 좋다.

- 그리고 드라마나 영화도 마찬가지이다.

- 그러나 사람들은 그 사실을 잘 모른다.

- 왜냐하면 강연에서는 감정을 자극하는 효과적인 표현의 영향을 받기 쉬운 반면, 실제 삶은 사람마다 달라 변화에 이르는 구체적인 방안을 제시하기 어렵기 때문이다.

③ 수입된 교육 이론과 방법으로는 진정한 교육 혁신을 이룰 수 없다.

- 그래서 지금 필요한 것은 우리 자신에 대한 반성과 성찰이다.

- 그리고 우리는 이미 그렇다는 경험을 충분히 했다.

- 그러나 지금도 여전히 외국의 이론과 방법에서 실마리를 찾으려고 한다.

- 왜냐하면 교육 제도는 각 나라에 고유한 문화와 전통이 작용하는 부분이 많기 때문이다.

글쓰기
트레이닝 **18**

자신이 쓴 세 개의 반응 글을 한 문장으로 간결하게 다듬은 다음,
'그래서', '그리고', '그러나', '왜냐하면' 등을 이용하여 확장된 문장을
만들어보자. 먼저 한 개씩 만들어보고 그다음에 차츰 문장을 늘려나가도록
시도해보자.

확장된 문장을 조합하여 새로운 주장 만들기

반응에서 사용된 문장을 접속사를 이용하여 늘려나가다 보면 반응에서 언급된 내용을 자연스럽게 발전시킬 수 있다. 물론 실제로 해보면 알겠지만 주어진 접속사에 이어지는 문장을 만드는 일은 쉽지 않다. 한 개씩은 만들어낼 수도 있지만 두 개씩 만들려면 무척 힘들어진다. 그렇지만 억지로라도 문장을 만들다 보면 그 이전에는 고려하지 않았던 부분에 대해서도 생각할 수 있게 된다. 접속사를 생각을 끌어내는 도구로 사용하는 셈이다.

확장된 문장들이 어느 정도 축적되면, 서로 관련이 있는 확장된 문장들을 이리저리 연결시켜보면서 처음 반응에는 없었던 몇 가지 주장을 만들어볼 수 있다. 앞에서 살펴본 반응 글을 예로 들자면, "강의나 강연을 잘하게 하려는 것보다, 평가의 질을 높이는 데 노력을 기울이되, 외국 사례를 그대로 들여오는 대신 그 장점을 우리의 교육 환경에 맞게 적용하는 접근을 취할 수 있다." 혹은 "다른 나라의 경우에도 외국의 사례를 도입해서 성공적으로 교육을 혁신한 사례를 찾아볼 수 없지만 평가의 질을 바꾸어 교육과 사회를 바꾼 사례는 있다."와 같은 주장을 만들어볼 수 있다. 이렇게 만들어진 주장이 맞는지를 가볍게 탐구하면서 새롭고 의미가 있다고 생각하면 본격적으로 탐구에 돌입하는 것이다.

제시된 사례는 어디까지나 예시이다. 소개된 방법을 사용하면 새로운 주장이 술술 나올 것이라고 기대해서는 안 된다. 하지만 이 방법은 관련 영역에 대한 생각을 끌어내고 문장을 비축하는 유용한 도구로 활용할 수 있다. 그리고 다른 경우에서처럼 꾸준히 연습을 해야 조금씩 나아진다.

글쓰기 트레이닝 19

자신이 만든 확장된 문장들을 조합하여 새로운 주장을 세 개 이상 만들어 보자. 그중 가장 새롭고 의미 있다고 판단되는 주장은 무엇인지 골라보고 가볍게 탐구해보자.

대비하기, 재구조화하기, 빠진 부분 찾아내기

반응에서 사용된 문장을 접속사를 이용하여 늘려가고 또 이들을 조합하여 나름대로의 주장을 찾아냈다면 큰 성과를 거둔 셈이다. 그렇지만 이렇게 했는데도 주장할 내용을 찾아내지 못했다면 어떻게 해야 할까?

많은 사람들이 쓰는 방법은 더 많은 자료를 찾아 더 많은 문장을 비축하는 것인데, 이 방법은 너무 적게 읽었을 때를 제외하고는 그리 좋은 방법이 아니다. 자료가 많아지고 조합할 내용이 많아질수록 이 방법을 쓰는 것 자체가 가능하지 않다. 주어진 시간 그리고 주어진 자료를 배수진으로 여기고 그 안에서 주장을 만들어내는 습관을 들여야 한다. 더 많은 자료 대신 더 깊은 생각으로, 솟아날 구멍을 찾아야 한다!

　그중 하나는 둘 이상의 서로 다른 주장을 찾아내어 이를 대비해 보는 것이다. 분야를 막론하고 연구자들은 자신의 주장을 펼치기 때문에 서로 다른 주장을 찾아내는 일은 어렵지 않다. 이 가운데 도전하고 싶은 논쟁을 찾아내는 것이 중요하다. 그런 다음 찾아낸 논쟁이 전체 논의에서 얼마나 핵심적인지를 따져보아야 한다. 만만하게 보이거나 재미에 치우치다 보면, 진전이 없을 때 더 쉽게 포기하게 되기 때문이다.

　프린스턴 대학의 수학과 교수인 앤드루 와일스$^{Andrew\ Wiles}$는 이와 관련하여 좋은 본보기가 된다. 어린 시절 그는 페르마의 마지막 정리에 끌렸지만, 한편으로는 학위 과정을 밟느라, 다른 한편으로는 이 문제가 하나의 지엽적인 문제로 끝날 것을 염려하여 본격적으로 탐구하지 않았다.[3] 그러다가 이 문제가 정수론의 핵심 문제와 연결될 가능성이 생기자 이 문제에 대한 탐구를 시작했는데 그로부터 10년 이상이 걸려서야 해결할 수 있었다. 문제나 논쟁의 중요성에 대한 직관이 얼마나 중요한지를 보여주는 일화이다.

　일단 나름대로 의미를 찾을 수 있고 도전해보고 싶은 논쟁을 찾아내면 그 논쟁을 해결할 방법을 찾아야 한다. 처음에는 더 끌리는 쪽을 선택하면 된다. 처음부터 어느 쪽이 맞는지 알 수 없기 때문이기도 하고, 탐구가 진전되면서 올바른 방향으로 가고 있다면 그 과정에서 어느 쪽이 더 타당한지 깨달을 수도 있기 때문이다.

　또 하나의 방법은 선행 연구를 재구조화하는 것이다. 2장에서 소개된 실비아의 구분(71쪽)과 같이 서로 같은 범주에 속한 것으로 간주된 사례들이 사실은 다르거나, 서로 다르다고 본 사례들이 사실은 같다고 주장하는 것이다.

감기와 독감은 전자의 좋은 예이다. 많은 사람들이 감기와 독감은 정도 차이로 생각한다. 하지만 실제 이 두 병은 다른 유형의 바이러스에 의해 야기되며 다른 경로로 감염된다. 감기는 리노 바이러스와 코로나 바이러스를 포함하여 200여 가지 바이러스가 신체 접촉을 통해 감염된다. 독감은 ABC 유형의 인플루엔자 바이러스가 기침이나 재채기를 통해 배출된 다음 호흡기를 통해 감염된다. 외적 증상은 비슷해 보이지만 사실 다른 병인 것이다.

후자의 예로는 뉴턴의 만유인력의 법칙에서 볼 수 있다. 뉴턴 이전에도 우주에 대한 여러 이론이 있었지만 이들은 지구상에서의 운동과 별개로 다루어졌다. 하지만 뉴턴은 사과가 땅에 떨어지게 하는 중력이 행성을 포함한 우주 만물에 적용된다는 주장을 펼쳤고, 이 주장은 이후의 여러 과학자들에 의해 확인되었다. 그는 천상과 지상의 구분을 없앴을 뿐만 아니라, 조수간만의 차이, 혜성의 운동 등을 하나의 법칙으로 설명해냈다. 만유인력의 법칙과 같은 엄청난 이론이 아니더라도, 외견상 다른 여러 현상이나 주장을 더 간단하게 통합할 수 있는 주장은 학문적 의미가 있다.

재구조화는 선행 용어의 주요 개념을 바로잡거나 분류 체계를 바꾸는 것도 포함한다. 개념의 경우 앞에서 본 예(139쪽)에서처럼, 서로 다른 연구자들이 '자유주의'라는 표현을 사용하지만 그 의미가 다를 때 각 연구자들이 사용한 의미의 차이를 드러낼 수 있는 새로운 기준을 제시할 수 있다. 분류의 경우는 A, B, C와 D, E, F로 구분하는 기존의 분류 방식을 A, B와 C, D 그리고 E, F로 바꾸는 제안을 하면서 그 근거를 제시하는 것이다. 이런 점에서 선행 연구 간에 나타나는 여러 차이는 좋은 탐구 주제가 될 수 있는데, 이런 차이를 줄이는 데 있어 재구조화가 중요한 역할을 한다.

그런데 만일 여기서도 새로운 주장을 찾아낼 수 없다면 어떻게 해야 할까? 만일 꼼꼼히 읽고 요약한 주장들을 잘 정리해놓았다면 아직 대역전의 기회는 남아 있다. 정리된 내용 가운데 빠진 부분이 무엇인지를 찾아보는 것이다. 그동안 다른 연구자들이 등한시하거나 놓친 부분을 짚어내는 것이다. 이런 접근이 성공하면 다음과 같은 주장이 가능해진다.

"A와 B에 대한 연구들은 각각 많이 이루어졌는데, 이들의 관계를 알아보는 연구는 없었다." 혹은 "A는 오랫동안 생물학적 현상으로 간주되었다. 그래서 문화에 의해 구성될 가능성에 대해서는 충분히 탐색되지 않았다." 이들은 나무만 보아서는 불가능하고 숲을 보아야 비로소 찾아낼 수 있는 주장이다. 이런 주장을 하기 위해서는 관련 자료에 대한 광범위한 개관이 필요한데, 다음 글에서는 선행 연구를 조직화하는 방법에 대해 살펴보도록 하겠다.

선행 연구를
짜임새 있게
조직하기

선행 연구를 조직화해야 하는 이유는 크게 세 가지이다. 첫째, 앞에서 살펴본 것처럼 연구 분야를 전반적으로 조망해야 빠진 부분을 찾을 수 있기 때문이다. 둘째, 주장의 독창성을 확인하기 위해서이다. 자신만의 주장을 찾아냈다고 해서 그것이 곧 독창적인 주장이라고 장담할 수 없다. 다만 그럴 가능성이 있을 뿐인데 그렇지 않다는 것을 확인하려면 관련 연구를 폭넓게 살펴보아야 한다. 셋째, 자신의 주장을 펼치려면 배경 지식을 제공해야 하기 때문이다. 지적 탐구는 진공 상태에서가 아니라 선행 연구를 바탕으로 이루어지는데, 이 연속성을 확보하는 작업이 선행 연구 개관을 통해 이루어지기 때문이다.

관심 주제에 대한 글을 읽다 보면 꼬리에 꼬리를 무는 자료를 발견하게 된다. 내가 대학생이었을 때의 경험을 돌이켜보면, 처음에 어떤 논문을 읽으면 대개 바로 이해할 수 없었고, 대부분 참고문헌에 소개된 논문을 몇 편 더 읽어야 했다. 이런 일은 계속되어, 특정 주제에 대해 문헌 조사를 하는 처음 얼마 동안은 읽어야 할 자료들이 그야말로 폭발적으로 증가하기도 했다. 특히 탐구하려는 문제가 명확하지 않을 때에는 더욱 심해져서 어떤 경우에는 헤어날 수 없는 논문의 늪에 빠진 느낌이 들 정도였다.

이런 어려움을 최소화하려면 작은 주제로 시작하는 게 좋다. 하지만 그렇더라도 정도의 문제이지 혼란은 불가피하다는 것을 이해할 필요가 있다. 새로운 주제에 대한 지식을 짧은 시간에 많이 축적하면, 갑자기 키가 클 때 성장통을 겪는 것과 같은 상황에 부딪힌다. 그나마 다행인 것은, 특정 주제에 대한 지식이 어느 정도 쌓이고 나면 그 안에서 자기 조직화가 일어난다는 것이다. 이는 마치 눈사람을 만들 때 처음에는 눈이 잘 뭉쳐지지 않다가 어느 정도 커지고 나서부터는 그 무게 덕에 이리저리 굴리기만 해도 눈덩이가 커지는 것과 유사하다.

지식의 갑작스런 증가로 인해 한동안 혼란을 겪더라도 시간이 지나면서 혼란은 줄어들고 대략적인 구조가 생기면서 축적된 지식들이 정리되기 시작한다. 예를 들어, 사용된 연구 방법론, 가정이나 전제 혹은 주장을 중심으로 비슷한 연구들끼리는 묶고 다른 연구들과 구분할 수 있게 된다. 선행 연구를 개관할 때 일반적으로 사용되는 구조화 방법에는 다음과 같은 것들이 있다.

역사적 흐름을 정리하기

관련 분야를 최초로 연구하기 시작한 연구자 혹은 최초의 질문이나 문제로부터 시작하여 이에 대한 후대의 연구자들의 주요 업적을 정리하는 것이다. 철학에서는 서양의 경우 플라톤과 아리스토텔레스를, 동양에서는 고대 중국의 제자백가 사상가를 언급한 다음, 그 후 어떤 발전을 거쳐 현재에 이르렀는지를 서술하는 방식을 취한다. 정신분석학의 프로이트처럼 창시자가 명확한 경우는 더욱 용이하다. 그렇지만 이 방식은 연구 흐름을 어느 정도 아는 독자들을 지루하게 할 위험이 크다. 따라서 상대적으로 최근에 등장한 주제가 아니라면, 이 방식으로 정리하는 것은 피하거나 최소화하는 게 좋다.

비교와 대비 활용하기

비교와 대비는 유사성과 함께 차이점을 드러나게 해준다. 그래서 인문사회과학에서는 비교문학, 비교심리학, 비교교육학, 비교사회학, 혹은 비교정치학과 같이 두 나라나 문화 혹은 생물학적 종간 비교를 통해 보편성과 독특성을 탐색하는 학문 분야가 많다. 이런 전략은 문헌 개관을 통해 얻어진 많은 자료를 정리할 때도 유용하다. 각 자료로부터 어떤 주장과 근거가 제시되는지를 분석하여, 비슷한 주장은 묶고 서로 다른 주장은 어떤 점에서 어떻게 다른지를 정리하는 것이다. 이때 관련된 쟁점에 대해 충분히 다양한 주장이 포함되어야 하며, 이런 다양한 주장을 비교할 수 있는 적절한 기준을 명확히 제시해야 한다. 또한 각 주장이 어떤 질문이나 문제에 대한 답변 혹은 해결책인지를 명시하고, 주장의 전제와 근거가 무엇인지를 세심하게 비교해야 한다.

예를 들어보자. 빠르며 대개 맞지만 틀리기도 쉬운 판단 전략인 휴리스틱을 다루는 연구자로 노벨 경제학상을 수상한 대니얼 카네만과 독일 막스플랑크 연구소의 게르트 기거렌처가 있다. 카네만은 사람들이 판단과 의사 결정에서 보이는 여러 오류를 휴리스틱으로 유형화하는 한편 이런 오류가 교육을 통해 변하지 않는다는 증거를 제시했다. 이를 근거로 사람들의 판단을 돕기 위해서는 넛지[nudge] 전략, 즉 합리적인 선택을 할 수밖에 없는 환경이나 제도를 만들어야한다고 주장한다.

하지만 기거렌처는 휴리스틱이 실생활에서 오류보다는 올바른판단을 내리게 한다는 증거와 함께 확률 개념을 쉽게 이해할 수 있는 교육 방법을 통해 판단 역량을 향상시킬 수 있다고 주장한다. 이와 함께 개인의 선택권을 제한하는 넛지 전략보다는 확률이나 통계에 대한 교육을 통해 사람들의 판단 역량을 향상시켜야 한다고 주장한다.

'휴리스틱'이라는 같은 용어를 사용하지만, 인간의 역량에 대한 가정은 물론 실생활에서의 정책 입안에 이르기까지 여러 측면에서 서로 다른 입장을 보인다. 이처럼 같은 용어를 사용하더라도 용어 배후의 개념 체계를 이해하지 못하면, 서로 다른 주장을 제대로 비교하거나 대비할 수 없다.

같은 개념이라도 무엇과 비교되고 대비되는지에 따라 그 특징이 달라진다. 적절하게 선정된 비교 대상일수록 비교를 통해 공통점은 물론 차이점을 더 확실하게 부각시킬 수 있다. 즉 유사한 두 개념일수록 공통점과 차이점을 더 많이 찾아낼 수 있다. 한 연구에 따르면, 축구와 하키처럼 서로 비슷한 두 개념을 비교하면 공통 속성보다 차이점을 더 많이 열거하게 된다. 그렇지만 조각과 해군에서처럼 유사성이 낮은 두 개념을 비교하면 차이점보다 공통 속성을 더 많이 열거한다.[4] 이런 연구 결과를 고려하면, 다양한 주장이 있을 경우 자신의 강점을 부각시킬 수 있는 주장과 비교하는 것이 논의를 전개하는 데 도움이 될 수 있겠다.

비교나 대비는 차이점을 드러내는 것을 목표로 하지만 탐구의 궁극적인 목표는 이런 차이를 극복할 수 있는 통합 이론을 구축하는 것이다. 예를 들어, 심리학에서는 연합 학습의 두 기제인 파블로프의 고전적 조건 형성과 손다이크의 도구적 조건 형성에 대한 절차적·행동적 차이가 잘 알려져 있는데 이 분야의 연구자들은 이런 차이를 통합할 수 있는 통합 이론을 찾기 위해 다양한 시도를 하고 있다.

이처럼 통합 이론을 추구하는 성향은 다른 분야에서도 마찬가지인데, 서로 다른 둘 이상의 이론이 있으면 왜 통합할 수 없는지를 확인하기 전까지 연구자들은 더 추상화된 통합 이론에 집착한다. 따라서 비교나 대비를 하고 나서 이들을 통합하는 방안을 탐색하는 것은 유망한 연구 전략이자 논의를 전개하는 전략의 하나이다.

분류와 조직화

주요 주장이나 발견이 많아지면 유사한 것들끼리 묶어 하나의 범주를 만들 수 있다. 예를 들면 학술지 이름을 중심으로 또는 연구자별로 논문이나 책 등을 모을 수 있다. 물론 주제나 주장별로 묶을 수도 있다. 특정 주제에 대해 찬반 주장을 펼치는 경우, 찬성-반대-유보로 나눌 수도 있다.

학문적 탐구가 진전을 이루면 표면적인 유사성 대신 배후의 가정이나 좀 더 추상적인 특징에 따라 주장을 분류할 수 있다. 그 한 예로 마음에 대한 이론을 살펴보자. 듀크 대학교의 심리학자이자 뇌과학자인 리스 월릭Lise Wallach과 마이클 월릭Michael A. Wallach은 마음에 대한 철학적 이론을 7개로 나누었다.[5] 마음과 몸이 서로 다른 실체로 구성되어 있다는 데카르트의 실체론, 행동, 소통의 편의를 위한 표현, 머릿속의 소프트웨어, 뇌, 과학적 구성물, 그리고 사회적 구성물로서의 마음이다. 많다면 많고 적다면 적은 7개의 이론은 여러 방식으로 조직화될 수 있다.

우선, 실체론을 예외로 하면 나머지 이론은 마음을 표현하는 언어라는 단일 차원에서 그 엄밀성으로 구분할 수 있다. 즉 소통의 편의를 위한 표현, 사회적 구성물, 과학적 구성물, 머릿속의 소프트웨어, 뇌, 그리고 행동의 순서대로 배열할 수 있다. 혹은 실체론과 머릿속의 소프트웨어는 이원론으로, 나머지 이론은 일원론으로 나눈 다음 일원론을 다시 행동이나 뇌 활동으로 보는 동일론으로, 나머지는 언어적 파생물로 위계적으로 조직화할 수 있다.[6] 하나 이상의 분류나 조직화가 가능할 때, 어느 것이 맞고 어느 것이 틀린지를 구분하려 하기보다는, 주장의 목적에 맞는 방식을 선택하면 된다.

실제로 관련 선행 연구를 조직화하는 방법은 지금까지 소개된 방법 중 어느 하나를 사용할 수도 있지만 이들을 복합적으로 사용하기도 한다. 여러 주장들을 때로는 역사적으로 때로는 논리적으로 연결하면서 논의를 연결해갈 수 있다. 이 같은 연결을 일목요연하게 하는 한 방법은 다음에 보게 될 논증 다이어그램을 사용하는 것이다.

논증 다이어그램
활용법

1989년 천안문 사태 때 탱크를 막아선 한 시민의 사진에서 볼 수 있듯, 한 장의 사진이나 그림이 엄청난 메시지를 전달할 수 있다. 이 사진은 천 마디 말로 담아내기 어려운 내용을 생생하게 전달했다. 사진이 그러하듯, 논증 다이어그램은 복잡한 논증의 핵심을 드러내는 데 효과적일 때가 있다.

논증 다이어그램은 '개념도' 혹은 '마인드 맵' 등의 이름으로 불리기도 하는데, 사건이나 개념을 나타내는 마디와 이들을 연결하는 화살표로 연결시켜 만든다. 논증 다이어그램의 기본 구조는 직선형, 분기형, 수렴형 세 가지로 나눌 수 있다. 이들의 기본 구조는 다양한 방식으로 조합되어 복잡한 논증을 시각적으로 보여준다. 논증 다이어그램은 개념들 간의 관계만 이미지화하거나 적절한 프로그램을 사용하여 한 마디에서 다른 마디로 연결되는 확률값까지 추가할 수도 있다. 이렇게 하면 한 마디에서 어떤 값이 정해졌을 때 그로 인해 전체 망이 어떤 결론에 이르게 되는지를 확률값으로 나타낼 수 있다.[7]

이제 여러 자료로부터 발생한 복잡한 논의를 어떻게 통합하는지 사례를 통해 살펴보자.

[제시문 8]

유럽의 경제 변혁을 이끌어낸 상황적 요소를 고른다면, 14세기의 흑사병이 될 것이다. (…) 이 병은 모든 것을 대혼란에 빠뜨렸다. 농민 수의 급감으로 인구와 토지 사이의 균형은 흔들렸다. (…) 흑사병의 위기는 유럽 전역에서 임금 인상을 촉발했으며 평균 임금은 평소 수준에 비해 두 배로 뛰어올랐다.

그렇지만 식량의 속박으로부터 해방된 것은 잠시뿐이었다. 금세 인구가 다시 증가한 유럽은 흑사병 유행 이전의 인구 수준을 되찾았다. 인구 회복과 함께 시작된 임금의 '정상화'는 17세기 동안 거의 전 유럽에서 이루어졌다. 하지만 네덜란드와 영국만큼은 이러한 퇴보 현상에서 벗어났다. (…)

네덜란드와 영국에서 임금이 높게 유지되었던 것은 여러 요인에서 기인한 결과다. 이 두 국가는 16~17세기 대항해 시대에 탄생한 무역 흐름의 덕을 더 많이 봤던 것이다. 마찬가지로, 두 국가의 농업은 윤작법을 비롯한 새로운 농법을 다른 유럽 국가에 비해 훨씬 더 빨리 경험했다.

[경제사가 로버트 앨런은] 역사상 일반적으로 관찰된 이처럼 낮은 임금은 산업 발전에 그 어떤 자극도 주지 못했다고 봤다. 노동의 가치가 이토록 낮은데 어째서 굳이 노동을 기계화하겠는가? 노예 노동에서 벗어나지 못했던 로마의 경제적 종말을 파헤친 이 질문은, 17~18세기 유럽에도 여전히 근본적인 사안으로 남아 있다. 흑사병의 발생으로 생겨난 단절이 분기점을 만들어냈던 것이다. 18세기 중반 산업혁명 이전의 영국의 평균 임금은 프랑스의 평균 임금보다 60퍼센트 더 높았다. 이러한 상황은 노동의 기계화를 장려하는 데 상당한 영향을 미쳤다.

따라서 임금 인상이야말로 산업혁명의 원인이지 산업혁명이 임금 인상의 원인은 아닌 셈이다. 일례로 앨런은 영국 면공업의 변혁을 이끌어낸 핵심적 기계, 바로 아크라이트가 발명한 최초의 상업적 면 방적기를 분석했다. 앨런의 계산에 의하면, 영국에서 아크라이트 방적기를 도입할 경우 투자 자본 수익률이 40퍼센트에 달했지만 프랑스에서는 9퍼센트에 불과했다. 임금이 낮은 만큼 인간의 노동을 기계로 대체하는 경우의 수익률이 덜 높았던 것이다. 19세기에 들어 이 기발한 기계들이 개선되었고, 원가도 낮아져서 프랑스 같은 저임금 국가에서도 기계를 도입하는 편이 더 유리해졌다.

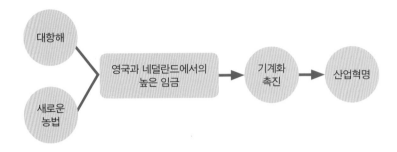

〔그림 2〕 '제시문 8'에 대한 논증 다이어그램. (타원은 주장이나 근거를 나타낸다.)

[제시문 9]

1996년 독일 뮌헨에서는 우리나라의 시각으로는 좀처럼 이해하기 어려운 파업이 일어났다. 건설 근로자들이 자신들의 임금을 올려 달라고 파업을 한 것이 아니라, 자신들의 절반 수준으로 받고 있는 외국인 근로자의 임금을 자신들과 동등하게 올려 달라며 파업을 한 것이다. 이 같은 파업이 독일 전역에서 계속되자, 결국 독일 정부는 외국인 건설 근로자들에 대해 최저임금을 설정하였다. 당시만 해도 독일에는 최저임금 규정이 없었는데 외국인 건설 근로자에게 가장 먼저 최저임금을 적용하는 특이한 현상이 나타난 것이다.

(…) 당시 건설업을 제외한 대부분의 산업은 이미 노사합의 등으로 외국인에 대해서도 내국인과 동일한 임금과 근로조건을 적용하고 있었다. 하지만 건설업에서는 아직 이 같은 합의가 없었기 때문에 건설업체는 외국인을 반값 이하의 임금으로 고용하고

있었다. 이로 인해 외국인에게 일자리를 빼앗긴 독일 건설 근로자들이 자신들의 일자리를 지키기 위해 이 같은 파업을 벌인 것이다. 임금이 동일한 상황에서는 기업이 자국민을 제치고 외국인을 먼저 채용할 이유가 전혀 없기 때문이다. (…)

임금을 낮출 수 없었던 독일의 기업들은 생산성을 끌어올리는 선택을 했다. 자국 청년들을 모두 뛰어난 기술 인력으로 키워 경쟁력을 높이는 전략을 택한 것이다. (…)

우리나라에서는 흔히 '기업하기 편한 나라를 만들어야 국가 경제가 더 발전할 것'이라고 생각한다. 이 같은 사고적 틀을 가지고 우리 정부는 당장 기업들이 환율이 낮아 장사하기 어렵다고 하면 환율을 높여 줬고, 세금이 높아 장사하기 어렵다고 하니까 세금을 낮춰 주었다. 그리고 우리 청년들의 임금이 너무 높아 비용이 올라간다고 아우성치니까 외국인 근로자들을 저임금에 고용할 수 있게 해 주었다. 하지만 오늘날과 같은 글로벌 경쟁 시대에 기업들이 너무 편하게 장사할 수 있도록 하면 더욱 강해지는 것이 아니라 외부의 작은 환경 변화에도 무너질 만큼 나약해진다는 지적도 만만치 않다.

혁신의 한계에 처한 경제 환경에서 이제 시장 선도자로 거듭나는 것이 무엇보다 시급한 상황이 되었다. 이를 위해서는 무엇보다 공정한 경쟁 환경과 적절한 패자 부활 시스템, 그리고 청년이 노동시장에서 도태되지 않도록 돕는 사회적 지원 시스템이 매우 중요하다.

특히 기술혁신이 정체된 상황에서 핵심 자원이라고 할 수 있는 청년들마저 노동시장에서 탈락할 경우 심각한 성장동력의 약화 현상을 겪을 수밖에 없다. 이를 막기 위해서는 눈앞의 기업 경쟁력만 높이는 데 경제의 여력을 쏟는 것이 아니라 청년을 소중한 자원으로 보고 장기적인 안목의 투자를 시작해야 한다. 그것이 새로운 기술혁신 환경에서 노동시장의 미래를 지키는 길이 될 것이다.

[제시문 10]

베버가 말했던 것처럼 종교개혁의 의도치 않은 결과로 프로테스탄트 노동윤리는 노동에 새롭고도 강력한 지위를 부여해주었다. 이 새로운 윤리는 무엇이 일이며 일이어야 하는가에 대한 인식에 중요한 변화를 가져왔으며, 일하는 사람worker이 된다는 것이 무슨 의미인가에 대한 독특한 개념을 이끌어냈다. (…)

베버는 노동윤리가 복종의 기제로 기능한다는 점을 명확히 인식했다. (…) 베버가 인식하지 못했던 것은 노동윤리가 불복종의 수단이 될 수도 있다는 점이었다. (…)

19세기 이래 노동계급은 그들만의 노동윤리를 발전시켜 왔다. 아래로부터의 이 대안 노동윤리는 노동계급의 구조적 배제와 주변화에 맞서는 정치적 기획에 유용한 역할을 해 왔다. (…)

뮤어헤드는 노동의 내재적 가치를 긍정하는 것과 그 조건의 개선을 요구하는 것이 어긋나 버릴 수 있다고 인정한다. 이 문제를 해소하는 방법으로 뮤어헤드는 또 다른 요소를 더한다. 일이, 심지어 좋은 일이라도, 그 자리에 붙들어 둠으로써 삶 전체를 잠식하지 못하게 해야 한다는 것이다. 이를 통해 일의 중요성에 대한 주장을 중화시키면서 동시에 노동의 감소와 혁신을 향한 정치를 추구할 수 있다고 말한다. 뮤어헤드는 이렇게 설명한다. "일의 중요성을 누그러뜨리는 것은 착취적 행태의 이름 아래 벌어지는 그 중요성의 남용, 즉 노동윤리가 특히나 빠지기 쉬운 남용에 맞서 그 중요성을 보호하는 것이기도 하다."

이런 개혁 의제의 중요성에도 불구하고, 일의 내재적 가치를 일단 긍정하고 그 다음 노동조건 개선의 경영 담론으로 연결 짓는 것은 노동윤리의 영향력을 중화시켜야 한다는 요구와 상충하고 그 중요성을 가릴 위험이 있다. 여기에 더해, 노동 감축에 대한 요구가 뒷전으로 밀릴 위험도 따른다. 노동윤리에서처럼 노동의 중요성을 인정하는 것은 어떤 노동이 개선되어야 한다고 강력히 주장하기 어렵게 만든다. 마찬가지로, 더 나은 일에 대한 요구는 더 적은 일에 대한 주장을 손쉽게 압도해 버린다. 그리하여 내가 짚어 두려는 주장은, 노동윤리의 수정된 버전을 내놓기보다는 이 윤리를 비판하는 것을 우선순위에 두어야 한다는 것이다. 그래야만 더 적은 일에 대한 투쟁에 성공의 기회가 있을 것이다.

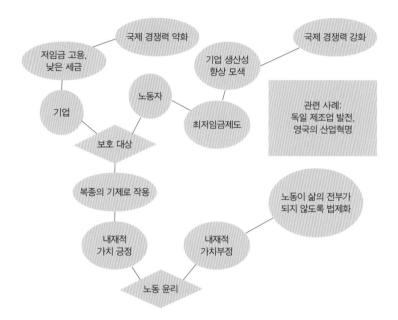

〔그림 3〕 '제시문 8, 9, 10'을 바탕으로 한 논증 다이어그램. (마름모는 판단, 타원은 주장이나 근거, 그리고 직사각형은 관련 사례를 각각 나타낸다.)

위의 예시를 통해 여러분이 더 잘 그릴 여지가 많다는 것을 금방 찾아낼 수 있었을 것이다. 중요한 것은 이런 지식의 지도나 거미줄 을 만들면 여러 자료들의 관련성을 한눈에 파악할 수 있게 된다는 점이다. 그러면 자신이 관심을 가진 문제가 어디쯤 위치해 있고, 또 어떤 부분이 더 밝혀져야 할지 방향을 잡는 데 도움이 될 수 있다.

잘 정리된 문헌 개관은 잘 짜인 이야기가 수많은 사건을 일관성 있게 묶어내듯, 수많은 연구들을 일관성 있는 이야기로 엮어낸다. 논증 다이어그램은 이야기로 엮을 수 있도록 자료들 간의 관계를 정리하는 데 도움을 준다. 또한 복잡한 논증의 구조를 찾는 데도 유용하다. 다양한 방법으로 정리하다 보면 다른 방식으로 잘 보이지 않던 관계를 포착할 수 있으므로 가끔은 이런 방법을 사용할 필요가 있다.

글쓰기 트레이닝 20

169쪽 '글쓰기 트레이닝 17'에서 찾아 읽은 세 편의 글을 논증 다이어 그램으로 나타내보자.

문제를 제기하는
다양한 방식

선행 연구를 정리하는 또 다른 목적은 특정 분야의 현 상황을 독자에게 알려주는 동시에 이를 바탕으로 왜 자신의 연구가 필요한지를 부각시키는 것이다. 따라서 선행 연구와 문제 제기 간의 이상적 관계는 깔때기에 비유할 수 있다. 처음에는 전반적인 내용을 소개하고 그다음에 점점 그 범위를 좁혀가면서 선행 연구를 정리하되, 결국 자신이 탐구하려는 문제에 봉착할 수밖에 없도록 글을 전개해야 하는 것이다. 만일 이런 연결성이 없다면 같은 주제에 대해 쓴 논문들의 선행 연구가 달라질 이유가 없다. 글에서 다루는 문제를 제기하려면 선행 연구가 그 문제에 맞게 재구성되어야 하는 것이다.

둘 이상의 주장을 정리하고 이를 바탕으로 문제를 제기하는 방식은 다음과 같다. 이 중 한 가지는 앞서 4장에서 소개한 '지지와 비판'(145쪽)을 하나로 묶은 것이다. 여기에 세 가지를 더 추가할 수 있는데, 서로 대립되는 주장을 검토하기, 선행 연구를 재구조화하기, 그리고 선행 연구에서 다루어지지 않은 부분을 탐색하기이다.

① 선행 연구 중 어느 한 주장을 지지하거나 비판하기

- "한때 각광받던 주장 A에 대해 다각적인 비판이 제기되었다. 본 연구는 이 비판들이 그 자체로 논리적인 결함이 있거나, 주장 A에서 가정하는 요건을 충족시키지 않은 조건에서 이루어진 잘못된 비판임을 입증하고자 한다."
- "~ 의 주장은 후속 연구자들의 비판을 통해 이론적 그리고 경험적 측면 문제가 있다는 것이 밝혀졌다. 그렇지만 ~ 의 주장이 갖고 있는 이론적 경제성은 여전히 생명력이 있다. 따라서 본 연구에서는 이전의 비판을 오히려 개선의 도구로 사용하여 ~ 의 주장을 발전시키는 방안을 탐색하고자 한다."
- "~ 의 주장에 대한 수많은 비판에도 불구하고 이를 보완하려는 연구가 지속되고 있다. 본 연구에서는 이들이 모두 사후적 설명이라는 한계가 있다는 점을 부각시킴으로서 비판하고자 한다."

- "~ 의 현상에 대한 논의가 활발해지고 있다. 하지만 이 논의는 실체가 없다는 것이 문제이다. 본 연구에서는 ~ 의 현상이 넓은 영역을 포괄하는 것처럼 보이지만, 우산 개념처럼 사용되고 있어 엄격한 분석이나 검증이 어렵다고 비판할 것이다."

② 선행 연구에서 서로 대립되는 주장들을 검토하기

- "~ 에 대해 현재 두 개의 전혀 다른 이론이 경합을 벌이고 있다. 본 연구는 ~ 를 통해 어떤 이론이 더 타당성이 있는지 검토해보고자 한다."
- "~ 의 역할에 대해 두 가지 다른 설명이 제시되었지만, 이에 대한 체계적인 비교가 이루어지지 않았다."

③ 선행 연구를 재구조화하기

- "A와 B는 지금까지 같은 원리에 의해 일어나는 현상으로 간주되어왔다. 그런데 이들에 대한 체계적인 분석을 바탕으로 이들이 실제로는 전혀 다른 현상임을 입증하고자 한다."
- "~ 이론으로 설명할 수 없는 여러 사례들이 발견되었다. 이들은 그동안 각기 특별한 조건에서 발생하는 예외적인 사례들로 간주되어왔다. 하지만 본 연구에서는 이들이 각기 다른 예외들이 아니라 모두 ~ 에서 비롯되는 결과

일 가능성을 제시하고자 한다."

- "~ 라는 개념이 명확한 한계가 없이 사용되면서 개념적 혼란을 야기하고 있다. 이를 시정하여 탐구 범위는 물론 그 대상을 명확히 할 필요가 있다. 본 연구는 이를 위한 하나의 시도이다."

- "~ 현상을 분류하는 방법이 연구자마다 다르다. 본 연구에서는 이들 간의 타당성을 비교하는 대신, 관련된 여러 발견을 모두 포함하면서도 뚜렷이 구분되는 세 유형으로 나누는 방법과 각 유형에서 해결해야 할 문제를 제시하고자 한다."

④ 선행 연구에서 아직 다루어지지 않은 부분을 탐색하기

- "이상 살펴본 것처럼 이 분야의 꾸준한 발전에도 불구하고, ~ 에 대해서는 많은(혹은 충분한) 연구가 이루어지지 않았다."

- "이전 연구에서는 ~ 부분이 간과되었다."

- "개별 요소들에 대한 연구는 많지만 이들 간의 관계를 다룬 연구는 많지 않다."

- "~ 의 필요성에 대해 아직 결론을 내리지 못하고 있다."

이상의 표현들은 모두 특정 분야에서의 지적 탐구를 촉구하기 위한 지적 도발이나 지적 긴장감을 형성하기 위한 표현이라 할 수 있다. 이런 표현으로 연구의 필요성을 역설하면서 독자들의 흥미를 끌어내면 일단 성공한 것이다.

지금까지 여러 개의 주장을 바탕으로 자신만의 주장을 만들어내는 방법을 살펴보았다. 논리적인 주장을 만들어내는 일이 박식함과 반드시 비례하지 않는다는 점을 다시 한번 강조하면서 이 장을 마무리하고자 한다.

위에서 언급된 것처럼 대립되는 주장을 비교하거나 아직 다루어지지 않은 부분을 찾아내고 잘못된 부분을 바로잡으려면, 관련 자료에 대한 어느 정도의 지식 축적이 필요하다. 하지만 그것만으로는 충분하지 않다. 비판적으로 꼼꼼하게 읽으면서 깊게 생각해야만 찾아낼수 있다 이런 노력을 꾸준히 기울이다 보면, 어떤 사람은 욕조에 앉아 있다가 혹은 샤워를 하다가, 또 어떤 사람은 산책을 하거나 아니면 꿈속에서 괜찮은 생각이 불현듯 떠오르는 경험을 하게 될 수도 있다.

이런 통찰이 떠오르지 않을 경우, 떠오를 때까지 기다려서는 안 되고 끊임없이 의도적으로 아이디어를 찾아내려고 해야 한다. 아이디어는 자신을 열심히 찾는 사람들에게만 가끔씩 미소를 짓기 때문이다.

글쓰기 트레이닝 21

자신의 글이 193~195쪽에 제시된 네 가지 유형 중 어디에 해당하는지 확인하고, 적절한 표현을 이용하여 문제를 제기해보자.

CHAPTER 6

완	성	도		높	은			
초	고		쓰	기				

논리적 글쓰기를
위한 개요

3장에서 5장까지는 탐구하고자 하는 분야의 글을 이해하고 요약한 뒤 반응하는 법을 살펴보았다. 이 과정을 통해 자신만의 주장을 만들어냈다면, 이제 조금은 투박하더라도 완성된 논리적 글의 형식인 초고에 담는 방법을 살펴보고자 한다.

하고 싶은 주장이 분명하면 초고를 쓰기 쉽다. 아직 주장하고 싶은 바가 명확하지 않을 경우에는 초고에 넣을 부분을 만들어가며 자신의 주장을 찾아야 한다. 사실 우리가 앞에서 살펴본 내용들, 즉 하나의 주장에 대한 요약과 반응, 그리고 여러 주장에 대한 정리 등은 모두 초고 작성과 직결되어 있다. 이번 장에서는 논리적 글의 기본 구조라 할 수 있는 개요를 발전시켜 주장이 담긴 초고를 만드는 방법을 소개하고 글쓰기 모형을 통해 지금까지의 여러 활동과 앞으로의 활동이 어떻게 연결되는지 살펴보도록 하겠다.

그래프와 버킨스타인의 개요

2장에서 우리는 논리적 글쓰기를 청출어람을 위한 활동으로 특징지었다. 다른 사람들의 주장을 소개하면서 이를 확장하거나 비판함으로써 그 분야의 발전을 도모해야 한다는 것이다. 그래프와 버킨스타인은 이를 "다른 사람들은 ~ 라고 주장했는데, 나는 ~ 라고 주장한다"로 압축했다. 이 문장은 더 확장할 여지가 있으므로 이와 관련해 확장된 개요를 몇 가지 살펴보도록 하겠다.

논리적 글의 개요는 학문 분야나 게재되는 학술지의 특성에 따라 표면적으로 조금씩 다른 구조를 사용할 수 있다. 하지만 일반적으로 '서론-본론-결론'의 구조나, 과학 분야의 경우에는 '서론-방법-결과-논의'의 구조를 각각 사용한다. 다만 방법 자체가 잘 정립되어 있고 다양한 해석이 필요치 않은 수학의 경우에는 논의를 생략할 수 있다.

개요를 활용하면 전반적인 글의 구조를 염두에 두면서 구체적인 내용을 배치할 수 있다. 서론의 첫 문장부터 시작하는 대신 쓰고 싶은 내용이나 쓸 수 있는 내용부터 먼저 작성하고 이를 적절한 위치에 배치하는 것이다. 그래프와 버킨스타인은 한 문장으로 압축한 자신들의 생각을 다음과 같은 개요로 확장했다.[1]

> 최근 ___ 에 대한 논의에서 논란이 되는 쟁점은 ___ 이다. 일군의 사람들은 ___ 라고 주장한다.
>
> 이 관점에 따르면, ___ 이다. 그렇지만 다른 사람들은 ___ 라고 주장한다. 이 견해의 강력한 지지자인 ___ 에 따르면, "___." 이 견해에 따르면 ___ 이다.
>
> 요약하자면, 쟁점은 ___ 인지의 여부이다. 나의 견해는 ___ 이다. 비록 ___ 에 대해서는 인정하지만, 여전히 ___ 라는 입장이다. 예를 들어, ___ 이다. 어떤 사람들은 ___ 라고 반박할 수도 있지만, 나는 ___ 라고 대응할 것이다.
> 이 쟁점은 ___ 때문에 중요하다.

그래프와 버킨스타인이 제시한 개요는 논리적 글을 처음 쓰는 사람들이 참고할 수 있을 정도로 유용하고 구체적이다. 그렇지만 좀더 다양한 영역에서 사용할 수 있도록 그 형식과 내용을 다듬을 여지가 있다.

'서론–본론–결론' 구조에서의 개요

논리적 글쓰기에도 극적인 요소가 없지는 않지만, 시나 소설을 쓸 때의 기승전결 구조보다는 서론-본론-결론의 구조가 일반적이다. 분야에 따라서는 긴 서론에 이어 본론과 결론이 짧게 이어질 수도 있고 반대로 서론은 짧고 본론이 길 수도 있다. 관련 논문을 살펴보면 글의 형식과 길이에 대한 감을 잡을 수 있을 것이다. 여기서는 각 부분에 어떤 내용이 들어가야 하는지와 각 부분을 쓸 때 유의해야 할 점을 살펴보도록 하겠다.

서론

- 탐구 주제의 중요성과 필요성 소개하기
- 그 주제와 관련된 특정한 문제 소개하기
- 선행 연구자들의 주장을 요약하고 반응하기
- 반응에 근거하여 구체적인 새로운 주장하기

본론

- 새로운 주장을 지지하는 다양한 근거 제시하기
- 논리적 혹은 개념적 분석
- 사례나 반례 제시
- 기존 주장의 근거를 새 주장으로 재해석하기
- 새 주장에 대한 가능한 비판을 제시하고 반박하기

- 기존 주장에 비해 새 주장의 우수성과 차별성 강조하기

결론
- 서론에서 제기된 문제를 환기시키기
- 문제에 대한 자신의 새로운 주장과 근거를 요약하기
- 새 주장이 기여한 부분 강조하기
- 새 주장의 한계점을 언급하기
- 아직 해결되지 않은 문제나 후속 연구 방향 제시하기

'서론'에서는 일종의 영화 예고편처럼 핵심 내용이 무엇인지 언급하는 정도로 충분하다. 자세한 내용은 본론에서 언급할 수 있기 때문이다. 학생들이 쓴 글의 첫 문장에 연구자 이름이나 논문 제목이 나오는 경우를 자주 경험한다. 설사 다 같이 읽었더라도 글을 쓸 때는 그 논문을 읽지 않은 사람도 이해할 수 있게 일반적인 표현을 통해 최소한의 맥락을 제공하며 시작해야 한다. 예를 들면, "박주용 (2019)의 연구에 따르면," 대신 "교육에서도 과학적인 방법을 적용할 수 있을까? 최근 박주용(2019)은 이와 관련하여"로 시작하는 것이다.

'본론'에서 자신의 주장을 펼칠 때에는 풍부한 근거를 제시하는 것이 무엇보다 중요하다. 주장의 근거가 한두 개에 그치면 빈약해 보인다. 근거의 수를 강조하는 또 다른 이유는 근거가 많아져야 양질의 근거가 포함될 가능성이 높아지기 때문이다. 더 많은 근거를

위해 생각하고 또 생각해야 한다. 충분한 근거와 함께 새로운 주장을 제시한 다음 예측 가능한 비판을 검토하고 이를 무마시킬 수 있는 논의를 추가하는 것이 좋다. 공격이 최선의 수비라는 말은 글에서도 적용된다. 스스로를 공격하는 것이 자신의 주장을 효과적으로 방어하는 방법이 될 수 있다.

'결론'에서는 서론에서 제기한 문제를 다시 한번 환기시킨 다음 그 문제에 대해 어떤 주장이 펼쳐졌는지를 정리해주어야 한다. 그러고 나서 새로운 주장이 갖는 의미나 시사점을 광범위하게 논의해야 한다. 이때 주의할 점은 결론 부분에서 새로운 주장이나 연구를 가능한 한 끌어들이지 말아야 한다는 것이다. 학생들의 글에서는 종종 서론에서 언급되지 않은 새로운 문헌이나 자료가 등장한다. 이는 독자에게 큰 부담이 될 수 있다. 글을 마무리 짓는 마당에 새로운 정보로 혼란을 줄 수 있기 때문이다. 그보다는 자신의 주장이 갖는 의미를 간결한 문장으로 제시하여 그야말로 '뒤끝이 작렬하도록' 마무리 지어야 한다.

'서론-방법-결과-논의' 구조에서의 개요

이 구조는 과학이나 공학에서처럼 주장을 지지하는 근거를 실증적으로 제시하는 연구 분야에서 널리 사용된다.[2]

서론

- 탐구 주제의 중요성과 필요성 소개하기
- 그 주제와 관련된 특정한 문제 소개하기
- 선행 연구자들의 주장을 요약하고 반응하기
- 반응에 근거하여 구체적인 새로운 주장하기

방법

- 연구에 사용된 장치나 도구
- 연구 대상
- 사용된 실험 설계
- 실험 절차 혹은 분석된 자료 수집 방법
- 실험 결과나 자료 분석 방법

결과

- 결과나 자료에 대한 기술 통계 분석
- 비교 대상 조건들 간의 차이 검증
- 기타 실험 결과나 자료로부터 얻을 수 있는 추가 분석

논의

- 결과에 대한 해석
- 대안적 해석에 대한 검토
- 서론에서 제기된 문제를 환기시키기

- 새 주장이 기여한 부분 강조하기
- 새 주장의 한계점을 언급하기
- 아직 해결되지 않은 문제나 후속 연구 방향 제시하기

과학이나 공학 분야에서의 주장은 개요의 구조에서도 볼 수 있듯이 방법론적 특성이 강조된다. 굳이 비교하자면 '본론' 부분이 '방법'과 '결과'로 세분되었고 '결론' 대신 '논의'로 대체되었다고 할 수 있다. 따라서 방법과 결과 부분만 살펴보기로 하겠다.

'방법'에서는 실험 절차는 물론 자료 수집 방법을 상세히 보고해야 하는데, 그 목적은 다른 사람이 그 연구를 반복 검증할 수 있도록 하는 것이다. 따라서 자신이 사용한 방법을 상세히 밝혀야 하지만 그렇다고 불필요한 정보까지 제공할 필요는 없다. 예를 들면, 특정 소프트웨어가 아니면 분석할 수 없는 경우에는 해당 소프트웨어를 명시해야 하지만, 일반적인 분석을 할 때에는 그럴 필요가 없다.

'결과'에서는 자료에 대한 기술 통계치를 보고하는 한편, 필요할 경우 비교 대상 조건들 간의 차이를 검증해야 한다. 이때 자주 범하는 실수 중 하나는 "A와 B 조건 간에 통계적으로 유의미한 차이가 확인되었다"라는 말로 통계 분석을 끝내는 것이다. "조건 A일 때보다 조건 B일 때 유의미하게 높은 점수를 받았다"와 같이 더 정확한 표현으로 분석의 의미를 알려주는 것이 중요하다.

글쓰기
트레이닝 **22**

자신이 이전에 쓴 글을 '서론-본론-결론' 또는 '서론-방법-결과-논의'
구조를 사용하여 역으로 개요를 다시 만들어보자.

글쓰기
트레이닝 **23**

4장과 5장의 글쓰기 트레이닝을 통해서 쓴 반응 글과 '서론-본론-결론'
또는 '서론-방법-결과-논의'의 개요 중 하나를 이용하여 초고를 작성해보자.
그전에 썼던 문장들과 비교하면서 동료들과 그 적절성에 대하여 토론해보자.

'서론'만을 위한 개요

지금까지 초고 전체에 대한 개요에 대해 알아보고 연습도 해보았
다. 그런데 초고의 여러 부분 중 많은 사람들이 서론을 어려워하는
만큼 서론만을 위한 개요를 참고할 수 있다. 이 개요는 핀란드의 컴
퓨터 공학자로 과학 글쓰기 책을 쓴 사라맬키(2018)가 제안한 것이
다. 그는 서론을 설정, 직면, 해소, 마무리의 네 문단으로 구성할 것
을 제안하는데, 기승전결로 보아도 무리가 없다.

설정에서는 맥락이나 배경을 제공하여 독자가 어떤 주제나 이슈
에 대한 논의인지를 알 수 있도록 해야 한다. 설정의 마지막 부분에
서 특정 주제나 이슈와 관련하여 아직 해결되지 않은 문제가 무엇
인지를 언급해야 한다.

직면에서는 글에서 다루려는 연구 문제를 좀 더 자세히 설명한다. 이를 위해 연구에서 다루려는 기존의 연구의 한계를 부각시키면서 연구 문제를 제시해야 한다. 이와 함께 이 문제가 왜 중요한지에 대한 설명이 추가될 수 있다.

해소에서는 제시된 문제에 대해 어떤 접근을 했는지를 서술한다. "이 연구의 목적은 ~ 이다. 이를 위해 ~ 한 접근을 했다" 혹은 "~을 위해 X와 Y를 대비했다"와 같은 식으로 표현할 수 있다. 다른 접근과의 차이점이나 이런 접근법의 필요성 등을 추가할 수도 있다.

마무리에서는 연구에서 밝혀진 내용을 간략히 요약하고 그 의미나 시사점을 제시한다. 이 결과가 처음에 제기했던 문제와 어떻게 연결되는지도 언급해야 한다.

이와 관련된 보다 구체적인 표현은 303쪽 '부록 3'을 참고하면 된다.

글쓰기
트레이닝 **24** ───────────

자신이 이전에 쓴 글 중 서론 부분을 '설정-직면-해소-마무리'
4단계 방식으로 재구성해보자.

글쓰기에 대한
비유와
글쓰기 모형

지금까지 다른 사람의 주장을 읽는 데서 시작해 투박하지만 자신의 주장이 담긴 초고를 쓰는 과정에 대해서 알아보았다. 여기까지 온 것에 박수를 보낸다. 하지만 아직도 갈 길이 남아 있다. 어쩌면 더 먼 길일 수도 있다.

지금부터 어디로 가야 하는지를 설명하기 전에, 글쓰기 전반에 대해 다시 한번 생각해보자. 우리가 걸어온 길을 더 큰 흐름 속에서 바로 보기 위해서이다. 글쓰기를 연구하는 사람들은 글쓰기 과정을 쉽게 설명하기 위해 여러 가지 비유를 사용해왔다. 대표적인 비유로 문제 해결, 요리하기, 그리고 디자인 설계가 있다. 같은 재료라도 어떻게 조리하는지에 따라서 전혀 다른 음식이 만들어진다. 마찬가지로 같은 내용이라도 구성 방식에 따라 글맛이 달라진다는 것이다.

또 다른 연구자들은 생각을 글로 옮기는 것은 정답이 없는 문제를 해결하는 과정과 유사하다고 주장한다. 이 비유는 글쓰기 연구자들이 가장 오랫동안 사용해온 만큼 관련 연구도 많다. 글쓰기를 디자인 설계 과정으로 보는 것도 여러모로 도움이 된다. 분석적이며 논리적인 글도 디자인과 같이 주제와 대략적 방법만 있을 뿐 탐구 문제가 명확하지 않고, 어느 정도 주관적 해석을 바탕으로 만들어가야 한다. 디자인 문제에는 수많은 해결책이 있을 수 있다. 최적의 해결책은 없다. 전체를 고려해야 하고, 그 과정 또한 끝이 없으며, 문제 해결은 물론 발견도 포함된다.[3] 이런 특징은 글쓰기에도 그대로 적용된다.

'문제 발견'과 '문제 해결'의 글쓰기

각각의 비유는 글쓰기 과정의 어떤 측면을 부각시키는 데 도움이 된다. 하지만 이 비유들은 어쩌면 장님이 코끼리를 만지는 것처럼 글쓰기의 일부분만 묘사하는 것일지도 모른다. 실제로 이들을 약간 수정하고 종합하면 글쓰기 과정을 더 잘 이해할 수 있다.

글쓰기는 문제 해결이기도 하지만 '문제 발견'을 필요로 할 때가 많다. 작문 과제나 지정된 주제에 대해 글을 쓰는 경우라면 문제 해결이 적합하지만, 지적 탐구 과정에서 새로운 주장을 펼치려면 문제 해결이 아니라 문제 발견이 훨씬 더 의미가 있다. 5장에서 본 것처럼 특정 분야의 연구 현황을 숲을 보듯 조망하면서 그 전반적인 특성은 물론 빠진 부분을 찾아내는 것이 문제 발견의 좋은 예이다. 노벨상이 어떤 문제를 해결한 사람이 아니라 새로운 질문, 새로운 문제를 찾아낸 사람에게 주어지는 것처럼, 지적 탐구에서는 문제 발견이 중요하다. 따라서 글쓰기를 문제 해결로 특징짓는 대신 '문제 발견과 문제 해결'로 확장할 필요가 있다.

디자인의 비유는 주장을 어떻게 하면 효과적으로 전달할지를 고민하는 단계, 특히 전체 구성이나 논의 전개 방식을 잘 부각시킨다. 단순한 논의에서는 두드러지지 않지만 논의할 내용이 많아지고 그들 간의 관계가 복잡해질수록 디자인의 중요성이 부각된다. 이는 마치 같은 내용을 잘 아는 전문가와 전문가 수준을 넘어서는 대가가 설명할 때의 차이에 비교할 수 있다. 대가는 더 많은 내용을 단순하면서도 깊이 있게 설명한다.

요리의 비유는 술술 잘 읽히면서도 이해도 잘 되게 문장이나 문장 간 연결 수준에 적용할 때 적합해 보인다. 요리사는 음식을 만드는 것 이상으로 음식의 색상과 그릇에 담긴 모양에도 신경을 쓴다. 보기 좋게 만들어 맛에 대한 기대를 높인다. 마찬가지로 생각이나 주장을 문장에 담되 잘 읽히고 이해도 잘 되도록 만들기 위해 노력해야 한다. 이런 비유들은 비유 이상으로 실제 글쓰기 과정에서 각각의 고유한 역할을 수행한다. 이제 그 내용을 살펴보자.

글쓰기 모형, 개요, 그리고 탐색하기

글쓰기 연구자들은 글쓰기 과정을 다양한 방식으로 나누었다. 이 책에서는 그 과정을 논의의 편의상 ① 개요 작성, ② 초고 작성, ③ 퇴고, 그리고 ④ 각 과정에 대한 평가라는 네 가지 하위 과정으로 구분하겠다.

이 구분은 전통적으로 글쓰기 과정으로 언급되는 '구상하기', '글로 옮기기', '퇴고'와 크게 다르지 않지만, 각 과정에서 평가 혹은 자기 검열이 작동한다는 점을 강조했다. 이 네 가지 하위 과정은 순차적으로 작동하기보다는 끊임없이 서로 영향을 줄 뿐 아니라 경우에 따라 그 경계가 희미해지기도 한다. 그렇지만 각 하위 과정마다 평가가 관여하여 어느 정도 수준에 이르지 못했다고 판단되면 하위 과정을 반복하게 된다. 개요가 바뀌면 그에 따라 초고도 달라질 수밖에 없고 퇴고를 하다가 다시 개요를 재구성하는 일이 생길 수도 있는 것이다.

우리가 이미 살펴보았던 개요 혹은 아웃라인은 글 전체에 대한 대략적인 계획을 세우는 활동으로 주로 문제 발견과 문제 해결에 비유할 수 있다. 포함시킬 주요 내용을 생각해 내고 적절하게 배치하며 각 활동에 필요한 시간도 산정해서 포함시키는 게 좋다. 특히 지정 주제에 대해 답을 쓰는 상황에서는 실제 사용 가능한 시간을 각 과정에 적절히 배분해야 한다. 예를 들면 개요를 만드는 데 10~20%, 초고 작성에 30~40%, 그리고 퇴고에 50% 정도의 시간

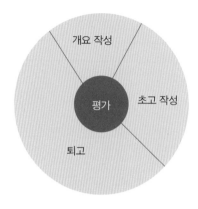

〔그림 4〕 글쓰기 과정의 도식적 모형

을 배분하고, 글을 쓰는 연습을 해야 시간 내에 완성도가 높은 글을 쓸 수 있다.

개요가 어느 정도 잡히면 초고를 쓰게 되는데, 주장과 근거를 유기적으로 연결하려면 디자인이 필요하다. 초고를 쓰는 과정에서도 수시로 퇴고가 필요하다. 문장 수준에서는 물론 전체 논의 전개 구조에 대한 퇴고도 일어난다. 초고는 도처에 다듬어야 할 부분과 부분들 간의 연결을 더 매끄럽게 하는 작업이 남아 있는 상태이다. 하지만 주장을 중심으로 전체 구조가 갖추어진 상태이기도 하다. 그러므로 초고가 완성되어야만 일단 주장하는 바가 분명히 드러나고, 스스로 독자가 되어 비판적으로 읽거나 다른 누군가에게 보여주어 피드백을 받을 수 있다.

본격적인 퇴고는 초고가 완성되면서 이루어지는데, 지난하기 그지없는 작업이다. 요리의 비유에서처럼 문장 수준에서는 물론 문단

간 연결을 매끄럽고 맛깔스럽게 만드는 작업이다. 이 모든 과정은 글을 쓰는 사람의 평가에 의해 진행되고 또 마무리된다. 자신이 설정한 평가 기준에 맞지 않으면 구상이든 초고 작성이든 퇴고든 다시 해야 하는 것이다.

평가가 중요하다는 한 증거는 글쓰기 훈련에서 두 개의 인지 전략을 배우고 훈련한 집단과 한 개의 인지 전략과 한 개의 상위 인지 전략을 결합한 '결합 집단'을 비교한 연구에서 볼 수 있다.[4] 두 개의 인지 전략은 '텍스트 구조 활용 전략'과 '요약 전략'이었고, 결합 집단은 '텍스트 구조 전략'과 '자기 점검 전략', 즉 완성된 초고가 글을 쓴 목적과 텍스트 구조에 적합한지를 스스로 평가하게 하는 훈련을 받았다. 두 집단을 비교한 결과 결합 집단이 최종 요약문을 더 잘 쓴다는 것이 확인됐다. 즉 더 잘 쓰는 전략을 두 개 익히는 것보다 한 개만 배운 다음 쓰고, 그 글을 검토하고 고치는 것이 더 좋은 글쓰기 방법이라는 것이다.

대학생들에게서 나타나는 네 가지 글쓰기 유형

글을 쓰기 위해 개요를 이용하여 계획하고, 쓴 내용을 적절한 위치에 배치하며 퇴고하는 등의 일련의 행동은 여러 가지 다른 방식으로 나타난다. 이를 구분하는 한 방법은 연역과 귀납이다. 전자는 하고 싶은 주장이 분명할 경우 그 주장을 입증할 근거를 제시하는 방식이고 후자는 관련된 연구들을 정리하는 과정에서 주장을 찾아내는 방식이다. 글을 쓰는 사람의 선호에 따라 둘 중 어느 한 유형을 더 많이 사용할 수는 있지만, 결국엔 두 방식을 다 사용할 수밖에 없다.

보다 세분화된 글쓰기 유형은 영국 대학생을 대상으로 한 연구에서 볼 수 있다.[5] 322명을 대상으로 한 설문 조사를 통해 한 개의 글을 쓰기 위해 두 개 이상의 초고를 작성하는지, 글을 쓰는 도중에 내용을 추가하는지, 개요를 만드는지, 그리고 탐색을 하는지 여부를 확인했다. 여기서 탐색이란 마인드맵을 만들거나, 관련된 생각을 가능한 한 많이 나열해보는 브레인스토밍을 하거나 대략적인 초고를 만들고 이를 수정하면서 처음과는 전혀 다른 하나 이상의 초고를 만드는 활동이다. 이를 바탕으로 구분한 글쓰기의 네 가지 유형은 다음과 같다.

❶ 개요 작성 후 이를 발전시키는 유형
❷ 자세히 계획하고 탐색하는 유형
❸ 개요 작성 후 바로 초고를 쓰는 유형
❹ 개요 없이 생각나는 대로 쓰는 유형

이 네 가지 유형은 각각 32%, 23%, 20%, 24%로 비교적 고르게 나타났다. 개요를 작성하고 이를 발전시키는 유형은 글을 쓰면서 내용과 구조를 바꾸기 때문에 둘 이상의 초고를 만든다. 하지만 이 유형의 대학생들은 대개 개요를 발전시키기 위해서 마인드매핑이나 브레인스토밍과 같은 별도의 탐색 활동을 하지 않는다. 자세히 계획하고 탐색하는 유형의 경우 개요와 함께 글의 내용과 구조에 대한 탐색 활동을 통해 두 개 이상의 초고를 만들어낸다. 개요 작성 후 바로 초고를 쓰는 유형은 개요를 작성한 다음 바로 쓰고, 생각나는 대로 쓰는 유형은 그야말로 계획 없이 쓰는 것이다.

이 연구에서는 48명의 대학생을 4년 동안 추적한 결과도 제시되었다. 이들을 네 유형으로 나누어 살펴보았으나 4년 동안 거의 변화가 없었다. 이들이 쓴 글을 비교한 결과, 자세히 계획하고 탐색하는 학생들이 가장 힘들게 글을 쓰지만 최종 글에서 가장 높은 점수를 받았고, 개요 작성 후 바로 초고를 쓰는 학생들이 시간도 적게 쓰고 최종 글의 평가 점수도 가장 낮았다. 개요 없이 생각나는 대로 쓴 학생들도 글을 잘 썼는데, 연구자들이 추측한 바로는 이 학생들이 자신이 쓰려는 글의 내용을 잘 아는 학생들이라는 것이다. 이상의 결과를 정리해보면 글을 잘 쓰는 데 있어 개요를 만드는 것만으로는 도움이 되지 않고, 개요와 함께 이를 발전시키는 탐색 활동이 필요함을 시사한다.

그런데 영국 대학생들이 이처럼 다양한 유형을 보이는 이유에 대해서는 충분한 검토가 이루어지지 않았다. 학생으로서 또 교수로서 개인적인 경험을 회상해보면 글을 쓰면서 개요를 함께 다듬어가는 경우가 많았다. 그렇지만 시간적 여유가 있어도 마인드매핑이나 브레인스토밍 같은 활동을 한 적은 없었던 것 같은데, 그렇게 하면 시간이 너무 많이 들 것이라고 염려했고 어차피 쓰다 보면 바뀔 것이라고 생각했기 때문이었던 것 같다. 상황이 이렇다 보니 시간이 부족한 상황에서는 생각나는 대로 쓰거나 개요 작성 후 바로 초고를 쓸 수밖에 없었다. 결과적으로 글을 잘 쓰지 못했다! (지금부터라도 미리 시작하고 탐색도 할 생각이다.)

우리나라의 학생들도 이와 다르지 않은 방식으로 글을 쓰는 것 같다. 실제로 학생들의 보고서를 읽다 보면 문제를 제기하고 이를 단계적으로 해결하는 식으로 쓰지 못하고, 나열식으로 전개해서 글의 초점을 찾기 어려울 때가 많았다. 아마도 전반적인 방향이 없는 상태에서 글을 채워나가는 식으로 썼기 때문일 것이다. 따라서 좋은 글을 쓰기 위해서는 충분한 시간을 확보하고 개요에서 시작하여 탐색 활동을 추가하는 습관을 들일 필요가 있다.

글쓰기 트레이닝 25

216쪽에서 소개한 네 가지 글쓰기 유형 중 자신은 어디에 속하는지
생각해보자. 동료들은 어떤 유형인지 세 명 이상을 조사해보고
그 결과에 대해 이야기해보자.

글쓰기 트레이닝 26

207쪽 '글쓰기 트레이닝 22'에서 새롭게 만들었던 개요를 바탕으로
마인드매핑과 브레인스토밍을 거쳐 다시 두 개 이상의 서로 다른 개요를
만들어보자.
동료들과 함께 각각의 개요를 비교해보고 장단점을 이야기해보자.

CHAPTER 7

퇴고: 구조와 문장을 다듬기

퇴고는
글쓰기의
화룡점정

학술지로 출간된 논문 중에 오자는 물론 잘못된 표현을 발견하고 낙담한 적이 있다. 조금만 더 꼼꼼히 점검했으면 하지 않았을 실수들, 조금만 더 다듬었으면 더 명료해졌을 표현들도 많았다. 다른 사람의 책에서도 연구자의 이름을 틀리게 쓴 경우를 여러 개 발견했고, 고맙게도 필자의 연구를 인용했는데 정작 그 내용과 참고문헌이 일치하지 않는 황당한 일도 있었다.[1] 본문에 언급되었는데 참고문헌에는 빠져 있는 문헌을 찾느라 시간을 허비한 적도 적지 않다.

　이런 잘못이나 부주의함은 모두 다 논리적·학문적 글이 추구하는 정확성을 떨어뜨린다. 퇴고는 제기된 주장을 명료하고 맛깔스럽게 읽히게 하기 때문에, 글쓰기의 화룡점정에 해당한다고 할 수 있다. 이 장에서는 퇴고의 중요성과 그 방법에 대해 상세히 살펴보도록 하겠다.

글쓰기는 단번에 완성되는 생산품이 아니다

《심리학의 원리》를 비롯하여 많은 저술을 남긴 윌리엄 제임스는 자신의 글에 어떤 가치가 있다면, 그것은 "끝없이 고쳐 쓴 노력의 결과"라고 자평했다.[2] 비록 학문적 글은 아니지만 헤밍웨이가 《노인과 바다》를 수십 번이나 고쳐 썼다는 이야기도 빼놓을 수 없다. 제임스 같은 학문의 대가가 자신의 글의 가치를 끝없는 퇴고에서 찾았다면, 노벨 문학상 수상자인 헤밍웨이가 수십 번씩 고쳐 썼다면, 우리 같은 보통 사람들이 자신의 글을 퇴고하지 않았을 때 어떤 글이 될지는 자명하다.

초고는 빨리 작성하는 것이 좋다. 전체 모양을 갖춘 초고가 있어야 본격적인 퇴고 작업을 시작할 수 있기 때문이다. 머릿속에서 예상한 모습과 구체적인 초고 간에는 늘 간극이 있기 마련이고 이 간극을 메워가면서 글이 바뀌게 된다. 바뀐 글은 항상은 아니지만, 대개는 들인 노력만큼 좋아진다. 그래서 글쓰기 교육의 대가인 윌리엄 진서는 글 수정의 중요성을 다음과 같이 표현했다. "글쓰기가 단번에 완성되는 '생산품'이 아니라 점점 발전해가는 '과정'이라는 것을 이해하기 전까지는 글을 잘 쓸 수 없다."[3]

대학생들이 써낸 보고서에 오자, 주어와 술어가 호응되지 않는 문장, 좀 더 의미 있게 구조화할 수 있는데도 단순히 연대기적으로 나열된 선행 연구, 그리고 주장하는 바가 없는 내용이 부지기수인 이유는 간단하다. 자신이 쓴 글을 수정하지 않기 때문이다. 수정하지 않는 이유는 여러 가지가 있겠지만, 그 핵심은 학문 활동에서 글쓰기의 중요성을 인식하지 못하는 데 있다. 제대로 된 글을 쓰려면 퇴고 과정이 절대적으로 필요한데, 이를 위한 시간을 확보하지 않는다. 그야말로 일필휘지로 글을 쓰고 완성되면 던져버리는 것이다. 과제에 대한 피드백이 즉각적으로 주어지지 않는 것 또한 이런 일이 반복되는 데 일조한다. 결국 많은 학생들은 고쳐 쓰는 과정을 통해 글이 좋아지는 경험을 하지 못하고 대학을 졸업하게 된다.

잘 쓴 글은 독자의 고민을 덜어준다

글쓰기 능력은 점진적으로 발달하는데, 인지 심리학자인 로널드 켈로그[4]는 이를 세 단계로 나누었다. 아는 지식을 서술하는 초심자 단계에서 시작하여 자기중심적으로 지식을 변형시키는 중급 단계를 거쳐 독자의 수준에 맞게 지식을 만들어내는 고급 단계로 발전한다는 것이다. 즉 글쓴이는 전달자에서 시작하여 주관적 서술 단계를 거쳐 독자의 공감을 유도할 수 있게 된다. 그런데 안타깝게도 각 영역의 전문가들이 쓴 글인데도 독자의 공감을 이끌어내지 못하는 경우가 많다. 이런 문제를 해결하기 위해서 어떤 노력을 기울여야 하는지를 자세히 살펴볼 필요가 있다.

켈로그의 주장에 따라 구체적으로 선행 연구를 조직화하는 방식을 구분해보면 다음과 같다. 먼저 아는 지식을 서술하는 단계는 선행 연구를 연대기적으로 또는 연구자별로 나열하는 방식으로 이루어진다. 연대기적으로 정리하는 것은 역사적 사건의 경우 의미가 있을 수 있지만, 대부분의 경우 그렇지 않다. 연구자를 나열하는 것도 독자를 쉽게 지루하게 할 수 있다.

그다음은 다루는 영역의 복잡한 내용을 나름의 원칙과 기준을 바탕으로 범주화하여 정리하는 단계이다. 이 단계에서 글쓴이는 글로 표현하지 않은 내용에 대해서도 누가 물어보면 일관성 있게 답변할 수 있다. 그렇지만 글쓴이의 생각이 글로 친절하게 서술되어 있지는 않다.

고급 단계에서는 적절한 수준으로 배경을 제시하면서, 명확하고 참신한 방식으로 관련 연구를 소개하며, 다른 개관 방식과의 차이나 인접 분야와의 관련성 등을 일목요연하게 정리해준다. 뿐만 아니라 글쓴이의 생각이 글에 잘 표현되어 있어 읽는 사람이 머릿속에서 가능한 여러 상황을 만들어 그중 어떤 것일지 고민할 필요가 없다. 그야말로 잘 쓴 글인 것이다. 비록 전문가가 썼더라도 독자가 읽으면서 추론을 많이 해야 한다면 잘 쓴 글로 보기 어렵다. 같은 내용이 들어간 글이라도 잘 읽히고 이해되는 글이 있는가 하면 그

렇지 않은 글이 있는데 얼마만큼 독자를 배려했는지에 따른 차이
이다.

글쓰기의 절반은 퇴고에 할애하라

퇴고를 제대로 하려면, 글을 쓰는 계획 단계에서부터 퇴고 계획을
포함시켜야 한다. 앞에서 소개한 글쓰기 모형(213쪽)을 참고하자면,
전체 글쓰기에 필요한 시간을 산정한 다음, 그중 반 이상을 퇴고에
할당해야 한다. 예를 들어 일주일 내에 완성해야 하는 2000자짜리
과제가 있고, 그 과제 수행을 위해 6시간을 쓸 수 있다면 3시간 이
상을 퇴고에 할당해야 한다. 그렇게 하려면 초고는 3시간 이내에 완
성해야 한다.

 물론 많은 선행 연구를 찾아보고 이를 정리하는 보고서의 경우에
는 어쩔 수 없이 더 많은 시간을 정보 검색과 자료 정리에 할당해야
한다. 따라서 퇴고 시간이 줄어들 수밖에 없다. 그런 경우라도 퇴고
를 위한 시간을 반드시 확보해야 한다.

 같은 6시간이라도 그 시간을 더 효율적으로 쓰려면 한꺼번에 몰
아서 하는 대신 조금씩 나누어 사용해보라. 글을 쓰기 위해 머리를
짜내다 보면 쉽게 지치기도 하고, 억지로 다음 문장을 만들어내는
것보다 조금 써놓고 다른 일을 하다 보면 적절한 문장이 떠오를 때
가 있기 때문이다. 또한 구상을 할 때는 처음부터 흠잡을 데가 없는

문장 대신, 어떤 주장을 어떤 식으로 전개할지 대략적인 내용을 쭉 써내려가는 게 좋다. 그다음에 초고를 만들면서 연결과 구성을 다 듬어도 된다. 초고를 쓰면서도 수시로 수정이 불가피하지만 초고가 완성되고 나서부터 본격적인 수정과 보완 작업을 하게 되는데, 그 구체적인 과정은 다음과 같다.

점검과 수정
1. 내용

잘 쓴 글은 술술 읽히고 주장하는 바를 파악하기도 쉽다. 이런 글
이 되도록 각자가 쓴 글을 고칠 때, '내용'과 '표현 방식'을 나누어
살펴볼 필요가 있다. 표현에 신경 쓰느라 정작 주장하고자 하는 바
가 모호해지지 않게 하기 위해서이다. 표현도 중요하지만 학문적
글쓰기에서 더 중요한 것은 일단 내용이기 때문이다.

내용 점검을 위해서는 개요나 문단을 중심으로 살펴보고 표현은
문장이나 구 혹은 단어 수준에서 점검할 수 있다.

전체 구성의 짜임새 점검

학문적 글의 구성은 분야별로 차이가 크지만, 앞서 소개한 것처럼 '서론-본론-결론' 혹은 '서론-방법-결과-논의'가 널리 쓰인다. 이를 지금까지의 논의에 맞추어 재구성해보면 다음과 같다.

> 다루려는 주제 소개 → 그 주제와 관련된 선행 연구 소개 → 소개된 선행 연구를 바탕으로 다루려는 구체적인 문제 제시 (선행 연구에서 제기된 주장을 발전시키거나 선행 연구에서 해결되지 않았거나 다루어지지 않은 문제 등) → 제시된 문제에 대한 주장과 그 근거 제시(혹은 문제를 해결하기 위해 사용한 방법과 결과를 제시) → 결론 내리기

개요를 이용한 대략적인 구조는 전체적으로 하나의 이야기처럼 짜임새가 있어야 한다. 그렇게 하려면 연구 자체를 한 문장으로 표현할 수 있어야 한다. 즉 독자들이 글을 읽고 나서 "~ 에 대한 연구로 ~ 주장을 제기했는데, 그 근거는 ~ 이다"라고 말할 수 있게 해야 한다. 그렇게 하려면 글 자체를 그런 식으로 구성해야 한다. 개요는 그런 구성을 염두에 둔 추상적인 각본이라 할 수 있다. 연구의 배경은 물론 제시하는 근거의 복잡성으로 인해 글의 길이가 길어질 수 있지만 그럼에도 이런 단순한 뼈대를 유지하도록 노력해야 한다.

문단 간 연결 점검

문단은 개요의 각 부분, 즉 서론-본론-결론 혹은 서론-방법-결과-논의를 구성하는 기본 단위이다. 각 부분은 하나 이상의 문단으로 구성된다. 하나의 문단에는 하나의 생각을 담는 것이 원칙이다. 이 생각은 그 문단의 주제문으로서 가능하면 첫 문장으로 제시하는 것이 좋다. 주제문이 없으면 추가해야 하고 둘 이상이면 나누어야 한다. 한 문장으로 된 문단은 지양하고 연관된 문장을 통해 완결된 생각이 담기도록 문단을 구성해야 한다.

문단들은 서로 논리나 경험이 일치하는 방식으로 구조화해야 한다. A 또는 B의 가능성이 있을 경우 A 그리고 B에 대한 논의가 이루어져야 한다. 특별한 이유가 없다면 A만 다루고 끝내서는 안 된다는 것이다. 시간적으로는 과거에서 현재로, 공간적으로는 가까이에서 멀리 확장하는 식으로 문단이 구성되어야 한다. 이 밖에 인과관계일 경우에는 원인을 먼저 다루어야 하고, 여러 사항을 열거할 때에는 중요한 것부터 차례로 나열하는 게 좋다. 경우에 따라서는 앞 문단에 대한 보다 상세한 배경 정보를 제공하거나 구체적인 예, 비유 혹은 유사한 사례를 소개할 수도 있다.

개요의 각 부분을 구성하는 문단들은 전체적으로 산만하거나 복잡하게 느끼지 않도록 구조화되어야 하며, 독자가 앞뒤로 뒤적이지 않도록 구성되어야 한다. 그렇게 하려면 앞에서 논의된 내용을 뒤에서 다시 언급할 때에는 압축해서 반복해주어야 한다. 특히 자신의 주장과 연결된 내용일 경우에는 압축 외에 다른 표현으로 반복하여 강조할 수도 있다.

내용 점검을 위한 체크리스트

일단 초고가 완성되었다고 생각하면 아래에 제시된 체크리스트를 통해 내용을 점검할 수 있다. 모든 질문이 다 해당되지 않을 수 있지만, 가능한 한 최대한 적용해보고 이를 통해 개선할 점을 찾아보기 바란다.

- 다루려는 현상이나 수세에 내한 배경을 직질하게 제공했나? ☐
- 명확한 주장을 담고 있나? ☐
- 첫 문단을 읽고 나면 어떤 주제에 대해 어떤 주장을 펼치는 글인지 어느 정도 예측할 수 있나? ☐
- 주장과 관련된 선행 연구를 충분한 소개를 했나? ☐
- 논의가 복잡할 경우 중간중간에 선행 논의를 짧게 정리했나? ☐
- 주장에 대한 근거를 적절히 제공했나? 너무 많거나 적지는 않은가? ☐
- 적절한 예시나 비유를 제시했나? ☐
- 사용한 핵심 용어나 개념을 잘 정의했나? ☐
- 사용한 핵심 용어나 개념이 글 전체에 걸쳐 일관성이 있나? ☐
- 다른 사람에게 읽게 했을 때 읽다가 앞으로 돌아가서 확인하려는

부분은 없었나?

- 결론에서 주장의 의미나 이론적 혹은 실용적 시사점에 대해

  충분히 논의했나?

글쓰기 트레이닝 **27**

내용 점검과 수정에 관한 체크 리스트를 이용하여 자신이 쓴 글의 내용을 점검해보고 필요한 부분을 수정해보자.

점검과 수정
2. 표현

글쓰기의 기본 단위를 단어로 보는 연구자가 있는가 하면 문장이라고 주장하는 사람도 있다.[5] 분명한 것은 둘 다 다듬으면 다듬을수록 나아진다는 점이다. 여기서는 표현 측면에서 문장 간 연결과 문장 내 점검 사항을 살펴보도록 하자.

문장 간 연결

한 문장과 이어지는 문장의 관계는 기본적으로 '그리고', '또는'으로 연결되는 나열, '그래서', '따라서', '그러므로', '왜냐하면', '그 근거는', '그다음에는' 등으로 연결되는 인과적·논리적, 혹은 시·공간적 관계, '한편', '그러나' 등으로 연결되는 대조나 대립으로 나눌 수 있다. 이 외에도 '여기서', '예를 들면', '추가하자면', '다만' 등과 같이 앞 문장에 나오는 내용이나 특정 개념에 대한 부연 설명, 구체화, 또는 범위 한정 등이 추가될 수 있다.

그렇지만 문장이 바뀔 때마다 접속사를 이용하면 가독성이 떨어진다는 점에 주의해야 한다. 따라서 접속사를 최소한으로 사용하면서 꼬리에 꼬리를 물고 이어지는 문장들로 자연스럽게 이어지도록 하는 것이 관건이다. 그렇게 하기 위해서 점검하고 수정할 내용을 몇 가지 살펴보자.

문장 간 연결성을 높이는 여러 방법들에 대해 연구자들이 언급한 방법 중 몇 가지만 소개하면, 앞 문장에 나온 표현을 그대로 혹은 일부 반복하거나 병행 구문을 사용하는 방법, 앞에 나온 표현을 지시 대명사나 지시 용언으로 대체하는 방법 등이다. 먼저 앞 문장에 나온 표현을 그대로 혹은 일부 반복하여 연결하는 방법을 살펴보자.

특이한 항목이 그렇지 않은 항목에 비해 더 잘 기억되는 현상을 고립 효과라 한다. 고립 효과는 사람의 성격 특성을 기억할 때도 나타난다. Hastie와 Kumar(1979)는 어떤 사람의 성격 특성에 일치하는 행동과 성격 특성과 불일치하는 행동

CHAPTER 7

을 비교했다. 그 결과 성격 특성과 불일치하는 행동을 더 잘 기억한다는 것을 발견했다. 특히 기억해야 할 행동 목록 속에 그 사람의 성격 특성과 불일치하는 행동이 한 개만 존재하면, 여러 개 존재할 때보다 회상율이 비약적으로 증가한다는 것을 확인했다.

위 사례는 의미는 명확하기는 하지만 사용된 표현이 지나치게 반복되어 지루한 느낌을 줄 수 있다. 이를 해결하는 방법은 대명사나 지시 용언을 이용하거나, 반복되는 부분을 의미 전달에 필요한 정도만 남기고 생략하며, 반복되는 표현을 동의어로 대체하는 것이다. 위 문단은 다음과 같이 바꾸어 쓸 수 있다.

특이한 항목이 그렇지 않은 항목에 비해 더 잘 기억되는 현상을 고립 효과라 한다. 이 효과는 사람의 성격 특성을 기억할 때도 나타난다. Hastie와 Kumar(1979)는 어떤 사람의 성격 특성에 일치하는 행동과 불일치하는 행동을 비교했다. 그 결과 불일치하는 행동을 더 잘 기억한다는 것을 발견했다. 특히 기억해야 할 행동 목록 속에 그 사람의 성격과 배치되는 행동이 한 개만 존재하면, 여러 개 존재할 때보다 회상율이 비약적으로 증가한다는 것을 확인했다.

같은 표현이 반복되는 것을 최소화하기 위해, 다음의 예에서처럼, 문장 자체를 재구성할 수도 있다.

> 텍스트는 크게 설명적(이하 expository) 텍스트와 묘사적(이하 narrative) 텍스트로 종류를 나누어 볼 수 있다. 설명적 텍스트에서는 사실을 객관적으로 기술하고자 하고, 묘사적 텍스트에서는 주관적 해석을 담으려 한다. 그런데 텍스트를 읽고 내용을 기억하는 것은 그것이 어떤 텍스트이냐에 따라 달라진다고 한다.
>
> ⇒ 텍스트는 사실을 객관적으로 기술하는 설명적(expository) 텍스트와 주관적 해석을 담고 있는 묘사적(narrative) 텍스트로 나눌 수 있다. 우리가 읽은 글이 이 중 어디에 속하는지에 따라 기억하는 내용이 달라진다고 한다.

문장의 구조가 서로 대응되게 하는 방법도 문장 간 연결을 매끄럽게 하는 데 도움을 줄 수 있다. 다음 예시에서는 서술어를 일치시키면서 중문을 두 개의 단문으로 나누어 가독성을 높이고자 했다.

> 참새나 비둘기 같은 전형적인 새가 호르몬 X를 가지고 있다면 부엉이도 호르몬 X를 가지고 있을 것이라고 추측할 개연성이 높지만 비전형적인 펭귄이 호르몬 X를 가지고 있다고 해서 부엉이도 호르몬 X를 가지고 있을 것이라고 짐작하기

는 어려울 것이다.

⇒ 전형적인 새인 참새나 비둘기가 호르몬 X를 가지고 있다면 부엉이도 호르몬 X를 가지고 있을 것이라고 추측할 개연성이 높다. 그렇지만 비전형적인 펭귄이 호르몬 X를 가지고 있다고 해서 부엉이도 그럴 것이라고 짐작할 가능성은 낮다.

성공적인 <u>상호작용</u>은 잠재적인 집단의 능력을 제대로 발휘하게 하는 반면, 그렇지 못한 <u>상호작용</u>은 집단을 극단적인 방향으로 치우치게 할 수 있다.

⇒ 집단이 성공적으로 상호작용하면 그 잠재적 능력을 제대로 발휘하게 할 수 있지만, 그렇지 않으면 집단을 극단적 방향으로 치우치게 할 수 있다.

학생들의 글에서 가장 많이 볼 수 있는 문장 연결 방식은 접속사를 사용하는 것이다. 그런데 사실 접속사는 생략해도 무방할 때가 많다. 앞에서 접속사를 이용하여 추가한 문장들을 예로 사용하여 살펴보자. 밑줄 친 문장의 경우, 없애면 연결이 잘 안 된다. 이럴 때는 그냥 남겨두어야 한다. 하지만 나머지 예문에서처럼 대부분의 경우는 생략해도 별 문제가 없다. 이럴 때는 없애는 게 낫다. 생략할 수 있는 것은 가능하면 생략해 문장을 간결하게 만들자는 것이다.

강연의 감동은 짧고 삶의 변화는 없다.

- 그래서 강연에 대해 너무 많은 기대를 하지 않는 게 좋다.
- 그리고 드라마나 영화도 마찬가지이다.
- 그러나 사람들은 그 사실을 잘 모른다.
- 왜냐하면 감정을 자극하는 표현들이 많은 반면 사람마다 다른 상황을 바꾸는 구체적인 방안을 제시하기 어렵기 때문이다.

⇒

강연의 감동은 짧고 삶의 변화는 없다.

- 강연에 대해 너무 많은 기대를 하지 않는 게 좋다.
- 드라마나 영화도 마찬가지이다.
- 사람들은 그 사실을 잘 모른다.
- 감정을 자극하는 표현들이 많은 반면 사람마다 다른 상황을 바꾸는 구체적인 방안을 제시하기 어렵기 때문이다.

수입된 교육 이론과 방법으로는 진정한 교육 혁신을 이룰 수 없다.

- 그래서 지금 필요한 것은 우리 자신에 대한 반성과 성찰이다.
- 그리고 우리는 이미 그렇다는 경험을 충분히 했다.
- 그러나 지금도 여전히 외국의 이론과 방법에서 실마리를 찾으려고 한다.

- 왜냐하면 각 나라에 고유한 문화와 전통이 작용하는 부분이 많기 때문이다.

⇒

수입된 교육 이론과 방법으로는 진정한 교육 혁신을 이룰 수 없다.

- 그보다 지금 더 필요한 것은 우리 자신에 대한 반성과 성찰이다.
- 우리는 이미 그렇다는 경험을 충분히 했다.
- 그러나 지금도 여전히 외국의 이론과 방법에서 실마리를 찾으려고 한다.
- 각 나라에 고유한 문화와 전통이 작용하는 부분이 많기 때문이다.

접속사 없이 앞뒤 문장을 연결하는 방법은 앞 문장의 일부를 반복하거나 대명사를 적절히 사용하는 것이다. 그런데 많은 글들이 모호한 상황을 대명사로 표현하는 경우가 상당히 많다. 따라서 대명사 사용을 최소화하면서 중복을 피하고 싶은 상황에서만 대명사를 사용하도록 연습할 필요가 있다. 다음은 대명사 표현이 무엇을 가리키는지가 명확하지 않은 몇 가지 사례이다.

평가 과정에서 그 내용을 의식적으로 인지하기 이전에 평가자에게 기저 요인들이 평정에 영향을 미칠 수 있다. 이는 평가자가 피평가자에게 가지는 감정적인 요인들을 주로 포함한다.

⇒ 평가자가 의식적으로 인지하지 못하는 요인들이 평가에 영향을 줄 수 있다. 그런 요인들 중 하나는 평가자의 피평가자에 대한 감정이다.

시그모이드 함수를 사용할 경우 소프트맥스에서의 문제는 발생하지 않는다. 하지만 지역표상에서의 시그모이드 이용은 목표^{target} 정보의 유닛 활용도에 대한 비대칭성에 기인한 수렴문제가 발생하게 된다. 이는 유닛 활용도의 비대칭성에 의한 일부 정보가 학습되지 않는 현상으로 정의할 수 있다. 'x'로 시작하는 영어 단어는 이에 대한 대표적인 예시이다.

⇒ 시그모이드 함수를 사용할 경우 소프트맥스에서의 문제는 발생하지 않는다. 하지만 지역표상에서 시그모이드 함수를 이용하면, 목표^{target} 정보의 유닛 활용도의 비대칭성 때문에 수렴되지 않는 문제가 발생할 수 있다. 이 문제로 인해 학습이 일어나지 않는다. 'x'로 시작하는 영어 단어는 이 현상을 보여주는 대표적인 예이다.

문장 내 표현

주어와 술어를 확인하고 이들이 일치하는지를 점검하자. 술어에는 목적어 또는 부사가 포함된다. 중문이나 복문의 경우 시제가 일치하는지도 살펴보아야 한다. 종속절이 과거 시제인데 주절이 현재 시제인 문장을 찾아보기 어렵지 않다.

한 문장 내에서도 더 간결하게 표현하라. 불필요하게 중복된 표현을 찾아 제거하는 데서 시작할 수 있다. 몇 개의 예를 들면 다음과 같다. '과반수 이상'은 '과반수'로, '자신이 갖고 있는 기존의 사고방식'은 '자신이 갖고 있던 사고방식'으로, '결론적으로 기존의 주장에는 문제가 많은 데 반해 본 연구에서 제안한 주장이 맞다고 결론지을 수 있다'에서는 '정리하자면, ~ 결론지을 수 있다'로 각각 중복 표현을 삭제할 수 있다.

명사 뒤에 붙은 '적'이나 '의', 복수를 나타내는 '들', '하는 것' 등은 가능하면 없애라.[6] 예를 들면, '사회적 문제'는 '사회 문제'로, '친구와의 솔직한 소통'은 '친구와 솔직하게 소통하기'로, '많은 관광객들이 거리의 위험들에 노출되어'는 '많은 관광객이 거리의 여러 위험에 노출되어'로, '글을 쓰는 것은 곧 생각을 정리하는 것이다'는 '글쓰기는 생각을 정리할 수 있게 한다'로 바꿀 수 있다.

이 밖에 조금만 다듬으면 좀 더 간결한 문장으로 바꿀 수 있는 불필요하게 긴 문장도 있다.

애매한 문제를 해결하기 위해서는 이에 대응할 수 있는 발산적 사고를 기르는 것이 중요하다.

⇒ 애매한 문제를 해결하기 위해 발산적 사고 능력을 기르는 것이 중요하다.

자기 고양 편향은 한국인에게 많이 나타나는 현상이고, 한국 사회에 중요한 시사점을 제공할 수 있기 때문에, 본 연구는 한국인의 편향 양상을 더 깊이 알아보고자 한다.

⇒ 자기 고양 편향은 한국인에게 두드러지는 만큼, 한국 사회를 이해하기 위한 방편으로 깊이 있게 탐구하고자 한다.

영어와 한글을 혼합해서 쓰는 경우도 간혹 눈에 띄는데 일단 한글로 표현하고 원어를 병기하는 방식으로 바꾸는 게 좋다.

압박과 관련하여, 압박과 수행 사이의 관계와 관련된 연구들이 많이 진행되고 있다. 주된 개념은 'choking under pressure'로 이는 좋은 성과의 중요성이 증가한 상황에서의 수행 감소를 의미한다.

⇒ 압박이 수행에 미치는 영향을 탐색한 연구가 활발하다. 그중 하나는 압박으로 인한 마비$^{choking\ under\ pressure}$로 좋은 성과를 내려는 압박으로 오히려 수행이 급격히 낮아지는 현상이다.

창의성과 피드백의 관계에 대한 연구도 진행되었는데, 직원이 그들의 창의적인 수행을 위한 전략으로 'feedback-seeking'을 어떻게 활용하는지에 대한 연구가 있다.

⇒ 창의적 수행을 위해 피드백 요청$^{feedback-seeking}$ 전략을 어떻게 활용하는지를 알아보는 연구가 수행되었다.

삭제와 추가의 기술

초고를 작성할 때는 일단 전체 흐름에 맞게 관련 내용을 많이 포함시키기 마련이다. 그러므로 퇴고할 때는 적절히 삭제하여 간결하면서도 논리적으로 연결되도록 해야 한다. 특정 부분을 빼더라도 독자가 글의 핵심 주장을 파악하는 데 지장이 없는지 여부를 판단하는 게 핵심이다. 지장이 없으면 아무리 마음에 드는 문장이라도 과감히 빼야 한다. 반드시 지켜야 하는 분량에 맞추어야 할 때는 물론이고, 다른 부분과의 연결이 자연스럽지 않은 부분도 삭제해야 한다.

글을 잘 쓰는 요령 중 하나는 덜어내고 났을 때 글이 더 좋아지는 부분을 잘 찾아내는 것이다. 물론 남은 문장들이 자연스럽게 연결되도록 하는 후속 조치는 적절히 이루어져야 한다.

추가해야 할 부분도 있다. 첫째로는 논리적 비약이 있는 부분을 찾아내서 보완하는 것이다. 둘째로는 예나 예시를 추가하는 것이다. 추상적인 내용을 다루는 글은 일반적으로 어려운데, 이런 글을 읽기 쉽게 하려면 구체적인 예를 들어주어야 한다. 적절한 예를 찾아내면 글도 좋아지지만 글쓴이의 생각도 명료하게 할 수 있다. 셋째로는, 논의가 긴 글은 중간중간에 그동안 논의된 내용을 짧게나마 정리해주는 것이 좋다. 이렇게 하면 읽는 사람이 다시 뒤적이며 확인하는 수고를 덜어줄 수 있다. 이런 노력은 관련된 논의가 차례로 제시될 때, 긴 첫 번째 논의에 이어 두 번째 논의가 이루어질 때에도 필요하다. 예를 들면, 둘째 대신 "~ 에 대한 두 번째 논의는 다음과 같다"는 식으로 논의의 맥락을 제시해주는 것이다.

'메타코멘터리metacommentary'를 적절히 추가하는 것도 중요하다. 메타코멘터리는 어려운 용어처럼 보이지만 사실 우리의 일상에서 많이 사용된다. 메타코멘터리란 자신의 말이나 글에 대한 추가 설명을 가리킨다. 그 방식은 여러 가지이다. 대표적으로 중간중간에 삽입되는 각주나 책 뒤에 붙이는 후주이다. 장이나 절 혹은 소제목들도 메타코멘터리로 볼 수 있고, 본문에서도 사용할 수 있다. 이렇게 여러 방식으로 추가 설명을 넣는 이유는 다음과 같다. 먼저 말이나 글의 의미를 명확하게 하기 위해서이다.

대표적인 표현으로는 "다른 식으로 표현하자면," "~ 라는 표현의 의미는 ~ 이다," "지금까지의 논의를 한마디로 요약하면 ~ 이다" 혹은 "필자의 주장을 오해하지 않기 바란다," "비록 많은 독자들이 필자의 주장에 동의하지 않을 수도 있지만, ~ 라는 주장을 펼칠 것이다" 등이 있다.

메타코멘터리는 전환을 위해 사용하기도 한다. "~ 에 대한 논의는 여기서 마치도록 하고, 다음 절에서는 이와 관련된 문제인 ~ 에 대해 살펴보도록 하자," "그래서?" 혹은 "그래서 뭐가 어떻다는 말인가?" 등으로 새로운 논의나 다음 단계의 논의를 이끌기도 한다.

메타코멘터리는 또한 대략적인 로드맵을 제공하기 위해 사용한다. 예를 들면, "이 글의 궁극적인 목표는 ~ 이다" 혹은 "1장에서는 연구 목적에 대해 소개하고, 2장에서는 연구 방법, 3장에서는 결과와 함께 시사점이 논의될 것이다"와 같이 글의 목표나 논의 전개에 대한 계획을 알려주는 것이다. 그 밖에 "예를 들면"이나 "~ 과 관련된 사례를 소개하자면," 등에서처럼 일반적인 주장에서 구체적인 사례를 들 때도 사용한다. 이처럼 메타코멘터리를 적절히 사용하면 오해가 발생하거나, 글의 변화를 놓치거나, 독자가 논의 과정에서 길을 잃는 사태를 최소화하면서 자신이 주장하는 바를 부각할 수 있다.

마지막으로 여담 혹은 논점을 벗어난 주변 이야기[digressions]를 추가할 수도 있다. 논점을 벗어난다고 해서 전혀 다른 이야기를 해도 된다는 뜻은 아니다. 논의와 직접적인 관련이 없지만 논의를 이해하는 데 도움을 줄 수 있는 내용을 추가하는 것이다. 너무 많으면 산만해질 수 있지만 여담은 논의를 이끌어가는 향신료처럼 사용될 수 있다.

첫 문장과 마지막 문장의 중요성

첫 문장은 무척 쓰기 어렵다. 나 역시 연구와 관련된 어느 글의 첫 문장에 사로잡혀, 다른 식으로는 글을 시작할 수 없을 것 같았던 경험이 있다. 그 문장보다 더 잘 쓸 수 없을 것 같았다. 어떤 이는 첫 문장이 써지지 않아 글쓰기를 미루면서, 첫 문장만 잘 쓰면 그다음부터는 죽 써내려갈 수 있을 것 같다고 말하기도 한다. 이런 어려움을 해결하는 간단한 방법은 첫 문장부터 시작하지 않는 것이다. 쓰고 싶은 내용을 먼저 쓰고 나서 맨 마지막에 첫 문장을 쓰는 것도 한 방법이다. 첫 문장이 마지막 문장과 관련되게 쓰는 것도 생각해볼 수 있다. 예를 들어, 스텔란 올슨의 책 《딥 러닝》은 "삶은 변화다 Life is change"라는 첫 문장으로 시작해서 "변화가 삶이다 Change is life"라는 마지막 문장으로 끝을 맺는다. 주제와 관련된 내용에 대해 생각해볼 것을 제안하거나, 재미있는 일화를 제시하거나, 질문으로 시작할 수도 있다.

첫 문장은 사람의 첫인상과 비슷한 면이 있다. 첫인상이 좋으면, 큰 실수를 하지 않는 한 관계를 유지하고 발전시키기 쉽다. 물론 첫인상은 관계의 초기에 영향을 미치고 장기적인 관계에서는 따뜻함이나 신뢰감 등이 더 중요해진다. 글로 치면 주장하는 핵심 내용이 중요하다. 그럼에도 불구하고 첫 문장에 공을 들여야 하는 이유는, 독자의 관심을 끌어 글을 계속 읽도록 하는 데 도움이 되기 때문이다. 결국 첫 문장 쓰기의 어려움을 해결하는 방법은 둘 중 하나다.

독자를 사로잡을 만큼 잘 쓰거나, 아니면 첫 문장에 연연하지 않을 정도로 글에 강력한 주장을 담는 것이다.

마지막 문장은 첫 문장 다음으로 중요하다. 잘 쓴 마지막 문장은 글의 전체 내용을 결론지으면서 여운을 남길 수 있기 때문이다. 마지막 문장이 책장을 다 넘기고 나서도 귓가에 맴돌게 할 수 있다면 그 글은 성공이다. 인간관계에서는 좋지 않을 수 있지만, 글에서는 마지막 문장의 뒤끝이 작렬해야 한다. 따라서 글을 이리저리 퇴고하고 나서 맨 마지막으로 고칠 부분을 꼽으라면 첫 문장과 마지막 문장이라 할 수 있다.

표현 점검을 위한 체크 리스트

글을 쓰다 보면 자신의 생각을 바탕으로 우선 논리적인 흐름이나 내용 전개에 치중하게 된다. 따라서 어느 정도 글의 구조와 내용이 갖추어지면 독자가 쉽게 읽을 수 있도록 표현을 다듬을 필요가 있다. 이를 위해 다음의 질문을 적절히 활용할 수 있다.

- 제목이 적절한가? ☐
- 첫 문장이 독자의 관심을 끌 수 있는 흡인력이 있나? ☐
- 문장이 너무 길지 않나? ☐

- 한 문장에 하나의 생각이 담겨 있나? ☐
- 모든 문장의 주어와 술어가 서로 호응하나? ☐
- 소리 내어 읽을 때 잘 읽히지 않는 부분이 있나? ☐
- 외국어 표현과 우리말 표현이 뒤섞인 문장이 있나? ☐
- 우리말로 다듬지 않은 외국어 번역 투의 문장이 있나? ☐
- 피동형 문장 대신 능동형 문장으로 표현하고자 했나? ☐
- 한 문장 내에 중복되는 표현이 있나? ☐
- 간결한 문장을 만들기 위해 삭제할 수 있는 수식어나 표현이 있나? ☐
- 문장과 문장 간 연결이 매끄러운가? ☐
- 접속사를 사용하지 않고 문장을 연결하고자 했나? ☐
- 인접한 문장들에 같은 표현이 반복되어 지루한 감을 주지 않나? ☐
- 대명사나 지시어가 모호하게 사용된 경우는 없나? ☐
- 그림이나 도표를 직질히 활용했니? ☐
- 그림이나 도표를 그 자체로 그리고 본문으로 이해할 수 있나? ☐
- 본문에서 메타코멘터리를 너무 많이 사용했나? ☐
- 각주나 미주를 가독성이 떨어지지 않을 정도로 사용했나? ☐
- 마지막 문장이 간결하면서도 여운을 남기는가? ☐

글쓰기
트레이닝 28

표현 점검과 수정에 관한 체크 리스트를 이용하여 자신이 쓴 글의 표현을 점검해보고 필요한 부분을 수정해보자.

퇴고의
실제

지금까지 문장 내 혹은 문장 간 연결을 중심으로, 글의 내용과 표현으로 나누어 글을 다듬는 방법에 대해 살펴보았다. 그렇지만 실제 글은 여러 개의 문단으로 이루어지고, 내용과 표현이 복잡하게 얽혀 있다. 여기서는 여러 문단으로 구성되어 주장을 펼치는 글을 어떻게 수정할 수 있는지를 살펴보고자 한다. 원래는 자신이 쓴 글을 고쳐야겠지만, 편의상 다른 학생들이 실제로 쓴 글들을 예시로 사용하고자 한다. 잘 쓰여서 학술지에 실렸거나 논문 경연 대회에서 수상한 글들이다. 하지만 이런 글이라도 조금만 더 다듬으면 독자에게 더 잘 읽힐 수 있다는 점을 보여주기 위해 이들을 선정했다.

글쓰기 트레이닝 29

다음 글들을 읽고 가독성을 높이기 위해 내용과 표현을 다듬어보자.
(305쪽 '부록 4'에서 퇴고한 글의 예를 볼 수 있다.)

[A]

"건축 공학"과 "건축학"의 가깝고도 먼 사이[7]
— 건축이란 학문에서, 왜 우리는 소통이 어려워졌나?

[건축 관련 전공 대학생을 대상으로 한] 설문 결과, 모두 다른 학과지만 놀랍게도 답들이 비슷하게 나왔다. 그 답을 요약하자면 "하나의 목적인 '건축'이 태동되고 오롯이 건축만을 위한 건축 생태계가 왜 설계로, 공학으로 실내건축으로 나뉘어야 되는가? 우리는 하나 아닌가?"라는 의구심을 표현하였고, "1학년·2학년 과정에서 통합된 건축의 본질을 알아가는 과정을 만들면 보다 나은 소통이 이루어 질 것"이라 답하였다. 현재의 교육과정에 대한 만족도는 5점(10점 만점)으로 취업과 실무에 연관성을 둔 교육에 만족을 표하고 있으나, 대부분 학생들 답변에서 건축 범위의 다양한 분야를 경험할 수 있는 기회가 적다는 의견이 공통적이었다. 그렇다면 우리가 지적하는 다양성의 교육은 어쩌다 놓치게 되었을까? 다양한 원인이 있을 것이다.

건축사 자격 취득 중심, 대학원의 기능저하, 건축학과와

퇴고: 구조와 문장을 다듬기

건축공학의 분리도 그 이유가 되겠으나, 건축학인증제도로 인한 교육 현장의 변화가 가장 큰 원인이라 보고, 건축학 인증제도의 문제 측면에서 우리 교육의 현실을 뒤돌아보았다. 2013년 기준, 73개 대학이 한국건축학교육인증원(KAAB, Korea Architectural Accrediting Board)으로부터 건축학 전문 프로그램 인증을 받았다. 초창기에 비해 인증에 참여한 대학 수가 많이 늘어나긴 했으나, 아직까지는 건축학교육인증제도가 정착되어 가는 과도기적인 상황으로 볼 수 있겠다.

그런데 제도 시행 9년이 흐르면서 문제점이 서서히 노출되고 있다. 가장 큰 영향을 받는 학생으로서 체감하는 가장 큰 문제는, 각 대학의 특성화된 건축교육이 사라져간다는 것이다. 그저 인증과 자격승을 목적으로 내학의 교육 내용이 단순화되고 동일한 방향성을 갖게 된다는 것, 학생들의 선택권이 줄어든다는 얘기다.

현재의 건축교육은 우리를 대기업, 설계사무소로 제한적인 직종에만 내몰고 있지는 않는가 생각해본다. 이를 탈피하기 위해서라도 무미건조하게 각 분야별 세분화가 아닌 통합과 융합을 통해 새로운 대학과정의 커리큘럼을 고려해 본다면 우리 이후의 세대들은 '학'들의 이질감을 조금 더 없앨 수 있지 않겠는가. (…)

대학 교육이 정책에 따라, 취업률에 따라 변화하니 사고思考하는 학생들이 사라지고 취업을 보고報告하는 학생들만이 남아 있을 뿐이다.

그렇다면 우리가 말하는 '답'은 무엇인가?

일단 건축학과 건축공학의 커리큘럼에 저학년(1, 2학년)의 공통된 과목(건축의 프로세스, 건축사, 설계, 구조의 이해)을 내실 있는 교과를 만들어 분절되지 않고 하나의 건축을 지향하는 방법을 제안해본다. 근래에 교과목 커리큘럼과 사회적 직종이 비슷한 학과들이 통합되는데 예를 들면 (…) 한국국제대학교의 실내건축학과와 산업디자인학과가 통합되어 2015년 신입생부터 '실내디자인학과'로 개설될 예정이다. 이러한 것을 비추어볼 때 '편 나누기식'이 아닌 본질이 무엇이고 우리가 나아갈 방향의 타당성을 직시하여 융합·통합하여 보다 나은 건축의 길을 제시할 수 있지 않을까 한다.

[B]
의사 등의 의료행위와 특허권 효력의 충돌문제에 대한 소고[8]

만약 특허권을 우선적으로 강조하여 의사가 생명이 위독한 환자를 치료하기 위한 적절한 기술을 사용하지 못하게 된다면, 즉 특허라는 재산권을 보호하는 데 치중한 나머지 환자의 생명권이 무분별하게 침해된다면, 우리사회는 어마어마한 윤리적·도덕적 혼란을 맞이하게 될 것이다. 이에 따라 각 국의 특허청은 '의료방법 발명'에 대해서는 특허대상적격을 부여하고 있지 않거나, 의사 등의 의료행위에 대해서는 특허권의 효력을 제한하는 방식으로 어느 정도의 규제 규정을 마련하고 있다.

최근 우리 대법원은 '투여용법·용량과 관련한 의약의 용도발명에도 특허를 부여한다고 판시하여, 의사의 의료행위에도 의약 용도발명의 특허권 효력이 미칠 수 있는 새로운 가능성이 나타났다. 즉 의사가 동일한 유효성분으로 구성된 물질을 이용하여 특허대상이 되는 투여용법·용량에 따라 환자에게 처방하거나 투입할 때, 이 의료행위는 특허법상 침해를 구성할 수 있는 것이다.

의료행위와 특허권 효력 사이에 충돌이 잦아질 가능성이 커진 이 상황 속에서, 이를 해결하기 위한 방안으로 의사의 의료행위에 대해 별도의 면책규정이 필요하다는 목소리가 제기되고 있다. 의료행위에 대한 특허권의 침해를 우려하여 의료행위가 제한된다면 환자의 생명권을 충분하게 보호해주지 못하는 모순적 상황이 발생하기 때문에, 의사의 의료행위에 대해 특허권의 효력을 제한하는 영역이 필요하다는 것이다.

다행히 현행 특허법제 안에서도 특허권 효력을 제한하여 의사 등의 의료행위를 어느 정도 보장하는 방법이 존재한다. 먼저 투여용법·용량에 특허성이 있는 의약용도 발명의 경우에는 '특허권 소진' 법리에 따라 의료인은 특허권자로부터 적법하게 해당 의약품을 구매하여 해당 의약품을 설명서에 기재된 투여용법·용량에 따라 환자에게 투여하면 된다. 이와 반면 의사가 해당 의약품을 구매하지 않고 의약품을 이루는 유효성분과 동일 혹은 유사한 성분을 통해 출원서상의 투여용법·용량에 따라 해당 용도발명을 무단으로 실시했을 경우에는 특허 침해를 구성하는 이상 그러한 의료행위에 특허권 효력이 미치게 하는 것이 타당하다.

본 논문은 의료행위와 특허권이 충돌하는 문제를 해결할 수 있는 방법으로 의사 등의 의료행위에 대한 면책규정을 신설해야 한다는 기존의 논의보다, 발명자에게 조금이라도 특허권이라는 독점권의 외연을 정확하게 제시하여 동기부여할 수 있도록 불특허 사유로서 의료방법발명에 대한 특허 부여를 제한하는 내용의 규정을 신설하는 것이 타당함을 제안했다.

의료방법발명 이외의 기타 물건발명에 대한 특허권의 효력이 의사 등의 의료행위에 미치는 경우에는 '특허권 소진' 법리에 의거하여 의사 등이 해당 물건 발명을 적법하게 구매하여 실시하는 방향으로 의사의 의료행위와 특허권자의 권리를 조정하는 것이 의사의 의료행위가 특허권에 의해 부당하게 제한되는 부작용을 방지하면서도 특허권자에게 발명에 대한 적절한 보상을 지급하는 합리적인 대안이 될 것이다.

[C]
공공기관의 순환보직제도에 대한 경제학적 연구[9]

오늘날 한국 공공기관 인사 배치 관행을 살펴보면 서로 다른 직무에 근로자들을 순환시켜 배치하는 '순환보직제도'가 다양한 형태로 관찰된다. 직관적으로 순환보직제도는 아담 스미스를 비롯해 많은 학자가 주창한 '분업화의 특화의 이득'을 얻지 못하는 비효율적인 인사배치제도로 보인다. 하지만 순환보직제도에는 여러 가지 장점이 있다. 지금까지 진행된 연구를 살펴보면 순환보직제도는 톱니바퀴효과(rachet effect)를 방지하고, 한 보직에 오래 근무함으로써 발행하는 근로자의 부패와 이질적인 업무 사이에서 발생하는 거래비용을 줄여주고, 고용주가 근로자에 대해 정보를 얻을 수 있게 해준다. 본 논문은 다른 조직과 구별되는 공공기관의 구조적 특성을 파악하고, 이러한 특성이 공공기관의 순환보직제도에 어떤 영향을 미치는지 살펴보려고 한다. 본 논문에서 주목한, 순환보직에 영향을 미치는 공공기관의 특징과 그 특징이 순환보직에 미치는 영향은 다음과 같다.

첫째 공공기관은 사기업에 비해 채용 단계에서 근로자의 직무적합도에 대한 정보가 부족하다는 점이다. 이러한 근로자에 대한 초기 정보의 부족은 공공기관이 순환보직제도를 통해 근로자의 직무적합도에 대한 정보를 얻게 만들 유인을 크게 한다.

둘째 공공기관의 근로자는 평균적으로 사기업 근로자에 비해 오래 근무하며 근속승진제도에 따라 안정적으로 승진한다는 점이다. 이러한 차이는 근로자들이 일반관리자가 되었을 때 사용될 '직무 간 인적 자본'의 필요성을 높여주고, 순환보직제도는 근로자들의 '직무 간 인적 자본'의 획득을 용이하게 해주기 때문에 공공기관은 순환보직제도를 채택할 유인을 갖는다.

마지막으로 주목할 점은 공공기관은 직무가 아니라 직급과 호봉 기준으로 근로자의 봉급을 지급한다는 것이다. 이런 경우 같은 직급 내에서 업무 강도가 높은 직무를 맡은 경우에도, 그에 대한 보상이 수고를 상쇄할 만큼 주어지기 힘들다. 따라서 근로자들의 참여 제약을 만족시키기 위해서는 근로자들의 전 기간 근무 강도를 평균적으로 동일하게 유지할 필요가 있고, 순환보직제도를 채택함으로써 업무의 강도를 평준화시키는 효과를 가져올 수 있다.

본 논문의 연구가 실증적 자료를 바탕으로 하는 검증을 거치고 후속 연구를 통해 더욱 확장된다면, 이는 공공기관의 효율적 인사 배치에 많은 시사점을 제공할 것이다.

CHAPTER 8

평가와

코멘트

평가도
글쓰기의
중요한
과정이다

우리는 일상에서 접하는 대상이나 사건을 끊임없이 평가한다. 주관적인 정서 상태, 다른 사람들의 시선, 상대방에 대한 신뢰 등에 대한 평가를 바탕으로 결정을 내린다. 정확하게 평가하는 사람은 관계를 유지하거나 발전시키는 데 유리하다. 상대방이나 상황을 제대로 파악하지 못하면 오해를 불러일으키거나 엉뚱한 행동을 할 수 있기 때문이다.

　사람들의 평가 능력은 개선의 여지가 많다. 그럼에도 평가를 더 잘하게 하는 체계적인 교육과 훈련이 이루어지지 않고 있는 것은 이해하기 어렵다. 이는 평가를 전문가들만이 할 수 있는 활동으로 여기기 때문이다. 글쓰기 영역도 예외가 아니다. 대학을 예로 들어보자. 학생들이 쓴 글에 대한 평가는 주로 교수가 한다. 만일 학생들에게 스스로 평가를 하게 하면 교수가 자신이 해야 할 일을 학생에게 떠넘긴다고 생각할 정도이다.

평가는 고차적 사고의 중요한 부분이자 학습 도구이기도 하다. 평가는 비판과 창의성을 활성화할 뿐만 아니라 우리 자신의 말과 행동, 그리고 성과를 되돌아보게 하는 활동이다. 반성, 성찰, 혹은 상위 인지 등 다양한 이름으로 불려왔지만 모두 평가로 통칭할 수 있다. 계획을 세우고 그 계획을 실행하면서 끊임없이 평가를 하며, 필요할 경우 실행 방식은 물론 계획을 변경시킨다. 미국의 문학 평론가이자 작가인 스탠리 피시Stanley Fish는 "문장 쓰기와 문장 이해 그리고 문장 평가는 모두 같다"라고 주장한다.[1] 그의 주장을 풀이해보면, 문장을 잘 쓰는 사람이 문장을 만들고 읽어볼 뿐 아니라 그 가치를 따져보기도 한다는 것이다. 글을 쓰면서 잘 썼는지 여부를 스스로 판단하지 못하면 잘 쓰기 어렵다. 마음에 들지 않아서 이리저리 고치다 보면 좋은 글이 나오는 것이다.

단어, 조사나 어미, 문장, 문단 구성, 그리고 글 전체에 대해 세심한 평가 없이는 좋은 글이 나올 수 없다. 다른 사람의 글을 읽을 때에도 평가가 개입된다. 주장이 독창적이면서 잘 읽히면 좋은 글인 것이다. 그렇지 않은 글을 읽을 경우 (글쓴이에게 도움을 주고 싶다면) 어떻게 해야 더 좋은 글이 되게 할 수 있는지 생각해보아야 한다. 그렇게 하다 보면 글을 평가하는 안목이 생기고 그 안목을 다시 자신의 글에 적용할 수 있게 된다.

그렇다면 어떻게 평가하는 능력을 훈련하고 향상할 수 있을까? 간단한 방법은 관심사가 같은 사람끼리 작은 집단을 만들어 정기적으로 만나면서 서로 글을 쓰도록 격려하고 돌아가며 평가해주는 것이다. 실제로 평가 훈련이 평가 능력과 글쓰기를 향상시킨다는 연구 결과를 찾아보기 어렵지 않다. 여기에 추가하여 적절한 피드백을 제공할 수 있으면 퇴고에 큰 도움을 줄 수 있다. 이번 장에서는 이와 관련된 내용들을 살펴보도록 하겠다.

왜 다른 사람의 글을 평가해야 하나?

평가는 쉽지 않다. 누구에게나 그렇다. 가르치는 사람에게 가장 힘든 일이 무엇인지 물어보라. 십중팔구는 평가, 그것도 긴 글을 꼼꼼히 읽은 후 의견을 내고 피드백을 제공하는 일일 것이다. 절대적인 시간이 많이 들고, 집중해야 하는 일이기 때문이다.

대학에서 이런 어려운 일을 피하는 손쉬운 방법은 논술 과제를 다른 것으로 대체하는 것이다. 그래서 우리나라 교육 현장에서는 논술 과제가 흔치 않다. 평가가 어려운 또 다른 이유는 그것이 끼치는 영향 때문이다. 모두에게 "참 잘했어요"라고 할 수 없고, 서열이나 당락을 결정하는 평가는 피평가자에게는 물론 평가자에게도 스트레스이다. 결국 누군가에게는 원망을 들을 수 있기 때문에 부담스럽다.

하지만 내가 쓴 글을 객관적으로 평가하기는 어려워도 다른 사람의 글에 대해서는 상대적으로 더 정확한 평가를 내릴 수 있다. 실제로 학생들의 평가는 자신이 쓴 글에 대해서보다 타인이 쓴 글에 대해 더 정확하다.[2] 따라서 각자가 자신이 쓴 글을 읽고 수정하는 것보다 다른 사람의 글을 읽고 서로 평가해주는 것이 모두에게 더 유익하다. 다른 동료의 글을 평가하다 보면 그들의 생각을 알 수 있고, 그들과의 비교를 통해서도 배울 수 있다. 내 수업을 통해 서로의 글을 평가한 학생들은 다른 사람의 생각을 알고 그 생각을 자신의 생각과 비교하는 경험이 좋았다고 말했다. 같은 주제로 글을 썼기 때문에 비교하기 쉬웠고 서로의 공통점과 차이점을 명확히 인식할 수 있었다는 것이다.

점점 중요해지는 자기 평가 능력

학생들이 평가를 해야 하는 또 다른 이유는 평가 능력을 향상시키기 위해서이다. 평가 능력은 자기 주도적 평생 학습자가 되기 위해서 꼭 필요한 역량이다. 업종에 따라 차이가 있기는 하지만 일을 하는 데 있어서도 사업 계획서나 보고서를 포함하여 자신이 만들어낸 결과물을 정확히 평가하지 못하면 그 분야에서 전문가가 되기는커녕 성장 자체가 어려워진다.

그동안 평가는 가르치는 사람의 전유물처럼 생각되어왔지만 더이상 그 생각에 머물러서는 안 된다. 학습은 물론 삶의 도처에서 정확한 평가가 중요하기 때문이다. 그래서 평가에 필요한 판단력을 향상시킬 수 있는 방안에 대한 연구가 활발하다.[3] 요컨대 독자적으로 일하려면 스스로에 대해 평가할 수 있어야 한다.

가장 좋은 훈련 방법은 직접 평가하게 하는 것이다. 다행히도 동료 간 평가 결과는 전문가의 채점 결과와 크게 다르지 않다는 연구 결과가 많다. 그럼에도 여전히 많은 교수와 학생은 동료 평가의 정확성을 염려한다. 이런 조심성은 동료 평가의 정확성을 향상시키기 위한 디딤돌이어야 하지, 동료 평가에 걸림돌이 되어서는 안 된다. 동료 간 평가의 정확성에는 개선의 여지가 있지만 학생들이 아니라 교사, 교수, 혹은 채점 전문가들로 하여금 평가를 하게 하더라도 이들 간에 차이는 존재한다. 실제로 논술 채점을 해본 사람들은 전문가들 간에도 채점 점수에서 차이가 크다는 것을 안다. 논술 채점은 그만큼 어려운 일이다.

동료 평가의 장점이 어느 정도 확인되었음에도 불구하고 실제 교육 현장에서 그 활용도는 낮다. 가장 큰 이유는, 학생은 물론 가르치는 사람도 이 방법에 대해 그리 호의적이지 않기 때문이다. 학생들은 이미 기존의 시험과 과제 수행에 익숙해진 데다, 여기에 추가적으로 부담이 많아질 수밖에 없기 때문에 동료 평가를 달가워하지 않는다.

국내에서는 이와 관련된 연구가 없어 미국의 경우를 살펴보면,

요즘 대학생들은 부모의 과도한 보살핌 속에서 많은 것을 누리면서도 예전보다 훨씬 더 불안해하는 세대로 인식되고 있다. 이들에게 동료 평가는 심지어 "(대학의) 고객으로서 대학생이 누릴 수 있는 특권"을 침해하는 활동으로 받아들여지기까지 한다.[4]

이런 상황은 우리나라의 학생들에게도 마찬가지일 것이다. 시험이나 과제만으로도 버거운데, 교사 또는 교수들이 당연히 해야 할 평가마저 그들 자신에게 떠넘겨지는 것으로 여길 수 있다. 그럼에도 불구하고 평가를 잘하기 위한 사고 훈련이 자신의 글을 더욱 발전시키는 데에 반드시 필요한 활동임은 백번 강조해도 지나치지 않은 듯하다.

글쓰기 트레이닝 30

학생들이 피평가자에 머무는 대신 평가자가 되어야 한다는 주장에 동의
하는가? 동의하지 않는다고 가정하고 이를 비판하는 글을 써보자.

다른 사람의 글을
평가하는 법

학문적 글에 대한 평가가 가장 엄격하게 이루어지는 곳은 학술지에서의 평가이다. 학술지에서의 평가 기준을 살펴보면 학문적 글을 평가할 때 무엇을 주로 고려하는지 알 수 있다. 다음은 철학, 심리학, 컴퓨터 공학, 교육학 등을 연구하는 연구자들이 펴내는《인지과학》이라는 학술지의 논문 심사 양식이다. 모든 학술지가 이 양식에 따르는 것은 아니고 학문 분야별로 차이를 보이지만, 그 내용은 다음의 기준에서 크게 벗어나지 않는다.

〔표 1〕《인지과학》에 투고된 논문의 심사 기준　　　　　　　(출처: 인지과학 홈페이지)

---

1. 국영문 제목이 내용과 부합되고 적당한가?

☐ 적당 ☐ 부적당

부적당한 경우 수정 지침 :

2. 국영문 초록은 적당한가?

☐ 적당 ☐ 부적당

수정 지침 :

3. 용어의 사용은 올바른가? (표준 영어, 번역어의 사용이 정확하고 균일성 여부)

☐ 올바름 ☐ 그름

수정 지침 :

4. 논문의 구성과 서술 방법이 적당한가?

☐ 적당 ☐ 부적당

수정 지침 :

5. 연구의 방법과 결과가 분명히 서술되었는가?

☐ 잘됨 ☐ 수정 필요

수정 지침 :

6. 과거의 연구와 비교가 되었는가?

☐ 잘됨 ☐ 수정 필요 ☐ 전혀 없음

수정 지침 :

7. 참고문헌의 인용이 적합한가?

☐ 과다 ☐ 적당 ☐ 부족

수정 지침 :

평가와 코멘트　　　　　　　　　　　　　　　　　　　**271**

언급된 아홉 개의 항목이 모두 중요하지만, 특히 8번이 중요하다. 독창성이 관련 선행 연구와 적절히 비교되면서(6, 7번) 논리적이고 (4번) 명확하게(3, 5번) 표현되었을 때 비로소 학술지에 실리는 것이다. 위와 같은 사항을 염두에 두고, 구체적으로 다른 사람의 글을 어떻게 평가해야 하는지 살펴보자.

주장의 독창성과 논리적 근거가 중요하다

평가의 기능 중 하나는 목표와 현 상태를 견주어보는 것이다. 평가를 통해 교육 활동 전체가 지향하는 목표 그리고 그 목표와 비교할 때 지금 어디쯤 와 있는지, 지금부터 어디로 가야 하는지에 대한 정보를 얻게 되는 것이다.

글에 대한 평가는 글로부터 받은 느낌이나 인상을 글 또는 수로 표현하는 동시에 그 근거를 제시하는 활동이다. 그 궁극적인 목적은 글쓴이가 글을 고치는 데 실질적으로 기여하는 것이다. 그러려면 그 분야에 대해 어느 정도 지식이 필요하다. 읽은 글이 너무 어렵거나 생소하여 이해하지 못하면 평가하기 어렵다. 배경 지식이 도움이 될 때가 많지만, 학문적 글을 평가할 때 필요한 지식은 관련 분야에 대한 주장과 그 근거의 타당성을 판단할 수 있는 정도면 충분하다.

배운 내용을 바탕으로 쓴 글을 서로 평가하는 것은 적절한 출발점으로 보인다. 먼저 글을 쓴 다음, 같은 주제에 대해 다른 사람들이 쓴 글을 평가하는 것이다. 이렇게 하면 평가하는 사람이 직접 같은 주제에 대한 글을 써보았기 때문에 필요한 배경 지식을 갖춘 상태에서 평가할 수 있고, 여러 개의 비슷한 글을 평가하기 때문에 비교가 용이하여 장단점을 구분하기 쉬워진다. 여기에 상대적으로 비슷한 지식수준을 가진 사람들끼리 평가하기 때문에, 지식의 양보다는 주장의 독창성과 주장을 뒷받침하는 논리적 근거에 대해 숙고하게 할 수 있다는 장점을 추가할 수 있다.

분야에 따라 다른 평가 기준

평가를 돕기 위해 채점자들은 통상 '루브릭^{Rubric}'(학습자가 과제를 수행할 때 나타내는 반응을 평가하는 기준의 집합) 혹은 공통의 채점 기준을 사용한다. 루브릭은 대개 평가 과제와 함께 주어지며, 크게 총체적 루브릭과 분석적 루브릭의 두 가지로 구분된다. 전자에서는 전반적인 평가를 하나의 척도상에서 나타내도록 하고 후자에서는 두 개에서 많게는 열 개 이상의 하위 척도를 사용한다. 총체적 평가는 채점 과정이 단순하고, 분석적 평가는 각 하위 척도마다 따로 채점을 해야 하기 때문에 상대적으로 시간이 더 걸린다. 다만, 총체적 평가에서 뭉뚱그려진 부분을 좀 더 세밀하게 나누어 채점하기 때문에 세부적인 장단점을 더 쉽게 파악할 수 있다는 장점이 있다.

간단한 총체적 루브릭의 예로는 낙제, 통과, 우수의 3단계 혹은 낙제, 미달, 통과, 우수의 4단계 등이 있다. '낙제(1)~우수(10)'처럼 양 끝 범위만을 지정한 다음 채점하게 할 수도 있다.

글쓰기 트레이닝 31

253~259쪽에서 읽은 세 편의 글을 낙제(1)에서 우수(10)의 척도를 이용하여 각각 평가해보자.

분석적 루브릭의 경우, 교과목의 특성에 따라 하위 척도가 달라질 수 있다. 실제로 동료 평가 시에 사용된 몇 개의 척도를 살펴보면 이를 바로 확인할 수 있다. 예를 들어, 미국대학교육협의회 Association of American Colleges & Universities: AACU에서 만든 'VALUE 루브릭'은, 다섯 개의 기준(제출하지 않았을 때 0점 포함)에 대해 각각 5점 척도를 사용한다.

〔표 2〕 미국대학교육협의회에서 만든 VALUE 루브릭의 채점 기준의 일부

	Capstone	Milestone2	Milestone1	Benchmark
	4	3	2	1
글쓰기 맥락과 목적	완전히 이해함	충분히 이해함	인식하고 있음	최소한으로 주목함
내용 전개	높은 숙달 수준을 드러냄	전체적으로 적절하게 전개	무난하게 아이디어 전개	단순 아이디어 전개
장르와 학문적 관행	특정 학문과 글쓰기 과제에 맞는 관행을 세밀하게 준수함	관행을 일관적으로 준수함	적절한 기대에 따름	일관성을 유지하려고 애씀
출처와 증거	양질의 신뢰도 높고 적절한 출처 사용	일관성 있게 신뢰성 있고 적절한 출처 사용	신뢰성 있고 적절한 출처를 사용하려는 시도가 있었음	아이디어를 지지하기 위해 출처 사용 시도
통사와 맞춤법	우아한 언어 사용	명확한 언어 사용	의미 전달이 가능	의미 전달이 방해되는 언어 구사

글쓰기 루브릭으로 흐름, 논리, 그리고 통찰의 세 하위 영역으로 나눈 연구자들도 있다. 이들은 각각에 대해 7점 척도를 제안했는데, 그중 흐름만 소개하면 다음과 같다.

〔표 3〕 7점 척도상에서의 '글의 흐름'에 대한 채점 기준[5]

7	뛰어남	모든 요점이 명확하고 매끄럽게 제시됨
6	아주 좋음	1개 외에 모든 요점이 명확하고 매끄럽게 제시됨

5	좋음	2~3개 외에 요점이 명료하고 매끄럽게 제시됨 몇몇 문제로 잘 읽히지 않았지만 무슨 말인지 이해 가능함
4	보통	2~3개 외에 요점이 명료하고 매끄럽게 제시됨 어떤 주장은 따라가거나 이해하기 어려움
3	나쁨	여러 요점을 찾기 어려웠고 논의를 따라가기 어려움
2	아주 나쁨	거의 모든 요점을 찾기 어렵거나 이상하게 제시되었음
1	최악임	핵심이 무엇인지 이해하기 불가능함

수학의 증명을 평가하게 할 경우 논리성, 명료성, 참신성이라는 세 가지 하위 척도를 가지며, 각각의 내용은 다음과 같다.

[표 4] 수학 증명 문제 채점 기준[6]

논리성	5점	논리적인 비약이나 오류가 없으며 증명이 완성되었다.
	3점	증명의 군데군데에 논리적인 비약 또는 논리적인 오류가 있다. 혹은 증명이 절반 정도밖에 완성되지 않았다.
	1점	논리적인 비약이나 오류가 심하다. 또는 증명이 거의 완성되지 않았다.
명료성	3점	증명의 구성이 깔끔하다. 수학적 표현이 매끄럽다.
	2점	증명에 필요없는 내용이 조금 들어 있다. 수학적 표현이 약간 매끄럽지 않다.
	1점	증명에 필요없는 내용이 많다. 수학적 표현이 매끄럽지 않다.

참신성	2점	참신하다.
	1점	그저 그렇다.

 역사학에서 논증 글을 평가할 때 고려되는 하위 척도로는, '구체화', '관점 인식', '맥락화' 그리고 '반박'이다.

 이처럼 몇몇 예를 소개하는 목적은, 학문 분야별로 그리고 요구되는 글의 특성에 따라 기준이 달라질 수밖에 없음을 보여주기 위해서이다. 기본적으로 제시되는 평가 척도가 있더라도 필요할 경우 평가할 사람들과 함께 논의하여 하위 척도는 물론 점수 체계를 결정하는 것도 필요하다. 하지만 하위 척도 못지않게 중요한 것은 평가의 일관성이다. 이상적으로는 누가 평가하더라도 같은 결과를 얻어야 한다. 그런데 실제로는, 심지어 전문가들 간에도 차이가 있다. 이런 차이를 줄이기 위해 차이가 나는 글에 대해 함께 토론하며 수렴시키려는 시도를 한다. 이런 시도는 동료 평가에서도 충분히 시도해볼 만한데, 앞에서 언급했던 채점 과정의 투명성을 확보하는 한 가지 방법이다. 문제는 이로 인한 시간이 많이 걸린다는 점인데, 평가자 간의 점수 차이가 그리 크지 않을 때에는 이런 합의 과정을 생략할 수 있다.

글쓰기 트레이닝 32

253~259쪽에서 읽은 세 편의 글을 〔표 2〕와 〔표 3〕에 소개된 채점 기준을 이용하여 각각 채점해보자. '글쓰기 트레이닝 31'(274쪽)에서의 결과와 순위가 바뀌는 경우는 없는지 확인해보자. 채점 결과를 동료들과 비교해보고 차이점에 대해 논의해보자.

동료 평가 훈련의 가이드라인

동료 평가를 할 때에는 평가자 간 점수 차이를 줄이기 위해 흔히 사후 조정보다 사전 훈련을 강조한다. 루브릭을 사용하면서 몇 편의 글을 채점하거나 글 속에서 채점에 필요한 정보를 추출해내는 기법을 훈련할 수 있다. 이와 병행하여, 다른 글에 대한 채점 사례를 참조할 수도 있다. 실제로 채점된 사례를 참조한 뒤에 평가하면 그렇지 않았을 때보다 전문가가 평가한 결과와 더 높은 상관을 보인다는 연구 결과[7]가 있다. 동료 평가 훈련을 실시한 실험 집단과 훈련을 하지 않은 통제 집단 간의 비교 분석을 통하여 실험 집단이 통제 집단보다 동료 평가 기술이 향상되고, 마지막 과제물에서도 더 우수한 점수를 받았다는 결과도 있다.[8] 요컨대 세심하게 훈련을 시키면 동료 평가의 정확성을 높일 수 있다는 증거는 충분하다.

  동료 평가 훈련은 가르치는 것보다 직접 해보고 의견을 나누는 방식으로 진행될 때 더 효과적이라는 연구도 있다. 정확성 향상 방안에 대한 글을 쓰고 동료 평가를 한 다음 서로의 평가에 대해 토론을 하면 그렇지 않을 때보다 글쓰기와 피드백의 질이 개선된다는 것이다.[9] 평가에 대한 토론은 또한 글쓰기에 대한 상위 인지적 자각 metacognitive awareness과 자기 효능감self-efficacy도 향상시킨다고 한다. 만일 평가가 한 번으로 끝나지 않고 여러 번 계속될 경우, 매번 평가를 얼마나 잘했는지 피드백을 제공하여 평가 능력을 향상시키는 방법도 있다. 이 피드백도 변화를 일으킬 수 있도록 하는 대화여야 한다. 따라서 지시하는 어투 대신 제안하는 어투를 사용하기 위해 노력할 필요가 있다.

지금까지 살펴본 동료 평가 훈련은, 평가 소양을 높이는 것이 우리 교육의 질을 높이는 한 방법일 수 있다는 인식과 병행될 때 그 효과가 극대화될 수 있다. 예술 작품을 감상하는 법을 배우듯, 다른 사람이 쓴 글의 가치를 알 수 있도록 하자는 것이다. 요컨대 학생의 평가 능력 향상을 우리 교육의 한 지향점으로 삼을 수 있다는 것이다.

더 좋은
글을 위한
피드백

다른 사람의 글을 평가하기가 어려운 이유는, 평가 기준의 일관성을 확보하기가 쉽지 않고 개선을 위한 피드백을 제공하기가 어렵기 때문이다. 실제로 대학에서도 학생들의 불만 가운데 첫 번째는 과제나 평가 결과에 대한 피드백이 충분히 주어지지 않는다는 것이다. 점수로 제시되는 평가 결과만으로는 글을 어떻게 수정해야 하는지에 대한 지침을 얻기 어렵다. 적어도 대학원생의 경우 자세한 수정 지침 대신 다시 쓰라는 지시만으로도 글의 질을 높일 수 있지만, 대학생들의 경우에는 구체적인 수정 지침이 더 효과적이다.[10]

그런데 구체적인 수정 지침을 제공하는 일은 시간도 많이 들고 매우 어렵다. 실제로 학생의 과제 글을 읽거나 논문 지도를 하다 보면, 도대체 어디부터 어떻게 고치라고 해야 할지 난감할 때가 적지 않다. 잘 쓴 글일수록 잘 읽히고 고칠 부분도 더 잘 포착되는 데 반해, 못 쓴 글일수록 어디를 어떻게 고치라고 지적하기 어렵다. 그 이유는 아마도 글의 구조와 문장 수준에서 동시에 문제가 있기 때문일 가능성이 높다. 이럴 경우 어렵더라도 먼저 '구조'에 초점을 두는 피드백을 제시해야 한다.

바람직한 피드백의 내용

피드백이 갖추어야 할 내용은 편의상 핵심적 부분과 지엽적 부분으로 나눌 수 있다. 핵심적 부분은 전체 구성의 짜임새, 주장의 명확성, 근거의 적절성과 강도 등에 대한 비판, 더 나아가 가능하다면 개선책을 제시하는 것이다. 지엽적 부분은 문장 수준에서의 표현 방식, 오탈자, 구두점과 인용법 등에 대한 피드백으로 가독성을 높이는 데 필요하다. 그러나 보이는 모든 문제를 다 지적하는 피드백은 주는 사람은 물론 받는 사람도 부담스럽다. 그보다는 핵심적인 부분(논리나 구성)을 2~3개 정도 지적하고 지엽적인 부분(구체적인 내용이나 표현)에 대해서는 1~2개 정도만 언급하는 정도로 충분하다.

보다 상세한 피드백을 제공하고자 할 경우에는, 7장 퇴고하기에 제시된 체크 리스트(232, 249쪽)를 활용하는 것이다. 각각 내용과 표현 측면으로 나뉜 질문에 대해 "아니오"라고 답했을 경우 수정 방향을 구체적인 대안과 함께 제시하는 것이다. 이때에도 모든 질문에 대해 일일이 수정 방향을 제시하기보다는 가장 중요해 보이는 몇 가지 사항에 국한하여 적절한 수를 유지하는 것이 좋다.

각 부분에 대해 체크할 목록은 다음과 같다.

전반적인 내용과 관련하여 체크할 사항

- 다루려는 현상이나 주제의 필요성 또는 중요성이 명확한가? ☐
- 주제와 관련된 명확한 주장이 담겨 있나? ☐
- 주장에 대한 근거를 적절히 제공하고 있나? ☐
- 적절한 선행 연구가 소개되었고 선행 연구와의 차별성이 분명한가? ☐
- 글 전체가 하나의 완성된 이야기처럼 짜임새가 있나? ☐
- 글의 짜임새를 향상시킬 여지가 있나? ☐
- 결론에서 주장의 의미나 이론적 혹은 실용적 시사점에 대해 충분히 논의했나? ☐

가독성을 높이기 위해 체크할 사항들

- 빼도 되는 단락이나 문장은 없나? ☐
- 보다 상세히 설명하거나 구체적인 예를 제시할 부분이 있나? ☐
- 용어와 개념의 명료성과 일관성, 그리고 문장 간 연결을 매끄럽게 할 여지가 있나? ☐
- 표현이 중복되거나, 대명사나 지시어가 모호하게 사용된 경우가

글쓴이에 대한 태도가 중요하다

피드백은 글쓰기의 목적인 소통의 연장이다. 그 궁극적인 목적은 글쓴이가 글을 수정하는 데 실질적으로 기여하는 것이다. 즉 피드백의 결과로 더 좋은 글이 되도록 해야 한다. 그렇게 하려면 글에 대한 피드백이 지나치게 추상적이어서 방향을 잡기 어려운 피드백이나 반대로 지나치게 구체적인 사항을 지적하는 피드백을 지양해야 한다. 그 대신 글쓴이가 더 나아질 수 있다는 기대를 가지고 한번 더 생각할 수 있도록 비교적 명확하고 가시적인 방향을 제시하는 게 좋다.

　이 일은 어렵기 때문에 지속적인 훈련이 필요하다. 그 훈련의 출발점은 글쓴이에 대한 기본적인 존중이다. 존중이란 자신을 소중히 여기는 만큼 다른 사람도 소중하게 여기는 마음가짐을 가리킨다. 모든 글에는 정도만 다를 뿐 모종의 태도가 담겨 있다. 피드백도 마찬가지이다. 기대에 부응하지 못하면 자신은 물론 타인을 존중하기 어렵다. 사실 이럴 때에는 존중 대신 무시하기가 십상이다. 이런 일이 벌어지는 이유는 우리가 자신은 물론 다른 사람을 대할 때 조건적으로 대하기 때문이다. 어떤 이들은 잘못했을 때에는 무시하는 게 당연하다고 생각할 수도 있다. 하지만 일에 대한 평가와 사람을 존중하는 것은 별개의 일이고, 그렇기에 어떤 상황에서도 사람들을 한결같이 존중하는 태도를 훈련할 필요가 있다.

존중과 함께 필요한 태도는 솔직함이다. "솔직함은 최선의 정책이다"라는 속담은 커뮤니케이션의 원칙을 간결하게 표현하고 있다. 솔직하지 않고는 진정한 소통도 없고 결국 관계가 발전할 수 없다. 여기서 솔직함이란 감정을 여과 없이 드러내는 것이 아니다. 그런 솔직함은 관계를 해친다. 기대에 미치지 못할 때 우리는 쉽게 상대방을 비난하기 때문이다.

상대방을 존중하는 가운데 자신의 느낌이나 생각을 솔직하게 드러내는 한 방법은, 상담이나 커뮤니케이션 훈련 상황에서 흔히 소개되는 '나-전달법$^{I\text{-message}}$'을 사용하는 것이다. "~ 부분을 왜 이렇게 구성했는지 모르겠다. ~ 해야 한다고 배우지 않았나?" 혹은 "무슨 주장을 펼치는지 알 수 없습니다" 대신 "~ 부분의 구성 방식을 이해하기 어렵습니다. 제 생각에는 ~ 방향으로 수정하는 것이 더 나을 것 같습니다"나 "제시된 주장을 제가 이해하지 못하겠네요. 혹시 ~ 주장을 하려는 것인가요?"와 같은 식으로 표현하는 것이다.

글쓴이로 하여금 대략적인 방향을 제시하는 데 있어 지시하는 태도 대신 제안 형식을 취하면, 그만큼 상대방이 피드백을 긍정적으로 받아들이고 결과적으로 글 개선으로 이어진다. 글에 대한 신랄한 비판이나 비꼬는 표현, 그야말로 형식적인 칭찬마저도 글 수정에는 아무런 도움이 되지 않는다. 이는 상대에 대한 존중이나 솔직함의 부족과 무관하지 않다.

지금까지 소개된 내용은 교사가 학생에게 줄 때는 물론 학생끼리 피드백을 줄 때에도 해당된다. 물론 학생의 피드백은 여러모로 개선의 여지가 많다. 동료 피드백을 해보지 않은 여고생 40명을 대상으로 한 연구[11]에 따르면, 글의 구조에 대한 언급은 많지 않은 대신 잘못된 표현을 지적하는 피드백이 많았다.

대학생의 피드백도 개선의 여지가 많다. 피드백에 대한 학생들의 반응을 분석해보면, 추상적이고 형식적이거나 과도한 요구를 하는 코멘트에 대해서는 부정적으로, 구체적이고 건설적인 코멘트에 대해서는 긍정적으로 평가한다. 예를 들면, "네 번째 문단에서 문장의 형태와 맺는 방식이 거의 유사하여 다소 어색한 느낌이 있었습니다. 문장에 변칙을 더해주셨더라면 더욱 깔끔했을 것 같습니다." "'사이버 공간에서 일정한 규칙을 가지고 개인을 특정할 수 없는 조건에서 토론을 진행하는 것'을 제안하셨는데, 구체적으로 '어떠한 규칙'을 만들어야 하는지에 대해 제대로 설명해야 한다고 생각합니다."와 같은 피드백이 도움이 되었다고 언급했다.

동료 피드백의 질을 높이기 위해 피드백 발문^{stem}을 활용하는 방안을 생각해볼 수 있다. 좋은 피드백에서 자주 관찰되는 몇 가지 표현을 제시하고, 이를 활용하여 피드백을 주도록 하자는 것이다. 예를 들어, "제시된 주장이 얼마나 독창적인가?" "글을 얼마나 잘 썼는가?"라는 평가 기준을 사용할 때, 다음과 같은 표현을 사용할 수 있다.

통찰 차원

- "제시한 아이디어는 ~ 인데, 관점/발상/해석/혹은 ~ 면에서 이전과 달라 독창적이라고 생각됩니다."
- "제시한 아이디어는 독창적이지만 ~ 면에서 실현 가능성이 낮아 보입니다. 실현 가능성을 높이기 위해 ~ 방안을 검토할 필요가 있다고 생각합니다."
- "~ 주장(혹은 아이디어)은 흥미롭지만 ~ 반론이 바로 제기될 수 있는데 이에 대한 논의가 추가되어야 할 것 같습니다."

글의 흐름 차원

- "~ 을 강조한 점은 아주 좋았는데, 이 부분과 관련된 논의가 좀 더 상세하면 좋을 것 같습니다."
- "~ 에 대해서는 잘 설명해주셨는데 ~ 에 대한 주장/설명/근거는 좀 더 강화되는 게 좋다고 생각합니다."
- "~ 주장에 대한 구체적인 사례나 증거를 제시하면 이해에 도움이 될 것 같습니다."
- "현재의 구성 대신 ~ 를 ~ 부분으로 옮기면 글의 흐름이 더 자연스러울 것 같습니다."

위의 발문은 원활한 의사소통을 위한 예시일 뿐이다. 건설적인 비판이 학문 발전의 촉매인 만큼, 피드백을 통한 의사소통이 성공할 수 있게 다양한 표현이나 방법을 사용할 필요가 있다. 어떤 표현이나 방법을 사용하든지 피드백을 주는 사람은 글쓴이에게 도움이 되기 위해 최선을 다하고, 피드백을 받는 사람은 자신의 글에 대한 솔직하고 건설적인 의견을 최대한 수용하여 더 나은 글로 화답하려고 해야 한다.

글쓰기 트레이닝 **33**

253~259쪽에서 읽은 세 편의 글이 더 좋은 글이 되도록 하기 위해 피드백을 제시해보자. 작성된 피드백을 읽어보고 피드백을 받은 사람이 더 기꺼이 수정할 수 있도록 작성한 피드백의 내용과 표현을 고쳐보자. 동료들과 피드백을 공유하면서 잘한 부분 또는 바꿀 부분에 대해 논의해보자.

쓰고, 고치고,
다시 쓰기 위하여

몇 가지 당부와 기대로 책을 마무리 짓고자 한다.

먼저 이 책은 글쓰기 입문서이다. 더욱 구체적인 내용을 알고 싶다면 참고문헌에 소개된 자료를 참고하기 바란다. 하지만 그런 자료를 읽는 데 너무 몰두하지 않았으면 한다. 그 대신 자신이 관심을 가진 분야에 대한 글을 쓰는 데 시간과 노력을 더 기울였으면 한다. 책을 통해 글쓰기를 간접적으로 배우는 것에는 한계가 있다. 직접 쓰고 고쳐봐야 글쓰기의 맛과 위력을 경험할 수 있기 때문이다.

첫 문장부터 완벽하게 쓰려는 욕심을 부리지 않기 바란다. 처음에는 대략적인 주장을 담는 것으로 충분하다. 어렵사리 마음에 드는 문장을 만들어냈지만 논의의 흐름상 빼야 할 경우가 비일비재하기 때문이다. 처음에는 큰 돌을 넣고 그다음에 조약돌, 마지막에 모래를 채워야 빈틈없이 항아리를 채울 수 있는 것처럼, 글의 전체 구조를 잡고 점차 세부 사항을 다듬어야 한다.

글로 표현된 자신의 생각을 다듬은 다음 다른 사람과 적극적으로 나누는 노력은 아무리 강조해도 지나치지 않을 정도로 중요하다. 그들은 내가 미처 보지 못한 빈틈을 쉽게 포착하여 더 채워야 하거나 빼야 할 부분에 대해 예리한 피드백을 제공해줄 수 있다. 다양한 피드백을 받을수록 글의 완성도를 높일 수 있다는 것을 명심하고 실제로 경험하기 바란다.

관심을 가진 분야에 기여할 수 있는 독창적인 글을 쓰기 바라지만, 그 과정에서의 소소하고 확실한 즐거움도 놓치지 않기 바란다. 마음에 드는 문장, 더 간결한데도 더 깊이 있는 생각이 담긴 문장, 처음 글을 쓰기 시작했을 때에는 생각지도 못했던 통찰이 담긴 문장을 쓰고 나면 기뻐하고 자축할 필요가 있다. 이런 문장도 글쓰기를 통한 탐구의 소중한 산물이기 때문이다.

좋은 문장을 축적하는 활동과 그 안에 담긴 아이디어들을 일관성 있게 연결하는 활동 간에 적절한 균형을 유지했으면 하는 바람도 있다. 이 둘을 꾸준히 하다 보면, 기존 연구가 간과한 부분을 찾아내는 행운을 경험할 수 있다. 더 이상 탐색할 문제가 없어 보이는 영역에서 새로운 영역, 일견 빈틈이 없어 보이는 다른 사람의 주장이나 이론에서 아킬레우스의 발뒤꿈치와 같은 약점을 찾아낼 수 있게 되는 것이다.

　지적 탐구 활동의 궁극적 목표는 우리 자신과 세상을 더 잘 이해
하는 동시에 이들을 더 낫게 변화시키는 것이다. 지적 기초 체력을
바탕으로 꾸준히 노력해야 가능한 일이다. 이 책이 지적 기초 체력
을 다지는 데 사용되어 많은 독자들이 각자의 분야에서 멋진 선수
가 되길 바란다. 선수가 경기장에서 자신의 기량을 맘껏 발휘하려
면 연습, 연습, 그리고 연습이 필요하다. 우리에게는 쓰고, 고치고,
다시 쓰는 연습이 필요하다.

　그러니, 지금부터 쓰자.

부록

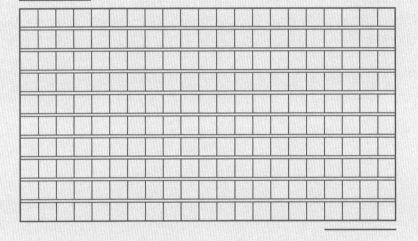

제시문 1

- 주장: 각자가 스스로 찾아낸 문제와 씨름하며 살아야 한다.
- 근거: ① 문제가 없는 삶은 권태나 허무에 빠지기 쉽다.
  ② 자신의 문제와 씨름할 때 자기 주도적인 삶의 즐거움을 경험할 수 있다.

제시문 2

- 주장: 노동자를 실패자로 대하는 우리 사회의 풍조는 열악한 노동 현실과 잘못된 역사 교육 때문이다.
- 근거: 우리의 역사 교육에서 다루는 구체적인 내용이 지배층에 치중하고 노동자의 기여를 등한시하고 있다.

제시문 3

- 주장: 아낙시만드로스는 최초의 과학자이다.
- 근거: ① 아낙시만드로스의 이론은 스승인 탈레스의 이론을 계승하면서도 다르다.
  ② 다른 스승과 제자들 간에는, 종교에서처럼, 무조건적 비판이나 무조건적 순종이 이루어졌다.

③ 현대 과학은 전통을 계승하면서도 비판을 중요시한다.

제시문 4

- 주장: 동료 평가를 이용하여 수업과 평가를 바꾸어야 한다.
- 근거: ① 동료 간 상호 작용은 여러 가지 긍정적인 교육 효과가 있다.

    ② 동료 평가가 정확하지 않다는 비판은, 여러 전문가의 평가도 일치하지 않는다는 사실을 고려하면, 그리 설득력이 없다.

제시문 5

- 주장: 창의적인 사람은 복잡하고 다양하다.
- 근거: 창의적인 사람들과의 인터뷰에서 그들이 그렇게 증언했다.

제시문 6

- 주장: 깊이 있는 학습은 물론 우수한 인재를 양성을 위해서는 평가의 질을 높여야 한다.
- 근거: ① 평가가 좋아야 학습이 잘 이루어진다는 증거가 많다.

    ② 한국 사회에서는 현재 단편적이고 피상적인 문항으로 평가가 이루어지고 있다.

제시문 7

- 주장: 건축학과 건축공학의 학문간 장벽을 낮추어야 한다.
- 근거: ① 같은 주제를 다루는데도 불구하고 학과 구분에 따라 배우는 내용이 다르다.
  ② 특성화된 건축 교육이 이루어지지 않는다.
  ③ 취업 선택의 폭이 좁다.

제시문 1에서는 각자가 스스로 찾아낸 문제와 씨름하며 살아야 한다는 주장의 근거로, 문제가 없는 삶은 권태와 허무에 빠지기 쉽다는 점과 자신의 문제와 씨름할 때 자기 주도적인 삶의 즐거움을 경험할 수 있다는 점을 제시한다.

⇒ 이 주장에 동의하지만, 스스로 찾아낸 문제의 범위를 확장할 필요가 있다. 지금 하고 있는 일과 무관한 새로운 문제를 찾아낼 수도 있지만, 지금 하는 일에서 새로운 의미를 찾는 것도 포함시킬 수 있다. 예를 들면, 이전과 같이 패스트푸드점에서 일하는 사람이 자신이 일하는 목적이 단지 자신의 생활비를 버는 일로 보는 대신 '손님에게 기쁨을 주는 일'로 재규정할 수 있다. 그 결과 일을 통한 만족감이 높아지고 일에 몰입할 수 있었다는 연구 결과도 있다. 따라서 스스로 찾아낸 문제에, 지금 하는 일의 의미를 재해석하여 찾은 문제도 포함시킬 필요가 있다.

제시문 2에서는 노동자를 실패자로 대하는 우리 사회의 풍조는 열악한 노동 현실과 잘못된 역사 교육에 있다는 주장을 펼치며 그 근거로 우리의 역사 교육이 지배와 살육을 중심으로 이루어지고 있다는 사례를 제시한다.

⇒ 지배층을 중심으로 한 역사 교육에 문제가 있다는 데에는 동
의하지만, 역사를 바르게 가르치더라도 그로 인해 노동하기 좋
은 나라가 될 것 같지는 않다. 노동하기 좋은 나라의 역사 교육
이 현재 우리의 역사 교육과 과연 크게 다를까라는 의문이 든
다. 따라서 노동자를 실패자로 대하는 우리 사회의 풍조가 일
부는 잘못된 역사 교육 때문이라는 주장에 수긍할 수 없다.

제시문 3에서는 아낙시만드로스가 스승의 이론을 계승하면서도
비판한 것은 현대의 과학 활동과 유사한 면에서 최초의 과학자라
고 주장하면서, 그 근거로 종교나 다른 사제 관계에서는 무조건적
비판이나 순종 둘 중 하나였음을 지적한다.

⇒ 스승을 계승하면서도 비판하여 과학적 태도를 보인 아낙시만
드로스의 업적은 칭송되어야 한다. 하지만 이 사례를 통해 비
판만을 미덕으로 보는 것을 경계할 필요가 있다. 그보다는 학
문의 발전을 위해 그 어떤 제약이 있어서는 안 된다는 의미로
받아들여지는 것으로 충분하다. 스승이 주장한 이론이나 추측
을 실증적으로 검증하는 활동을 통해 과학을 발전시킨 사례도
많기 때문이다. 다시 말해 비판을 부정적으로만 보는 대신 협
력을 포함하는 개념으로 해석될 필요가 있다는 것이다.

제시문 4에서는 동료 평가를 이용하여 수업과 평가를 바꾸어야 한다는 주장과, 동료 간 상호 작용의 긍정적 효과와 함께 동료 평가가 정확하지 않다는 비판은, 여러 전문가의 평가도 일치하지 않는다는 사실을 고려하면, 그리 설득력이 없다는 점을 그 근거로 제시한다.

⇒ 동료 평가 활용은 현 교육을 바꾸는 한 방법이 될 수 있다. 하지만 평가의 신뢰도는 물론 공정성 확보가 중요하기 때문에 이를 위한 다양한 방안이 마련될 필요가 있다. 예를 들면, 무작위로 일부 평가 결과를 공개하거나 아니면 평가를 받는 사람이 이의를 제기하면 전문가가 한 번 더 검토하게 하는 후속 조치를 고려할 수 있다.

제시문 5에서는 창의적 사람들의 특징이 복잡하고 다양하다는 주장을 실제 창의적인 사람들의 인터뷰 결과를 그 근거로 제시한다.

⇒ 칙센트미하이는 창의적인 사람을 인터뷰하고 이로부터 창의적인 사람은 종잡을 수 없다는 주장을 펼쳤다. 이 주장은 적어도 두 가지 문제가 있다. 하나는 적절한 비교 집단이 없었다는 문제이다. 우선, 만일 보통 사람들에 대해서도 충분히 많은 수의 사람들을 대상으로 인터뷰를 했다면 그들 가운데에서도 모순된 극단 혹은 파란만장한 삶을 산 사람이 있을 것이라는 것이다. 이와 관련된 또 다른 문제는 창의적인 사람일수록 유명세로 인해 다른 사람에 비해 더 다양하고 복잡한 삶을 살았을

수 있다는 것이다. 결국 적절한 비교가 이루어지지 않았고 원인과 결과가 뒤바뀔 수 있다는 점에서, 창의적인 사람을 종잡기 어려운 존재로 특징짓는 것은 받아들이기 어렵다고 논박할 수 있다.

제시문 6에서는 깊이 있는 학습은 물론 우수한 인재를 양성을 위해서는 평가의 질을 높여야 한다는 주장을 펼치는데 그 근거로 좋은 평가의 중요성을 강조하는 연구 결과와 현재 한국 사회에서의 평가는 단편적이고 피상적인 문항이 사용된다는 사실을 제시한다.

⇒ 평가가 학습과 선발에 큰 영향을 미치기 때문에 평가의 질을 높여야 한다는 주장에 동의할 뿐만 아니라 그 범위를 더욱 확장할 필요가 있다고 생각한다. 단지 교육 현장에서 끝낼 것이 아니라 조직에서의 선발이나 전문직 진출을 위한 관문에서도 고차적 사고를 요구하는 문항으로 평가가 이루어져야 한다. 인사혁신처의 웹사이트에서 찾아볼 수 있는 5급 행정 2차 심리학 과목은 거의 모든 문항이, "~ 에 대하여 설명하시오," "~ 서술하시오," "~ 기술하시오"로 끝난다. "~ 에 대해 비판하시오," "~ 에 대해 대안을 제시하시오," 혹은 "~ 주장을 평가하시오"와 같은 문항을 찾아볼 수가 없다. 전자의 문항들은 비록 논술이지만 고차적 사고가 요구되지 않으므로 암기를 잘하는 사람에게 유리하다. 법학전문대학원을 마치고 보는 변호사 시

험 내용도 고차적 사고와 거리가 멀다. 다음은 2018년 5월 4일 서울대 법학전문대학원에서 열린 '로스쿨 10년의 성과와 개선 방향' 간담회에서 현재 로스쿨 교육의 문제점을 지적하는 한 발언이다. "변호사 시험을 위해 판례 암기에 치중하느라, 세상을 보는 다양한 시각을 갖게 하지 못한다." 교육 자체는 물론 중요한 시험에서의 평가가 변하지 않으면, 한국 사회의 변화는 요원할 수밖에 없다.

제시문 7에서는 건축학과 건축공학이 연결점이 있음에도 불구하고 실제 교육 장면에서는 분리되고 있다는 점을 지적하면서, 분리 대신 통합을 지향하는 교육을 촉구하고 있다. 이런 주장의 근거로 설계 공학 그리고 실내 건축을 통합하는 건축의 본질을 이해하고자 하는 학생들의 욕구가 강하다는 설문 결과와 건축 내 세부 분과 학문 내에서의 차별성이 적다는 문제점을 제시하고 있다.

⇒ 역사적으로 학문의 발달은 세분화와 병행하여 이루어져왔다. 세분화를 통해 특정 영역의 전문가를 더 효과적으로 키워낼 수 있고 그 분야의 발전을 가속시킬 수 있었다. 하지만 이런 세 분화의 문제점에 대한 지적도 꾸준히 이루어졌고, 그런 노력 속에서 융합과 통섭이 대두되고 있다. 이런 맥락에서 통합을 위한 학생들의 요구는 진지하게 검토되어야 한다. 많은 내용을 가르쳐서 현장에서 바로 일할 수 있도록 하는 대신, 더 기본적이고 핵심적인 원리를 찾아내고 이를 활용할 수 있도록 해야

한다. 학문의 세분화는 특정 영역의 발전을 가속화하는 대신 다른 인접 학문과의 연계성을 놓치게 한다. 그 결과 같은 현상을 다양한 시각으로 바라보는 데서 오는 창의성을 저해할 수 있다. 따라서 관련 분야의 전문가들이 통합을 위해 노력할 필요가 있다.

이상 소개한 반응 사례는 글쓰기 연습을 예시라는 점을 다시 한번 강조하고자 한다. 해당 분야의 전문가들이 잘못된 점을 지적할 수 있을 것이다. 그렇지만 설사 틀린 부분이 있다 하더라도 이상의 여러 주장에 대해 각자의 생각을 제시하고 서로 논의를 하다 보면, 더 좋은 생각이 나올 가능성이 높아진다는 것만큼은 분명하다.

사라멜키가 제안한 서론 쓰기의 문장 표현 예시.

설정

"이 연구는 최근 그 중요성이 커지고 있는 ~ 에 대한 새로운 발견을 소개하고자 한다. ~ 에 대한 논의가 활발해졌음에도 이와 관련된 실증적 연구는 많지 않다."

직면

"본 연구에서는 ~ 에 대한 실험적 연구를 수행했다. 종래의 연구에서는 개념적 분석이나 상관 연구 그리고 사례 연구가 대부분이다. 하지만 이런 방법으로는 변인들 간의 인과관계를 밝힐 수 없다는 한계가 있다. 따라서 본 연구에서는 실험적 접근을 통해 이 한계를 극복하고자 한다."

해소

"본 연구에서 중점적으로 다룬 내용은 변인 A가 변인 B에 미치는 영향이다. 선행 연구를 통해 이 두 변인 간에 밀접한 연관이 있다는 것은 밝혀졌지만, 그 인과적 방향성에 대한 직접적인 검증이 이루어지지 않았다. 비록 ~ 의 연구에서 변인 A가 변인 B에 영향을 줄 가능성이 언급되기는 했지만 이는 결과를 바탕으로 한 추측이었다. 본 연구는 이 추측을 실제로 실험을 통해 검증하고자 했다."

마무리

"실험 결과 변인 A가 변인 B에 인과적인 영향을 미친다는 가설이 확인되었다. 이 결과는 그동안 사변적 수준에서 논의된 A와 B의 인과적 관계를 실험을 통해 밝힌 점에서 중요하다. 이 발견은 이 영역에 대한 실증적 탐구를 가속화하고, ~ 분야의 실용적 활용 가능성을 촉진할 것으로 예상된다."

[A]

건축 전공 관련 대학생을 대상으로 한 설문결과, 모두 다른 학과지만 놀랍게도 비슷한 반응이 관찰되었다. 그 반응을 요약하자면 "오롯이 건축을 위한 태동하고 발전해온 건축 생태계가 왜 설계로, 공학으로, 실내 건축으로 나뉘어야 되는가? 우리는 하나 아닌가?"라는 의구심과 함께, "1학년. 2학년 과정에서 통합된 건축의 본질을 알아가는 과정을 만들면 보다 나은 소통이 이루어질 것"이라는 나름대로의 해결책이었다. 현재의 교육 과정에 대한 만족도는 10점 만점에 5점이다. 취업과 실무에 연관성을 둔 교육에는 만족을 표했지만, 건축의 다양한 분야를 경험할 수 있는 기회가 적다는 의견이 많았다.

그렇다면 어쩌다가 다양성을 놓치게 되었을까? 건축사 자격 취득 중심, 대학원의 기능저하, 건축학과와 건축공학의 분리 등도 있지만, 가장 큰 이유는 건축학 인증제도로 인한 교육 현장의 변화이다. 2013년 기준, 73개 대학이 한국건축학교육인증원(KAAB, Korea Architectural Accrediting Board)으로부터 건축학 전문 프로그램 인증을 받았다. 초창기에 비해 인증에 참여한 대학 수가 많이 늘어나긴 했으나, 아직까지는 건축학교육인증제도가 정착되어 가는 과도기적인 상황이다. 그런데 이미 문제점이 드러났다. 이 제도로 인해 가장 큰 영향을 받는 것은 학생들인데, 학생들이 체감하는 심각한 문제점은, 각 대학의 특성화된 건축 교육이 사라지고 있다는 것이다. 인증과 자격증을 목적으로 대학의 교육 내용이 단순화되고 동일한 방향성을 갖게 되어, 결과적으로 학생들의 선택권이 줄어드는 것이다. 현재의 건축 교육은 우리를 대기업, 설계사무소와 같은 제한적인 직종으로 내모는 면이 없지 않다. 대학교육이 정책에 따라, 취업률에 따라 변화하다 보니, 사고思考하는 학생들이 사라지고 취업을 보고報告하는 학생들만 남게 되었다.

우리가 제시하는 해결책은, 일단 건축학과 건축공학 전공 모두에 공통된 과목(건축의 프로세스, 건축사, 설계, 구조의 이해)을 저학년(1, 2학년)에 배치하여, 두 전공 간에 공통 기반을 강화하자는 것이다. 근래에 교과 과정과 사회적 직종이 비슷한 학과들이 통합된 경우가 있다. 한국국제대학교인데, 실내건축학과와 산업디자인학과가 통합되어 2015년 신입생부터 '실내디자인학과'로 개설될 예정이다. 이 사례에서처럼, 더 나은 건축 교육을 위해서는 '편 나누기식' 대신, 건축의 본질과 건축이 나아갈 방향을 중심으로, 통합을 모색할 필요가 있다.

[B]

환자의 생명권을 최우선에 두는 의사 등의 의료 행위는 재산권을 보호하기 위한 특허 제도보다 윤리적·도덕적 측면을 고려하여 우선시되어왔다. 각 국의 특허청은 '의료방법 발명'에 대해서는 특허 대상적격을 부여하고 있지 않거나, 의사 등의 의료 행위에 대해서는 특허권의 효력을 제한하는 규정을 마련하고 있다.

그런데 최근 대법원에서 '투여 용법·용량과 관련한 의약의 용도발명'에도 특허를 부여한다고 판시하여, 의사의 의료 행위에도 의약용도 발명의 특허권이 적용될 수 있게 되었다. 즉 의사가 동일한 유효성분으로 구성된 물질을 이용하여 특허 대상이 되는 투여 용법·용량에 따라 환자에게 처방하거나 투입하면, 이 의료 행위는 특허 침해로 간주될 수 있다는 것이다.

의료 행위와 특허권 효력이 충돌할 가능성이 커지면서, 이 충돌을 예방하기 위해 의료 행위에 대해 별도의 면책 규정이 필요하다는 목소리가 높아지고 있다. 다행히 현행 특허법 안에서도 특허권 효력을 제한하여 의사 등의 의료 행위를 어느 정도 보장할 수 있다. 먼저 투여 용법·용량에 특허성이 있는 의약용도 발명의 경우에는, '특허권 소진' 법리에 따라 의료인이 특허권자로부터 적법하게 해당 의약품을 구매하고 설명서에 기재된 투여 용법 용량에 따라 환자에게 투여하면 된다. 그렇지만 의사가 해당 의약품을 구매하지 않고 의약품을 이루는 유효 성분과 동일한 혹은 유사한 성분을 통해 출원서상의 투여 용법 용량에 따라 해당 용도 발명을 무단으로 실시했을 경우에는 특허 침해가 인정된다.

본 논문은 의료 행위와 특허권이 충돌하는 문제를 해결하기 위해, 의사 등의 의료 행위에 대한 면책 규정을 신설해야 한다는 기존의 논의 대신, 의료 방법 발명에 대한 특허 부여를 제한하는 내용을 명확히 하는 규정을 신설할 것을 제안했다. 이렇게 하면, 의료 방법 발명 이외의 기타 물건 발명은 특허권을 인정받을 수 있어, 의사의 의료 행위와 특허권자의 재산권을 모두 확보할 수 있게 된다.

[C]

오늘날 한국 공공 기관 인사 배치 현황을 분석해보면, 서로 다른 직무에 근로자들을 순환시키는 '순환보직제도'를 확인할 수 있다. 순환보직제도는 애덤 스미스를 비롯해 많은 학자가 주창한 '분업화의 특화의 이득'을 얻지 못한다는 점에서 비효율적인 인사 배치 제도로 보일 수 있다. 하지만 이 제도에는 여러 가지 장점이 있다. 선행 연구를 통해 확인된 장점으로는, 톱니바퀴 효과$^{rachet\ effect}$를 방지하고, 한 보직에 오래 근무함으로써 발행하는 근로자의 부패와 이질적인 업무 사이에서 발생하는 거래 비용을 줄여주고, 고용주가 근로자에 대해 정보를 얻을 수 있게 해준다는 것이다. 본 논문에서는 다른 조직과 구별되는 공공 기관의 구조적 특성을 파악하고, 이러한 특성이 공공 기관의 순환보직제도에 어떤 영향을 미치는지 살펴보았다. 이를 통해 발견된 내용은 다음과 같다.

첫째, 공공 기관은 사기업에 비해 채용 단계에서 근로자의 직무 적합도에 대한 정보가 부족하기 때문에, 순환보직제도를 통해 직무 적합도에 대한 정보를 얻을 수 있다는 점에서 유용하다.

둘째, 공공 기관의 근로자는 평균적으로 사기업 근로자에 비해 오래 근무하며 근속승진제도에 따라 안정적으로 승진한다. 따라서 순환보직제도를 통해 근로자들의 '직무 간 인적 자본'을 쉽게 획득하게 하여 일반관리자가 되었을 때 그 인적 자본을 사용할 수 있게 한다는 장점이 있다.

마지막으로, 공공 기관에서는 직무가 아니라 직급과 호봉을 기준으로 근로자의 봉급을 지급하기 때문에, 같은 직급 내에서 업무 강도가 높은 직무를 맡을 때 그에 준하여 별도로 보상하기 어렵다. 따라서 근로자의 전 기간 근무 강도를 평균적으로 동일하게 유지해야 하는데, 순환보직제도가 그런 기능을 하도록 한다.

이상의 논의가 후속 연구를 통해 실증적 자료로 뒷받침되면, 공공 기관의 인사 배치에서 순환보직제도를 유지하거나 확장할 근거를 제공할 수 있다.

문서 포맷, 표와 그림, 참고문헌 정리하는 법

학술지 원고는 대개 미국 심리학회지^{APA} 포맷, 시카고 포맷, 현대 어문학협회^{MLE} 포맷 등을 사용할 것을 권장한다. 그런데 문서 양식을 이들 매뉴얼에 맞추는 일은 생각보다 어렵다. 다행히도 최근 대부분의 전문 학술지에서는 제출할 원고의 양식을 홈페이지에 올려놓기 때문에 이를 활용할 수 있다. 학술지 원고가 아닌 경우에도 이들 양식을 활용하여 제출할 수 있다. 양식에 대한 규정이 엄격하지 않을 경우에는 표와 그림, 참고문헌을 제대로 붙이는 것으로 충분하다. APA 출판 양식에 따른 그림과 표의 예시 양식은 다음과 같다.

그림 또는 그래프

〔그림 1〕 해당 그림에 대한 설명은 하단에 위치.

〔표 1〕 해당 표에 대한 설명은 상단에 위치.

	표

출처: 표에 대한 출처는 아래에 표기한다.

참고문헌의 경우 본문에서 언급하고 이를 문서 뒤에 목록으로 만드는데 그 방법은 크게 두 가지이다. 하나는 본문에서 언급한 다음, 한글 자료, 그리고 영어나 다른 외국어 자료를 오름차순으로 배열하는 것이다. 다음은 본문과 그에 따른 참고문헌 배열의 사례이다.

본문 내용

김하나(1956)의 연구에서는, 배두나(1955)의 주장을 비판하고 그 대안을 제시하였다. 김하나의 주장은 최근 다른 연구자의 연구자들에 그 타당성이 확인되었다 (예, 오세나, 2010; 박주용, 2019; Fish, 2011; Kaplan, 2011).

참고문헌

- 김하나(1956). 대학 수업에서 누적 동료평가 점
  수를 활용한 성적 산출 방법의 타당성. 인지과학,
  27(2), 221-245.
- 박주용(2019). 생각중심교육. 서울: 집문당.
- 배두나(1955). 대학 글쓰기 교육의 개선 방향과 방
  법에 관한 시론. 교양교육연구, 3(1), 105-118.
- 오세나(2010). 채점예시답안이 동료평가의 정확성
  에 미치는 영향. 서울대학교 석사학위논문.
- Fish S.(2011). *How to writie a stentence: And
  how to read one.* HarperCollins.
- Kaplan, J.(2011). Cognition and Instruction:
  Their Historic Meeting Within Educational
  Psychology. *Journal of Educational Psychology, 84*(4),
  405-412.

본문과 참고문헌을 번호를 이용하여 참조하도록 하는 방법도 널
리 쓰인다. 이런 방식으로 참고문헌이 인용되고 정리된 사례는 다
음과 같다.

본문 내용

김하나(1956)[1]의 연구에서는, 배두나(1955)[2]의

주장을 비판하고 그 대안을 제시했다. 김 하나의 주장은 최근 다른 연구자의 연구자들에 그 타당성이 확인되었다(예, [3, 4, 5, 6]).

참고문헌

[1] 김하나(1956). 대학 수업에서 누적 동료평가 점수를 활용한 성적 산출 방법의 타당성. 인지과학, 27(2), 221-245.

[2] 배두나(1955). 대학 글쓰기 교육의 개선 방향과 방법에 관한 시론. 교양교육연구, 3(1), 105-118.

[3] 오세나(2010). 채점예시답안이 동료평가의 정확성에 미치는 영향. 서울대학교 석사학위논문.

[4] 박주용(2019). 생각중심교육. 서울: 집문당.

[5] Fish S.(2011). *How to writie a stentence: And how to read one.* HarperCollins.

[6] Kaplan, J.(2011). Cognition and Instruction: Their Historic Meeting Within Educational Psychology. *Journal of Educational Psychology,* 84(4), 405-412.

이 책에 '제시문'으로 수록된 글들의 출처는 아래와 같다.
인용을 허락해준 저자와 출판사에게 특별히 감사드린다.

〔제시문 1〕 084쪽: 박주용(2016). **문제 해결**. 학지사.

〔제시문 2〕 093쪽: 박노자(2006). **당신들의 대한민국 2**. 한겨레출판.

〔제시문 3〕 095쪽: 카를로 로벨리(2017). **첫 번째 과학자, 아낙시만드로스**. 이희정 역. 푸른지식.

〔제시문 4〕 097쪽: 박주용(2019). **생각 중심 교육**. 집문당.

〔제시문 5〕 129쪽: 스콧 배리 카우프만, 캐롤린 그레고어(2017). **창의성을 타고나다**. 정미현 역. 클레마지크.

〔제시문 6〕 130쪽: 박주용(2019). **생각 중심 교육**. 집문당.

〔제시문 7〕 133쪽: 김화수, 박슬기(2014), "건축공학"과 "건축학"의 가깝고도 먼 사이. **건축, 58**(12).

〔제시문 8〕 184쪽: 다니엘 코엔(2019). **출구 없는 사회**. 박나리 역. 글항아리.

〔제시문 9〕 186쪽: 박종훈(2016). 기술진보와 노동의 미래. 강호인, 박순애, 엄석진(편)(2016). **노동의 미래**. 문우사.

〔제시문 10〕 188쪽: 케이시 웍스(2016). **우리는 왜 이렇게 오래, 열심히 일하는가?**. 제현주 역. 동녘.

Chapter 1. 왜 우리는 글을 쓰는가?

1. 갈릴레오 갈릴레이(2016). 대화. 이무현 역. 서울: 사이언스북스.

2. Songeui Kim, Ji Won Yang, Jaeseo Lim, Jungjoon Ihm & Jooyong Park (in preparation). *The Impact of Writing on Academic Performance.* Manuscript in preparation. Department of Psychology, Seoul National University.

3. John C. Bean(2011). *Engaging Ideas: The Professor's Guide to Integrating Writing, Critical Thinking, and Active Learning in the Classroom.* John Wiley & Sons.

4. 생산성 본부(2014). 스마트 엔터프라이즈와 조직 창의성 보고서.

5. Norman R. Augustine(2013). One cannot live by equations alone: Education for life and work in the twenty-first century. *Liberal education*, 99(2).

6. David Palfreyman(eds.)(2008). *The oxford tutorial.* Oxford University Press. 옥스퍼드 튜토리얼. 노윤기 역. 서울: 바다출판사.

7. 최정윤 등(2016). 대학의 교수 · 학습 질 제고 전략 탐색 연구(IV). 서울: 한국교육개발원.

8. *NSSE 2016 Annual Report.* 〈https://nsse.indiana.edu/NSSE_2016_Results/pdf/NSSE_2016_Annual_Results.pdf〉

9. 원만희(2009). 대학 글쓰기 교육의 개선 방향과 방법에 관한 시론. 교양교육연구, 3(1): 105-118.

10. 서경호, 권오남, 박주용, 이경우 & 한숭희(2015). 서울대학교 수업의 질 개선방안 연구. 서울대학교 대학평의원회.

11. 마틴 메이어, 레네 메이어 하일(2015). 최고의 교육은 어떻게 만들어지는가?. 김효정 역. 서울: 북하우스.

12. '잡코리아'에서 기업 인사 담당자 726명을 대상으로 한 설문 조사 결과

(2005.7.5.).

13. College Board(2004). *Writing: A ticket to work...or a ticket out.* Retrieved from <http://www.collegeboard.com/prod_downloads/writingcom/writing-ticket-to-work.pdf>

14. Anders Ericsson, Robert Pool(2016). *Peak: Secrets from the new science of expertise.* Houghton Mifflin Harcourt.

15. Robert Boice(2000). *Advice for New Faculty Members: Nihil Nimus.* Allyn and Bacon. 144.

16. Hugo Mercier, Dan Sperber(2011). Why do humans reason? Arguments for an argumentative theory. *Behavioral and Brain Sciences*, 34, 57 – 111.

17. Deanna Kuhn, Laura Hemberger, Valerie Khait(2016). *Argue with Me: Argument as a Path to Developing Students' Thinking and Writing.* Wessex Press.

Chapter 2. 논리적 글쓰기를 위한 첫걸음

1. Gerald Graff, Cathy Birkenstein(2014). *They Say / I Say: The Moves That Matter in Academic Writing* (Third edition). W. W. Norton & Company.

2. 백종국(2016). 수입학문의 토착화 딜레마와 해결방안. 한국정치학회보, 50(1), 5-21.

3. 한수영(2016). 은유로서의 DNA: 유전자 담론에 대한 인문학적 성찰. 인문연구, 76, 297-320.

4. 정답을 보장하지는 않지만 정보를 효율적으로 처리할 수 있게 해주는 정보 처리 방식을 가리킨다. 예를 들면, 도시 이름이 친숙하게 들릴수록 그 도시에 사는 인구가 많다고 판단하는 것이다.

5. Rosalind Driver, Paul Edward Newton & Jonathan Osborne(2000). Establishing the Norms of Scientific Argumentation in Classrooms. *Science Education*, 84, 287-312.

6. 〈http://integrity.mit.edu〉; 〈https://honor.fas.harvard.edu/honor-code〉 〈http://www.northwestern.edu/provost/policies/academic-integrity/

index.html〉

7. 〈www.academicintegrity.org〉

8. 〈https://journalinsights.elsevier.com/journals/0142-9612/acceptance_rate〉

9. Paul Silvia(2014). *Write It Up: Practical Strategies for Writing and Publishing Journal Articles.* American Psychological Association.

10. Robert J. Sternberg, Karin Sternberg(2016). *The Psychologist's Companion: A Guide to Writing Scientific Papers for Students and Researchers*(5th Edition). Cambridge University Press.

11. 이준호, 현익주, 박주용(2015). 학술논문의 기여 유형에 따른 분류: 한·미 실험 심리학회지의 비교. 한국심리학회지: 인지 및 생물, 27(4), 659-677.

12. Helen Sword(2012). *Stylish Academic Writing*, Harvard University Press.

Chapter 3. 자료 수집부터 요약, 정리까지

1. Jeanne D. Day(1986) Teaching Summarization Skills: Influences of Student Ability Level and Strategy Difficulty, *Cognition and Instruction*, 3(3), 193-210.

2. 유혜령, 정희모(2012); 정희모·유혜령(2012); 김혜정·안태형·임지아(2016) 등이 있는데 이 책에서는 김혜정 등(2016)의 분류에 따르기로 한다.

3. 이재성(2009). 문장 능숙도에 따른 대학생 글의 문장 특성 연구. 작문연구, 9, 9-38.

Chapter 4. 느낌에만 머물지 말고 글로 반응하라

1. Joseph M. Williams, Gregory G. Colomb(2007). *The craft of argument.* Longman. 조셉 윌리엄스, 그레고리 콜럼. 논증의 탄생, 윤영삼 역. 서울: 홍문관.

2. Douglas Walton, Chris Reed & Fabrizio Macagno(2008). *Argumentation schemes. Fundamentals of critical argumentation.* Cambridge University Press.

3. Andrei Cimpian & Salomon, E. (2014). The inherence heuristic: An intuitive means of making sense of the world, and a potential precursor to psychological

essentialism. *Behavioral and Brain Sciences,* 37(5), 461–480.

4. 백종국(2016). 수입학문의 토착화 딜레마와 해결방안. 한국정치학회보, 50(1).

5. 데즈먼드 모리스(2011). 털 없는 원숭이. 김석희 역. 서울: 문예춘추사.

6. 더 참고할 만한 책으로는 김광수(2008); 손병홍(2018)이 있다.

7. M&S의 주장은 진화적 출처를 제외하면 고대 그리스 궤변론자들의 주장과 유사한 면이 있다. 실제로 뒤에서 보게 될 반론들에서 소크라테스나 플라톤에 대응되는 관점을 찾아볼 수 있다.

Chapter 5. 여러 주장으로부터 독창적 주장 만들기

1. 지면 관계상 ②, ③ 반응 글의 대상이 된 원문은 싣지 않았다. ②의 원 글은 박주용, 〈수업 시간에 강의를 대폭 줄이기〉, 《서울신문》 2018.12.12. 〈https://bit.ly/2TttMAK〉. ③의 원 글은 박윤배, 〈IB 도입해 '평가' 바꿔야 교육혁신 성공한다〉, 《에듀인뉴스》 2019.4.15. 〈https://bit.ly/38a4R9d〉를 각각 참고하라.

2. Judith C. Hochman, Natalie Wexler(2017)로부터 얻은 아이디어이다.

3. 이언 스튜어트(2013). 위대한 수학 문제들. 안재권 역. 서울: 반니.

4. Dedre Gentner, Virginia Gunn(2001). Structural alignment facilitates the noticing of differences. *Memory and Cognition,* 29(4), 565–577.

5. Lise Wallach, Michael A. Wallach(2012). *Seven Views of Mind.* Psychology Press.

6. 이렇게 나누는 것에 논란의 여지가 있지만 일단 예시를 위해 이렇게 구분했다.

7. 고민조, 박주용 (2014). 베이지안 망을 이용한 법적 논증 분석, 서울대학교 법학, 55(1), 573-615.

Chapter 6. 완성도 높은 초고 쓰기

1. Gerald Graff, Cathy Birkenstein(2014). *They Say / I Say: The Moves That Matter in Academic Writing* (Third edition). W. W. Norton & Company.

2. Scott A. Mogull(2017). *Scientific And Medical Communication: A Guide For Effective Practice.* Routledge.

3. Bryan Lawson(1990). *How designers think*. Butterworth Architecture.

4. Anke Wischgoll(2016). Combined Training of One Cognitive and One Metacognitive Strategy Improves Academic Writing Skills. *Frontiers in Psychology*.

5. Mark Torrance, Glyn V. Thomas & Elizabeth J. Robinson(2000). Individual differences in undergraduate essay-writing strategies: A longitudinal study. *Higher Education*, 39, 181–200.

Chapter 7. 퇴고: 구조와 문장을 다듬기

1. Megan A. Smith, Jeffrey D. Karpicke(2014). Retrieval practice with short-answer, multiple-choice, and hybrid tests. *Memory*, 22(7), 784-802.

2. William James(1920). *The letters of William James*. Boston, MD: Atlantic Monthly Press.

3. 윌리엄 진서(2006). 글쓰기 생각쓰기. 이한중 역. 돌베개. 323.

4. Ronald T. Kellogg(2008). Training writing skills: A cognitive development perspective. *Journal of Writing Research*, 1(1), 1-26.

5. Stanley Fish(2011). *How to Write a Sentence: And How to Read One*. HarperCollins. 스탠리 피시. 문장의 일. 오수원 역. 파주: 윌북.

6. 추가로 고려할 부분에 대해서는 김정선(2016), 박찬영(2015)을 참고하라.

7. 김화수, 박슬기(2014), "건축공학"과 "건축학"의 가깝고도 먼 사이. 건축, 58(12), 70-72.

8. 한재성(2017). 지식재산 우수논문 공모전 수상작.

9. 오상록, 김수열(2011). 제2회 kipf 대학생 논문공모전 수상작.

Chapter 8. 평가와 코멘트

1. Stanley Fish(2011). *How to Write a Sentence*. Harper.

2. Linda Flower, John R. Hayes, Linda Carey, Karen Schriver & James Stratman(1986). Detection, Diagnosis, and the Strategies of Revision. *College

Composition and Communication, 37(1), 16 – 55.

3. Rola Ajjawi, David Boud, Phillip Dawson & Joanna Hong-Meng Tai(2018). Conceptualising evaluative judgement for sustainable assessment in higher education. *Developing evaluative judgement in higher education*: *Assessment for knowing and producing quality work*(pp. 7 – 17). Routledge.

4. Jill A. Singleton-Jackson, Dennis L. Jackson & Jeff Reinhardt(2010). Students as consumers of knowledge: Are they buying what we're selling? Innovation in *Higher Education*, 35(5), 343-358.

5. Kwangsu Cho, Christian D. Schunn, Roy Woodrow Wilson(2006). Validity and Reliability of Scaffolded Peer Assessment of Writing From Instructor and Student Perspectives. *Journal of Educational Psychology*, 98(4), 891-901.

6. 오예린, 권오남, 박주용(2018). 증명 동료평가의 신뢰도 및 타당도 분석: 대학 정수론 수업의 사례를 중심으로. 한국수학교육학회지 시리즈 A, 57(3), 215-229.

7. 이현정(2017). 채점예시답안이 동료평가의 정확성에 미치는 영향, 서울대학교 석사학위논문.

8. Dominique Sluijsmans, Saskia Brand-Gruwel & Jeroen J. G. Van Merrienboer(2002). Peer assessment training in teacher education: Effects on performance and perceptions. *Assessment & Evaluation in Higher Education*, 27(5), 443-454.

9. Lanqin Zheng, Panpan Cui, Xin Li & Ronghuai Huang(2018). Synchronous discussion between assessors and assessees in web-based peer assessment: impact on writing performance, feedback quality, meta-cognitive awareness and self-efficacy. *Assessment & Evaluation in Higher Education*, 1-15.

10. Anke Wischgoll(2016). Combined Training of One Cognitive and One Metacognitive Strategy Improves Academic Writing Skills. *Frontiers in Psychology*.

11. 서영진, 전은주(2012). 작문 활동에서 동료 피드백 의견의 유형별 타당도 연구. 국어교육학연구, 44.

참고문헌

- 김광수(2008). **논리와 비판적 사고**. 서울: 철학과현실.
- 김정선(2016). **내 문장이 그렇게 이상한가요?**. 파주: 유유.
- 김혜정, 안태형, 임지아(2016). 대학생 글쓰기에 나타난 어색한 문장 사용 양상. **우리말연구, 46**.
- 김혜정, 안태형, 임지아(2016). 대학생 글쓰기에 나타난 틀린 문장 분석, **동남어 문논집 41**.
- 김화수, 박슬기(2014), "건축공학"과 "건축학"의 가깝고도 먼 사이. **건축, 58**(12).
- 노정혜, 전헌수, 김상현, 이철범, 이준호, 허영숙, 홍성욱, 박주용, 곽지훈, 윤창규(2016). **학문의 정직성에 관한 명예서약 제도 도입을 위한 정책연구 보고서**. 서울대학교 자연과학대학.
- 다니엘 코엔(2019). **출구 없는 사회**. 박나리 역. 서울: 글항아리.
- 데즈먼드 모리스(2011). **털 없는 원숭이**. 김석희 역. 서울: 문예춘추사.
- 마틴 메이어, 레네 메이어 하일(2015). **최고의 교육은 어떻게 만들어지는가?**. 김효정 역. 서울: 북하우스.
- 박노자(2006). **당신들의 대한민국 2**. 서울: 한겨레출판.
- 박종훈(2016). 기술진보와 노동의 미래. 강호인, 박순애, 엄석진(편)(2016). **노동의 미래**. 서울: 문우사.
- 박주용(2016). **문제해결**. 서울: 학지사.
- 박주용(2019). **생각 중심 교육**. 서울: 집문당.
- 박찬영(2015). **글쓰기 달인이 되려면 잘못된 문장부터 고쳐라!**. 서울: 리베르.
- 배수정, 박주용(2016). 대학 수업에서 누적 동료평가 점수를 활용한 성적 산출 방법의 타당성. **인지과학, 27**(2).
- 백종국(2016). 수입학문의 토착화 딜레마와 해결방안. **한국정치학회보, 50**(1).

- 생산성 본부(2014). **스마트 엔터프라이즈와 조직 창의성 보고서**.
- 서경호, 권오남, 박주용, 이경우 & 한숭희(2015). 서울대학교 수업의 질 개선방안 연구. 서울대학교 대학평의원회.
- 서영진, 전은주(2012). 작문 활동에서 동료 피드백 의견의 유형별 타당도 연구. **국어교육학연구, 44**.
- 서울대학교(2018). **교원핸드북 2018**. 서울: 서울대학교 출판문화원.
- 손병홍(2018). **논리와 비판적 사고**. 서울: 장서원.
- 스콧 배리 카우프만, 캐롤린 그레고어(2017). **창의성을 타고나다**. 정미현 역. 서울: 클레마지크.
- 오예린, 권오남, 박주용(2018). 증명 동료평가의 신뢰도 및 타당도 분석: 대학 정수론 수업의 사례를 중심으로. **한국수학교육학회지 시리즈 A, 57**(3).
- 원만희(2009). 대학 글쓰기 교육의 개선 방향과 방법에 관한 시론. **교양교육연구, 3**(1).
- 유혜령, 정희모(2012). 대학생 글쓰기 텍스트에 나타난 오류 양상. **어문론집, 52**.
- 이언 스튜어트(2013). **위대한 수학 문제들**. 안재권 역. 서울: 반니.
- 이재성(2009). 문장 능숙도에 따른 대학생 글의 문장 특성 연구. **작문연구, 9**.
- 이재성(2012), 학술적 에세이에 나타난 대학생의 문장 구성 양상 연구, **교양교육연구, 6**(3), 한국교양교육학회.
- 이준호, 현익주, 박주용(2015). 학술논문의 기여 유형에 따른 분류: 한·미 실험 심리학회지의 비교. **한국심리학회지: 인지 및 생물, 27**(4).
- 이현정(2017). **채점예시답안이 동료평가의 정확성에 미치는 영향**, 서울대학교 석사학위논문.
- 정희모, 유혜령(2012). 대학생 글쓰기 텍스트에서 어색한 문장에 대한 고찰. **한국언어문화, 48**.
- 최정윤 등(2016). **대학의 교수·학습 질 제고 전략 탐색 연구(IV)**. 서울: 한국교육개발원.
- 카를로 로벨리(2017). **첫 번째 과학자, 아낙시만드로스** 이희정 역. 서울: 푸른지식.
- 한수영(2016). 은유로서의 DNA: 유전자 담론에 대한 인문학적 성찰. **인문연구, 76**.

- Anders Ericsson, Robert Pool(2016). *Peak: Secrets from the new science of expertise*. Houghton Mifflin Harcourt.
- Anke Wischgoll(2016). Combined Training of One Cognitive and One Metacognitive Strategy Improves Academic Writing Skills. *Frontiers in Psychology*.
- Anke Wischgoll(2017). Improving Undergraduates' and Postgraduates' Academic Writing Skills with Strategy Training and Feedback. *Frontiers in Education*.
- Bryan Lawson(1990). *How designers think*. Butterworth Architecture.
- D. Gordon Rohman, Albert O. Wlecke(1964). *Pre-writing: The construction and application of models for concept formation in writing* (Cooperative Research Project No. 2174). Michigan State University.
- Daniel Jeffery, Krassimir Yankulov, Alison Crerar & Kerry Ritchie(2016). How to achieve accurate peer assessment for high value written assignments in a senior undergraduate course. *Assessment & Evaluation in Higher Education*, 41(1).
- David Palfreyman(eds.)(2008). *The oxford tutorial*. Oxford University Press. 옥스퍼드 튜토리얼. 노윤기 역. 서울: 바다출판사.
- Deanna Kuhn, Laura Hemberger, Valerie Khait(2016). *Argue with Me: Argument as a Path to Developing Students' Thinking and Writing*. Wessex Press.
- Dedre Gentner, Virginia Gunn(2001). Structural alignment facilitates the noticing of differences. *Memory and Cognition, 29*(4).
- Dominique Sluijsmans, Saskia Brand-Gruwel & Jeroen J. G. Van Merrienboer(2002). Peer assessment training in teacher education: Effects on performance and perceptions. *Assessment & Evaluation in Higher Education*, 27(5).
- Douglas Walton, Chris Reed & Fabrizio Macagno(2008). *Argumentation schemes. Fundamentals of critical argumentation*. Cambridge University Press.
- Rosalind Driver, Paul Edward Newton & Jonathan Osborne(2000).

Establishing the Norms of Scientific Argumentation in Classrooms. *Science Education*, 84.

- Galileo Galilei(1632). *Dialogo*. 갈릴레오 갈릴레이. **대화**. 이무현 역. 서울: 사이언스북스.

- Gerald Graff, Cathy Birkenstein(2014). *They Say / I Say: The Moves That Matter in Academic Writing* (Third edition). W. W. Norton & Company.

- Grant Wiggins(1992). Creating Tests Worth Taking. *Educational Leadership*, 49(8).

- Helen Sword(2012). *Stylish Academic Writing*, Harvard University Press.

- Hugo Mercier, Dan Sperber(2011). Why do humans reason? Arguments for an argumentative theory. Behavioral and Brain Sciences, 34.

- Jari Saramäki(2018). *How to Write a Scientific Paper: An Academic Self-Help Guide for PhD Students.* Independently published.

- Jeanne D. Day(1986) Teaching Summarization Skills: Influences of Student Ability Level and Strategy Difficulty, *Cognition and Instruction*, 3(3).

- Jill A. Singleton-Jackson, Dennis L. Jackson & Jeff Reinhardt(2010). Students as consumers of knowledge: Are they buying what we're selling? Innovation in *Higher Education*, 35(5).

- John C. Bean(2011). *Engaging Ideas: The Professor's Guide to Integrating Writing, Critical Thinking, and Active Learning in the Classroom.* John Wiley & Sons.

- John R. Hayes, Linda S. Flower(1980). Identifying the organization of written processes. In L. W. Gregg, & E. R. Steinberg(eds.). *Cognitive processes in writing*(pp. 3-30). Lawrence Erlbaum Associates.

- John R. Hayes, Linda S. Flower(1986). Writing research and the writer. *American Psychologist*, 41(10).

- John R. Hayes, Linda S. Flower(1987). On the structure of the writing process. *Topics in Language Disorders*, 7(4).

- Jooyong Park(2017). ClassPrep: A peer review system for class preparation. *British Journal of Educational Technology*, 48(2).

- Joseph M. Williams, Gregory G. Colomb(2007). *The craft of argument*. Longman. 조셉 윌리엄스, 그레고리 콜럼. **논증의 탄생**, 윤영삼 역. 서울: 홍문관.
- Judith C. Hochman, Natalie Wexler(2017). *The Writing Revolution*. Jossey-Bass.
- Kathi Weeks(2016). *The problem with work*. Duke University Press. 케이시 윅스. **우리는 왜 이렇게 오래, 열심히 일하는가?**. 제현주 역. 파주: 동녘.
- Kwangsu Cho, Christian D. Schunn, Roy Woodrow Wilson(2006). Validity and Reliability of Scaffolded Peer Assessment of Writing From Instructor and Student Perspectives. *Journal of Educational Psychology*, 98(4).
- Lanqin Zheng, Panpan Cui, Xin Li & Ronghuai Huang(2018). Synchronous discussion between assessors and assessees in web-based peer assessment: impact on writing performance, feedback quality, meta-cognitive awareness and self-efficacy. *Assessment & Evaluation in Higher Education*.
- Linda Flower, John R. Hayes, Linda Carey, Karen Schriver & James Stratman(1986). Detection, Diagnosis, and the Strategies of Revision. *College Composition and Communication, 37*(1).
- Lise Wallach, Michael A. Wallach(2012). *Seven Views of Mind*. Psychology Press.
- Mark Torrance, Glyn V. Thomas & Elizabeth J. Robinson(2000). Individual differences in undergraduate essay-writing strategies: A longitudinal study. *Higher Education*, 39.
- Megan A. Smith, Jeffrey D. Karpicke(2014). Retrieval practice with short-answer, multiple-choice, and hybrid tests. *Memory*, 22(7).
- National Writing Project(2004). *Writing: A ticket to work... Or a ticket out*. ⟨http://ltwfiles.s3.amazonaws.com/pdf/writing-ticket-to-work.pdf⟩
- Norman R. Augustine(2013). One cannot live by equations alone: Education for life and work in the twenty-first century, *Liberal education*, 99(2).
- *NSSE 2016 Annual Report*. ⟨https://nsse.indiana.edu/NSSE_2016_Results/

pdf/NSSE_2016_Annual_Results.pdf〉

- Paul Silvia(2014). *Write It Up: Practical Strategies for Writing and Publishing Journal Articles*. American Psychological Association.
- Robert Boice(2000). *Advice for New Faculty Members: Nihil Nimus*. Allyn and Bacon.
- Robert J. Sternberg, Karin Sternberg(2016). *The Psychologist's Companion: A Guide to Writing Scientific Papers for Students and Researchers*(5th Edition). Cambridge University Press.
- Robyn Yucela, Fiona L. Birdb, Jodie Youngc & Tania Blanksby(2014). The road to self-assessment: exemplar marking before peer review develops first-year students' capacity to judge the quality of a scientific report. *Assessment & Evaluation in Higher Education*, 39(8).
- Rola Ajjawi, David Boud, Phillip Dawson & Joanna Hong-Meng Tai(2018). Conceptualising evaluative judgement for sustainable assessment in higher education. *Developing evaluative judgement in higher education: Assessment for knowing and producing quality work*(pp. 7 – 17). Routledge.
- Ronald T. Kellogg(2008). Training writing skills: A cognitive development perspective. *Journal of Writing Research*, 1(1).
- Scott A. Mogull(2017). *Scientific And Medical Communication: A Guide For Effective Practice*. Routledge.
- Stanley Fish(2011). *How to Write a Sentence: And How to Read One*. HarperCollins. 스탠리 피시. **문장의 일**. 오수원 역. 파주: 월북.
- Stellan Ohlsson(2014). *Deep learning*. Cambridge University Press.
- Xiongyi Liu, Lan Li(2014). Assessment training effects on student assessment skills and task performance in a technology-facilitated peer assessment. *Assessment & Evaluation in Higher Education*, 39(3).

생각은 어떻게 글이 되는가

2020년 3월 9일 초판 1쇄 | 2024년 8월 14일 9쇄 발행

지은이 박주용
펴낸이 이원주, 최세현 **경영고문** 박시형

기획개발실 강소라, 김유경, 강동욱, 박인애, 류지혜, 이채은, 조아라, 최연서, 고정용, 박현조
마케팅실 양근모, 권금숙, 양봉호, 이도경 **온라인홍보팀** 신하은, 현나래, 최혜빈
디자인실 진미나, 윤민지, 정은예 **디지털콘텐츠팀** 최은정 **해외기획팀** 우정민, 배혜림
경영지원실 홍성택, 강신우, 김현우, 이윤재 **제작팀** 이진영
펴낸곳 (주)쌤앤파커스 **출판신고** 2006년 9월 25일 제406-2006-000210호
주소 서울시 마포구 월드컵북로 396 누리꿈스퀘어 비즈니스타워 18층
전화 02-6712-9800 **팩스** 02-6712-9810 **이메일** info@smpk.kr

ⓒ 박주용(저작권자와 맺은 특약에 따라 검인을 생략합니다)
ISBN 979-11-6534-069-8 (03800)

쌤앤파커스(Sam&Parkers)는 독자 여러분의 책에 관한 아이디어와 원고 투고를 설레는 마음으로 기다리고 있습니다. 책으로 엮기를 원하는 아이디어가 있으신 분은 이메일 book@smpk.kr로 간단한 개요와 취지, 연락처 등을 보내주세요. 머뭇거리지 말고 문을 두드리세요. 길이 열립니다.